Eberhard Panitz

Die unheilige Sophia

Roman

Mitteldeutscher Verlag
Halle · Leipzig

ISBN 3-354-00222-0

8. Auflage
Lizenz-Nr. 444-300/80/87 · 7001
Printed in the German Democratic Republic
Einband: Gerhard Medoch
Gesamtherstellung: LVZ-Druckerei »Hermann Duncker«,
Leipzig III/18/138
Best.-Nr. 638 346 5

00650

1 Alles deutet darauf hin, daß die rote Sophia bemüht war, keine Spuren zu hinterlassen. Es gibt kein Foto von ihr, keine Papiere oder Briefe, ihre gesamte Habe ist verbrannt. Das einzige, was blieb, die mündlichen Überlieferungen, sind ungenau und widersprüchlich, so daß es schwerfällt, sich ein Bild zu machen. Die einen meinen, sie sei eine blasse, unauffällige Person gewesen, andere stellen sie als beeindruckenden Charakter hin und reihen allzu viele, unvereinbare Merkmale aneinander: Klugheit, Witz, Willensstärke, Mut, Leichtsinn, Habgier, Ehrgeiz, Unrast, Fanatismus, Mißgunst, Stolz, Einfalt, Schamlosigkeit. Ihr Haar sei rot, kastanienbraun oder dunkelbraun gewesen, heißt es, die Nase spitz oder leicht gekrümmt, der Mund schmal, trotz der vollen Lippen, die sich keß emporwölbten, wenn sie sprach oder laut und schallend lachte. Ihre großen Augen blickten angeblich unstet, waren von unbestimmter Farbe, sie dirigierten die launischen Attacken, die Verführung und den Triumph, als die Stunde des Triumphes gekommen war.

Gegen Ende des Krieges, einundzwanzigjährig, verschlug es sie nach Sandberg bei Luchow, ein kleines märkisches Dorf zwischen drei Seen. Bald rankten sich wunderliche Legenden um ihr bewegtes Leben, und noch heute erzählt man viel von ihr. Niemand glaubt an ihren Tod, weil ihr jähes Ende ebenso wie ihre Herkunft im dunkeln liegt. Aber es ist wohl wahr, daß sie aus der galizischen Provinzstadt Drohobycz kam, wie sie stereotyp behauptete. Dort wohnten Polen, Ukrainer, Juden und Deutsche lange Zeit einträchtig beieinander. Die Gassen waren eng, die Bretterzäune um die Gärten und die Höfe brüchig und durchlässig. Wenige Straßen zeigten etwas Glanz und Sinn für Ordnung und Grenzen, ein paar Villen mit verschnörkelten Eisengittern, das fest umzäunte Gymnasium an der Sobieskastraße, das Geschäftsviertel am Ring mit den plastischen, vergoldeten Inschriften an den Schaufenstern und der große Marktplatz, der freilich an Regentagen im Schlamm versank. Nur der schmale, diagonal den Platz teilende Pflasterstreifen bot allzeit festen Halt; er führte zur Kirche, zu einem grauen Steinklotz mit eckigem Turm, in der ein Droschkenkutscher namens Franz Gwinner und seine Ehefrau die einzige, in späten Ehejahren geborene Tochter auf den Namen Sophia taufen ließen.

Es mag sein, daß ihre Eltern, strenggläubige Christen, bei dieser Namensgebung der Heiligen Sophia gedachten, jener Römerin, die im Jahre 120 nach der Zeitwende mit ihren drei Kindern vom Präfekten wegen ihres hartnäckigen Glaubens geschmäht, gefoltert, gestäupt und drei Tage später tot auf der Via Appia gefunden und beweint worden war.

2 Das spitzgieblige Häuschen, wo plötzlich die Vergangenheit auferstand, war schmal, eng, weißgetüncht und an den Dachsparren, Türen und Fensterläden schwarzrot lackiert; es lehnte am Berghang und ließ sich von den Kiefern kratzen und streicheln. Die Dorfkinder nannten es »Hexenhäuschen« und riefen manchmal: »Knusper, knusper, knäuschen, wer knuspert an dem Häuschen?« Es gab Mäuse im Keller, Vogelnester unterm Dach; ringsumher war Sand von Urströmen zum Sandberg aufgeschwemmt, sonst nichts Besonderes. In den Nachkriegsjahren hatten Flüchtlinge im Berghaus gewohnt, vorher Leute aus Berlin, wie überall in den Hütten und Häusern, die im Wald versteckt erbaut worden waren, als die Städte nach und nach in Trümmer sanken.

Vor zehn Jahren hatte ich das Häuschen gepachtet, nachdem es lange leergestanden hatte, und neuerdings etwas ausgebaut. Es störte mich nicht, daß ältere Dorfbewohner einen Bogen machten und sich in dunkle Andeutungen verloren, wenn die Rede darauf kam. Ich liebte den ruhigen Flecken, verzichtete auf Reisen während der Sommerferien, sonnte mich auf der kleinen Lichtung hinterm Haus, las Fachliteratur, meist Historisches, schwamm früh und abends im Luchsee, lag auch manchmal untätig am holprigen Grasufer, beobachtete Segelboote, Möwen, ballspielende Kinder und versuchte, so gut es ging, das Gekreisch der Badenden und das Gedudel der Kofferradios zu überhören. Einmal wurde ich Zeuge eines Gesprächs über die rote Sophia. »Wenn sie noch hier wäre, sähe das Dorf anders aus, auch der Strand«, sagte ein Mann von vierzig Jahren, der in dieser Gegend das Wanderkino betrieb. Und eine Frau und zwei Männer gerieten mit ihm in Streit, denn sie behaupteten, die rote Sophia sei »ein Luder« gewesen, »ein kleines, raffiniertes Flittchen«, sie habe nur für sich gesorgt und das Dorf tyrannisiert. »Nein, sie war gerecht«, widersprach der Kinovorführer, »sie hat für alle das Beste gewollt, sich bloß nicht durchsetzen können.« Die anderen lachten, sie hatten es von ihren Eltern anders gehört; selber konnten sie sich nicht erinnern, sie waren damals noch Kinder gewesen. »Vom Himmel ist sie gefallen, in einer Droschke ist sie protzig spazierengefahren, hat mit der Peitsche geknallt«, sagte die Frau und blinzelte in die Sonne. »Aber was man so alles erzählt, ich geb' nichts drauf.«

Auch ich gab nicht viel darauf, nicht einmal, als eines Abends ein Steinwurf die gläserne Verandatür des Hauses auf dem Berg zerschlug. Ich sah, daß eine Kinderschar kreischend davonstob, Schuljungen aus dem Dorf, die oft am Zaun herumlungerten und ihre »Hexenhaus«-Späße trieben. Den Spottvers, den sie grölten, hatte ich freilich noch nicht gehört:

Hexenhaus,
Katz und Maus,
Saus und Braus,
Sophia 'raus!

Einen Moment erwog ich, den Jungen nachzueilen, sie zur Rede zu stellen, vielleicht auch mit ihren Eltern zu sprechen, die ich flüchtig kannte. Doch dann bückte ich mich nach dem

Wurfgeschoß, sah, daß es kein Stein war, sondern eine rostige Patronenhülse, ein Relikt des letzten Krieges, der auch vor diesem ruhigen Winkel nicht haltgemacht hatte. »Ein verrückter Sommer«, schrieb ich am selben Abend an Ruth, meine Frau, die nicht von Berlin und ihrer Zeitungsarbeit wegkam. »Ich lese vergilbte Schriften über den Dreißigjährigen Krieg und werde von Mücken gepeinigt, die durch Türen und Fenster schwirren, als stünde hier alles offen.« Und an Anja, unsere achtjährige Tochter, schickte ich eine Ansichtskarte vom Sandberg ins Ückeritzer Ferienlager und wünschte ihr: »Sonne, Sand, Steine, die sich in sonst was verwandeln, nur nicht in Mücken wie hier!« Und nicht in Patronenhülsen – dachte ich.

Ich versenkte mich dann wieder in die Vergangenheit, Mittelalter, Schwelle zur Neuzeit, als nur wenige Dörfer, Wege und Seen die Landschaft belebten. Der Untergrund, auf dem sich die ausgedehnten Waldungen erhoben, war seit Urzeiten Sand, nichts als Sand. Doch eine dicke, dunkle Humusschicht überzog ihn und verbarg über weite Strecken den hellen Boden. Die märkischen Luche waren im Sommer ein ausgetrocknetes, festes, rinnenartiges Sumpfland, auf dem quadratmeilengroße, verschlungene Wurzelballen von bräunlich grüner Farbe lasteten, etwas wie verfilzte wollene Decken auf harten Matratzen. So war es im Sommer; im Frühjahr quoll der Boden durch das Schmelz- und Grundwasser auf, die Rasendecke hob sich und bildete eine schwimmende, elastische Fläche, die bei jedem Schritt unter den Füßen schwankte.

Daher die Mücken, dachte ich! Spät in der Nacht löschte ich die Lampe und beschloß, gleich am nächsten Morgen einen Glaser herbeizuholen, der das Häuschen auf dem Berg wieder gegen alle lästigen Quälgeister absichern sollte. Und mit diesem Gedanken, der Sehnsucht nach Ruhe, schlief ich endlich mückenumsummt ein.

3 Die alte Frau Scalander kam am nächsten Morgen, als ich gerade aus der Tür trat, um zum Glaser zu gehen. »O ja, Sie fühlen sich wohl in meinem Haus!« rief sie, stolperte vor Eifer über eine Wurzel, umklammerte, Halt suchend, einen Kiefernstamm und bat mich, ihr beizustehen und die Stufen heraufzuhelfen. »Diese Treppe, ein Alptraum!« stöhnte sie. »Einen Moment nicht hingeguckt, und schon war's Pfuscharbeit. Danach hab' ich wie ein Luder aufgepaßt, und 's ist doch ein hübsches Häuschen geworden. Oder nicht?«

Die Stufen vor der Haustür waren wirklich halsbrecherisch hochkant gemauerte Ziegelsteine; sie hatten sich neuerdings gelockert und teilweise gesenkt. Am besten, man nahm die Treppe im Sprung, doch dazu wollte ich die gebrechliche alte Dame nicht ermuntern, sie auch nicht kurzerhand abweisen, obwohl mir ihr anmaßender Ton mißfiel. Ich nickte, als sie sich vorstellte, erinnerte mich an den Namen der früheren Eigentümerin, der im Pachtvertrag stand, griff ihr unter den Arm, schob und hob sie zur Tür empor, fragte erst dann: »Sie wollen zu mir?«

»Ja, das will ich«, antwortete sie, »es wird höchste Zeit, daß wir ein Wörtchen miteinander reden.« Mit einem festen Schritt trat sie ins Haus, straffte sich, sah sich lächelnd um und wurde gleich wieder ernst. »Alles verfällt«, stellte sie tadelnd fest und wies auf die glaslose Verandatür. »Ich hab's mir schlimm vorgestellt, aber *so* schlimm nun wieder nicht. Also, ich will das Haus verkaufen, ehe es ganz und gar eine Ruine ist. Wollen Sie's?«

Ich war verblüfft, sprachlos, sah ihr tatenlos zu, wie sie hin- und herging, ein Buch aus dem Regal zog, darin blätterte, Lampen, Wände, Dielen, Schränke und Fenster begutachtete, befühlte, beklopfte, sich schließlich in einen Sessel setzte und auf mich einredete, mir riet, verschiedenes zu erneuern und anzuschaffen. »Aber hören Sie mal . . .«, entgegnete ich verwirrt, denn ich war nicht auf diesen Besuch, diesen Ton und gleich gar nicht auf ein Kaufangebot gefaßt. Ich fühlte mich wohl in diesem Haus, da hatte sie recht. Seit zehn Jahren war's mein zweites Zuhause, ich zahlte dafür eine geringe Pacht an den Rat der Gemeinde und war verpflichtet, für die Erhaltung und die anfallenden Reparaturen zu sorgen: eine neue Treppe, bitte schön, Zaunpfähle, wenn sie umzukippen drohten, und auch Fensterscheiben, obwohl das bisher nicht nötig gewesen war. »Das mit der Scheibe ist gestern passiert«, sagte ich und schluckte eine schroffe Entgegnung herunter. »Ein Lausbubenstreich.«

»Gestern?« Der Kopf der alten Frau fuhr herum, ihr faltiges, hageres Gesicht verriet Erschrecken, doch auch zornige Entschlossenheit. »Gestern bin ich gekommen, also galt's mir.« Sie stand auf, nannte mir ihre Adresse, Jungfernheide, Westberlin, erklärte, daß sie für ein paar Tage bei ihrer Freundin und einstigen Nachbarn zu Besuch sei, bei der Witwe Triebel, dich ich gut kannte und die mir manchmal mit einer Zwiebel oder ein bißchen Petersilie aushalf.

»Eine Woche haben wir Zeit, alles zu regeln, länger halt' ich's hier nicht aus«, sagte Frau Scalander. »Wie ich so alles wiederfinde, nein! Und mit Steinen laß ich mich auf meine alten Tage nicht bewerfen.«

Sie wandte sich zur Tür, blieb in der Küche stehen, senkte den Blick und schien den Fußboden zu prüfen, der erneuert und farblos lackiert worden war. »Ich hatte Linoleum ausgelegt, die Kellerluke war total verdeckt, versteckt«, sagte sie und lachte mit verkniffenem Mund. »Aber genutzt hat's nichts, im Gegenteil, eine Falle war's.« Sie sprach unvermittelt von ihrem Sohn, wischte sich über die Augen, beteuerte aufgeregt, daß dieses Haus ihm zugedacht gewesen sei, alles Ersparte habe sie für ihn hier reingesteckt. »Und dann war's sein Unglück«, sagte sie, »unser Verderben! Da unten war mein Sohn, als die Russen kamen, und sie haben ihn herausgezerrt und weggeschleppt, abgeführt, mir weggenommen, überhaupt nicht reagiert, als ich sie gebettelt habe, ihnen nachgerannt bin und ihnen sonst was gegeben hätte, alles . . .«

Sie blieb auf der Kellerklappe stehen, als wolle sie sich nie mehr davon entfernen und die Zeit rückgängig machen, die seitdem vergangen war, und mit ihrem geringen Körpergewicht die Luke zuhalten, damit ihr Sohn drinblieb und ihr nicht verlorenging. »Der Krieg war ja aus«, wiederholte sie mehrmals, »aber er glaubte es nicht. Er wollte die Uniform nicht ausziehen und die Waffe nicht wegwerfen, er hat nicht auf mich gehört, auf niemanden.« Sie tippte mit der Hand auf den Elektroherd, den ich angeschafft hatte, hielt ihn offenbar für den alten Kohlenherd und schwärmte mit wehmütig verkrampftem Lächeln: »Ein guter Ofen! Ich habe etwas Gutes gekocht, als mein Junge gekommen ist.« Da hatten die Töpfe und Kuchenbleche gestanden, dort die Platte mit dem Braten und die Kompottschüsseln; sie hatte vorgesorgt, der Keller war voller Konservenbüchsen und Einweckgläser gewesen.

Sie wich noch immer keinen Fußbreit von der Luke, ihr Blick senkte sich wie damals, als das Linoleum den Einstieg verbarg, aber die Sowjetsoldaten mit ihren Gewehrkolben dagegenhämmerten. »Es war alles ausspioniert«, sagte sie und zitterte vor Erregung. »Die Rauchfahne am Schornstein, nein, die war's nicht, das redet mir niemand ein. Die Russen wußten Bescheid!«

Sie deutete in den Wald, dort waren sie aufgetaucht; ihr Sohn hatte schon stundenlang im Keller gehockt, das Ärgste befürchtet, doch sie war ruhig und gefaßt gewesen, als fünf Mann zur Tür hereinpolterten. »Ich bin allein«, hatte sie beteuert, »bitte, durchsuchen Sie alles, Stube, Küche, Dachboden – kein Versteck.« Doch sie mußte den Platz auf der Kellerluke räumen, ihr Getue, Gerede und verzweifeltes Sträuben half nichts, ein Bajonett schlitzte das Linoleum auf, die Falltür klappte hoch, ihr Sohn stieg mit erhobenen Händen die Leiter herauf. »Erschießen Sie ihn nicht!« bettelte sie, lief ihnen nach, sah ihren Sohn taumelnd auf einem Lastwagen stehen, der rasch davonfuhr, hörte gleich darauf Schüsse, lief wie gehetzt den Berg hinunter, quer durch den Kiefernwald, wo es damals noch keine Wochenend-Bungalows und Kinderferienlager und Volleyballplätze gab, sondern nur Bäume, Gestrüpp, Sand, das ausgeholzte Gartenviereck der Triebels mit den Holzlauben und frischgepflanzten Obstbäumen, dahinter das turmartige Häuschen der Malerin Alexis und unterm Hang den kleinen Rotfedersee, ein Dutzend Bauernhöfe mit dem Dorfkrug und dem Gutsschloß, wo Ziehharmonikamusik zu hören war. Keine Schüsse, kein Toter – keine Spur von Krieg mehr, nur in der Ferne eine Lastwagenkolonne, die bald lautlos im aufgewirbelten Staub verschwand.

Später erfuhr sie, daß an der Straße zum Nachbardorf deutsche Soldaten begraben worden waren. Niemand wußte die Zahl, niemand kannte die Namen. Auch im Walde, an schmalen Wegen, entdeckten Leute aus dem Dorf beim Pilzesuchen frische Grabhügel, auf denen feldgraue Stahlhelme lagen. Nach und nach suchte Frau Scalander die Gräber auf, hob die Helme hoch, besah sie genau, legte sie wieder hin – den Namen Scalander, den ihr Sohn in die Tarnfarbe des Helmes geritzt hatte, fand sie nicht. »Trotzdem wußte ich, daß ich ihn verloren hatte«, sagte sie, »hier, in diesem Haus. Ich will's verkaufen, es hat mir kein Glück gebracht.«

Endlich schwieg sie, von den eigenen Worten und Erinnerungen gerührt. Ich trat aus dem Haus und sagte ungeduldig: »Ich muß ins Dorf, zum Glaser!« Doch sie behauptete: »Hier gibt's keinen Glaser«, schaute sich noch einmal um, verließ den Platz auf der Luke mit einem Seufzer und wartete, bis ich widerstrebend ihren Arm ergriff und sie die Treppenstufen hinabführte. »Fast dreißig Jahre steht dieses Haus«, erklärte sie und hielt nochmals inne. »Aber das Dach ist wie neu! Den

Dachdecker hab' ich aus Berlin geholt, den Glaser aus Luchow, nur der Tischler Lewke war hier, dieser alte Gauner! Nun ist er längst tot. Und mir hat er sonst was an den Hals gewünscht, na ja.«

Am Zaun verabschiedete sie sich, und ich ging ins Dorf. Es gab einen Glaser, einen jungen vielbeschäftigten Burschen, der auch Gewächshäuser baute. Er versprach, am Nachmittag zu kommen. »Wo ist's?« fragte er. Und als ich ihm das Berghaus beschrieb, kniff er die Augen zusammen und sagte: »Weiß Bescheid! Dort soll doch mal die rote Sophia gewohnt haben, stimmt's?«

4 Die Gräber in den Wäldern, die Frau Scalander erwähnt hatte, kannte hier jeder, Birkenkreuze, die Stahlhelme verrostet, durchlöchert, da und dort eine Vase mit frischen Blumen. Keines der Gräber verfiel, sogar im Winter wurden sie umsorgt und mit Tannenreisig geschmückt, im Frühjahr von herabgefallenen Ästen, Laub und Unkraut befreit, mit Stiefmütterchen bepflanzt und Feldsteinen eingefaßt. Die meisten Dorfbewohner und Urlauber aber wichen den Grabstätten und damit den düsteren Erinnerungen aus, wenn sie die Wälder durchstreiften. Die Schützengräben und Artilleriestellungen der letzten Kriegstage waren längst verfallen, von Brombeergesträuch, Heidekraut, armdicken Kiefern oder Birken überwuchert. Man sprach kaum noch davon, was sich damals hier ereignet hatte. Nur die brandgeschwärzte Ruine am Rotfedersee war unübersehbar; doch auch dort lag Baumaterial bereit, in ein paar Monaten würde an dieser Stelle ein frischverputztes Ferienhaus stehen.

Der Tischler Lewke, der mir etwas hätte erzählen können, lebte nicht mehr. An ihn dachte ich, ihn hatte ich besser gekannt als alle anderen Dorfbewohner, an seine Worte erinnerte ich mich, auch an seine merkwürdigen Geschichten und

Sprüche, deren Sinn und Zusammenhang mir oft unklar geblieben war. Der Alte war nicht gut auf die Scalander zu sprechen gewesen, er hatte meist abgewinkt und etwas gemurmelt, was gewiß aus einem der Bücher stammte, die sich bei ihm an den Wänden stapelten. »So viel Häuser, so viel Dächer, so viel Mäuler, so viel Geschmäcker«, redete er daher. »Unmöglich, jemand heimzuleuchten, ohne sich den Bart zu versengen.« Er paffte Pfeife, überredete mich zum Pfeifenrauchen und zu allerlei. Auch den Pachtvertrag für das Berghaus, das Frau Scalander nun zum Verkauf anbot, verdankte ich dem alten Lewke. Einen Teil der Bücher in den Regalen hatte ich von ihm, eine vielbändige Weltgeschichte und »Brockhaus' Konversationslexikon« vom Ende des vorigen Jahrhunderts. Diese Bücher waren Lewkes Arbeitslohn gewesen, als er im letzten Kriegsjahr hier »Notwohnungen« zusammengezimmert hatte. Autos, Wehrmachtslastwagen und Motorräder brachen damals lärmend in die Wälder ein. SS-Männer, Kreisleiter, Offiziere auf Urlaub, Wehrwirtschaftsführer, Geschäftsleute und Beamte aus Berlin teilten die Kiefernschonungen unter sich auf. Einige kamen gleich mit dem Möbelwagen und luden im Wald ihre Habseligkeiten ab, deckten Zeltplanen darüber, ließen Frau und Kinder dort nächtigen, lobten die Ruhe und den Frieden fern der bombardierten Hauptstadt und der Front, die jedoch unaufhaltsam näher rückte. Aber noch konnten Fremdarbeiter herbeigeholt, Männer wie Lewke herumkommandiert werden, genug Material war zur Stelle, die Häuschen wuchsen wie Pilze aus der Erde. Die Uniformierten ließen beruhigt ihre Familien zurück, nachdem sie die flinken Hände des Meisters Lewke gelobt und ihm allerlei zugesteckt hatten: Kristallvasen, Besteckkästen, etwas abgenutzte Teppiche, Ölbilder und jene Bücher, für die er damals keine Verwendung hatte, weil er von früh bis spät hämmerte, an der Kreissäge stand, Türen, Fenster und Dachsparren zimmerte, doch selbst zu keiner

»Notwohnung« und ruhigen Stunde kam: Zuerst hauste er in Scheunen, dann holten ihn die alleingebliebenen Frauen unter die Zeltplanen oder in die neuen Häuser, zum Richtfest, zum Einzugsschmaus oder weil sie sich graulten. »Wenn man dem Teufel den kleinen Finger gibt, frißt er einem aus der Hand«, schwärmte Lewke, wenn er darauf zu sprechen kam. »Eine Fliege, die nicht geklappt werden will, setzt sich am besten auf die Klappe.«

Ich hatte vor zwölf Jahren bei einer Radtour mit einer Schulklasse den Berg, den verborgenen Luchsee und die Pfifferlingsdickichte entdeckt und kehrte seitdem oft hierher zurück. Schwimmen, Pilze suchen, angeln, ein Buch lesen – so verbrachte ich hier manchen Tag, bis ich den alten Lewke kennenlernte. »Liest du was Gutes?« fragte er, trat näher, griff nach meinem Buch, warf mit kauzigen Sprüchen und Urteilen um sich, geriet ins Erzählen und erwähnte damals auch jene legendäre rote Sophia, die seiner Meinung nach ins Geschichtsbuch gehöre, wenigstens in die Dorfchronik. »Hättest du nicht Lust, so was zu übernehmen, wenn du schon unsere gute Luft schnupperst?« fragte er lachend. Ich nahm es für einen Spaß, als er mich dann in sein Holzhaus einlud, das er seit Kriegsende bewohnte, und mit einem großen Schlüsselbund klimperte. »Such dir einen Schlüssel aus«, sagte er. »Die guten Frauen, die ich getröstet habe, waren mir so dankbar, daß sie mir ihre Schlüssel hinterlassen haben, als sie getürmt sind.« Es hörte sich komisch an, wie er von jenen Tagen des Schützengrabenbaus, Volkssturmaufmarschs und Kanonendonners erzählte, als sich ein neuerbautes Holzhaus nach dem anderen wieder leerte und die abschiednehmenden Frauen ihn baten, nach dem Rechten zu sehen. Da schlugen schon die ersten Artilleriegeschosse im benachbarten Klein-Eichholz ein, wo sich die SS verschanzt hatte. Ein paar Nachzügler brachten ihre Schlüssel erst Tage oder Wochen später, nachdem Rotarmisten an ihre Türen geklopft, sie aufgebrochen und die Schlösser ruiniert hatten. »Die allerletzte Kundin, zwei Jahre darauf, war Frau Scalander«, erklärte er. »Sie räumte erst das Feld, als sie die rote Sophia unter der Erde wußte. Nimm ihr Haus, sie kommt nie zurück!«

Obwohl ich nicht daran glaubte, nahm ich den Schlüssel, ging zum Gemeinderat und erhielt ohne weiteres den Pachtvertrag. Der Bürgermeister war froh, daß das Haus nicht länger leerstand, zündete sich eine Zigarre an, paffte Rauch über den Tisch und schimpfte unvermittelt los: »Der alte Lewke ist ein Brabbelkopf, ein Quengler, ein Quälgeist! Hüt dich bloß vor seinen fixen Ideen, glaub ihm kein Wort! Und borg ihm nie ein Buch, er gibt's nicht zurück!«

5 In der Nachmittagshitze kam der Glaser und verrichtete fast wortlos seine Arbeit. »Wollen Sie etwas trinken?« fragte ich. Der junge Mann winkte ab und meinte: »Wenn ich überall was trinken wollte!« Dabei drückte er mit dem Daumen wie spielend den Kitt in den Rahmen, benutzte nur zum letzten blitzschnellen Glätten den Spachtel und sagte dann: »So, das wär's.« Er packte sein Handwerkszeug zusammen, warf erst jetzt einen neugierigen Blick ins Haus und bemerkte kopfschüttelnd: »Komisch, daß sie hier gewohnt hat, sie soll doch Allüren wie eine Gräfin gehabt haben.«

Ich hatte keine Lust, mich auf weitere Mutmaßungen und Gerüchte einzulassen, fragte, was ich zu bezahlen habe, wollte zurück zu meinen Büchern und reagierte auch nicht, als der junge Mann lächelnd versicherte, er glaube ja nicht an den Blödsinn, er sei damals noch ein Kind gewesen, aber er könne sich deutlich erinnern, daß die rote Sophia immer in einer Kutsche durchs Dorf gefahren sei. »Und manchmal hat sie uns Bonbons oder Kekse zugeworfen, wirklich«, beteuerte er. »Wie eine Gräfin!«

Mit einem »Na wennschon« und »Auf Wiedersehen« tat

ich's ab, setzte mich an den Tisch, den ich an die Verandatür gerückt hatte, sah den Glaser mit seinem Karren davonziehen, tippte an die neue Scheibe, war froh, daß ich nun meine Ruhe hatte vor Mücken und vor Windstößen, die meine Notizzettel im Zimmer umhergewirbelt hatten. Ich begann zu lesen, holte die alten Chroniken und Memoiren aus dem Regal, sammelte Papiere auf, die noch auf dem Fußboden verstreut lagen, und eine Weile hielt ich mich am Vergangenen fest, am Zustand dieses Landstrichs während des Dreißigjährigen Krieges, als die Dörfer noch armselig waren, Lehmkaten, von ungeübten Händen nach der täglichen Fronarbeit ausgeführt, enge, aneinandergedrängte Dorfgassen, nicht viel besser als Biberkolonien. Keine dieser hinfälligen Lehmhütten war auf die heutige Zeit gekommen, höchstens hier und da ein schmuckloses Herrenhaus.

Ich las und notierte, sah auf das Dorf Sandberg hinab, auf die roten Dächer zwischen den Bäumen: Nur ein einziges schilfgedecktes Fachwerkhaus und das alte Gutshaus gab es noch, sonst nur frischverputzte Steinhäuser, Neubauernsiedlungen, LPG-Ställe und Dutzende Bungalows, Ferienheime, eingebettet in Gärten und Uferwiesen. Zu Beginn des siebzehnten Jahrhunderts wurde der Ort zum ersten Mal urkundlich erwähnt, nach dem Dreißigjährigen Krieg war die Gegend menschenleer, die Dörfer waren dem Erdboden gleich, dreihundert Jahre später hatte ein Krieg die Gegend noch einmal verheert – Sandberg mußte zum drittenmal geboren werden.

Vor das Bild des Dorfes, in die Gedanken, die ohnehin von den Buchzeilen und Notizen wegirrten, schob sich ein Schatten, Frau Scalander, die mich in der Veranda erspäht hatte. Offenbar nahm sie nicht wahr, daß eine neue Scheibe eingesetzt war, sie redete auf mich ein, wollte mir die Hand reichen, stieß gegen das Glas, lachte, und dabei blitzten die goldenen Zähne in ihrem Mund, der sich mißmutig nach unten krümmte, weil ich nicht sofort die Tür öffnete. An ihrem dunklen Seidenkleid steckte eine goldene Brosche, am Arm schaukelte ein goldener Reif, außerdem trug sie mehrere goldene Ringe an beiden Händen. Es paßte dazu, daß sie von Geld sprach, als ich zögernd aufstand und aus dem Haus trat. Sie nannte die Maße des Grundstücks, wies auf den Baumbestand, den halbzerfallenen Zaun, die Veranda und redete von Materialpreisen und der soliden, aber teuren Arbeit der Handwerker. »Allein diese handgetischlerten Türen und Fensterläden!« schwärmte sie und bat mich, sie zu den Gartenstühlen zu führen, die sie damals besonders viel gekostet hätten. »Machen Sie mir ein Angebot, alles in allem, sonst vermache ich diesen Besitz meinem Sohn.«

»Ihrem Sohn?« fragte ich verwundert und erinnerte mich, was sie bei ihrem ersten Besuch über sein Verschwinden erzählt hatte. Ihr schien es selbst einzufallen, sie lachte und erklärte mit wegwerfender Geste: »Ach was! Der kriegt keinen Pfennig, keinen Kienappel, der hier rumliegt – er ist für mich tot. Nur, junger Mann«, sie zog ihre Augenbrauen hoch, »verschleudern will ich's nicht.«

Wir saßen uns dann am Gartentisch gegenüber, unter den Kiefern, zwischen denen auch ein kümmerlicher Apfelbaum stand. »Den hat mein Mann gepflanzt, auch tot, wirklich tot«, sagte sie und wies auf die verdorrten Äste. »Mit meinen Männern hab' ich stets Pech gehabt, bin dreimal verwitwet.« Ihr dritter Mann sei Beamter gewesen, ein Großstadtmensch durch und durch, der sich hier sehr ungeschickt angestellt habe. »Er wollte lauter Obstbäume pflanzen, obwohl's klar war, in diesem Sandboden und mitten im Wald, das wird nichts!« Doch sie hatte zu ihm gesagt: »Mach nur!« Es tat ihm irgendwie gut, er war schwer herzkrank. »Am Ende saß ich in dem halbfertigen Haus, als er starb, kurz vor Kriegsschluß, und wenn ich nicht wie ein Luchs hinterher gewesen wäre, hätte das Haus nie ein Dach bekommen.« Dieses Dach war nach ihren Worten das beste, haltbarste weit und breit, überhaupt dieses Haus, die ruhige Lage am Hang, der Ausblick, den man sich wieder verschaffen könne, wenn man einige Kiefern abholzen ließe. »Früher schaute man von der Veranda auf drei Seen, das war eine Pracht!« Sie zeigte dahin, dorthin, wo die Dampferanlegestelle, der Segelboothafen und das Strandcasino hinter Bäumen versteckt lagen. »Hier war was los, aber nicht so ein Gedränge wie jetzt«, sagte sie. »Vorbei, verspielt, eine andere Zeit!«

Es gehörte nicht viel Phantasie dazu, sich den Ausblick vorzustellen, den Frau Scalander damals gehabt hatte: Unterstände, Bunker und Munitionsdepots am Badestrand, ein Behelfslazarett im Strandcasino, Schiffswracks, ausgebrannte Bootshäuser, ein verödetes Dorf und von Granattrichtern und Panzern zerwühlte Wiesen, Felder und Wälder. »Ja«, sagte ich, um nur irgend etwas zu sagen, »die Zeit ist nicht stehengeblieben.« Sie nickte und entgegnete verdrossen: »Aber die Bäume sollte man nicht in den Himmel wachsen lassen.« – »Wie meinen Sie das?« fragte ich. – Ihr Mund krümmte sich nach unten, sie lachte. »Na, schätzen Sie mal, wie alt ich bin?«

Ich schaute sie an, ihr ganzes Gerede war mir lästig, ich fragte mich: Was soll das alles? Warum hör' ich's mir an? Sogar von einem Enkelkind begann sie zu reden, dem sie schon eher etwas zukommen lassen würde, falls wir beide uns nicht einigen könnten. »Es gibt manche Leute, die nicht eher hören, bis man ihnen die Ohren abschneidet«, hätte der alte Lewke gelästert, wenn sie bei ihm erschienen wäre. Er hätte sie davongejagt, jede Grobheit war ihm zuzutrauen: »Ist für mich tot, erledigt!« Sogar einen bissigen Grabspruch hatte er parat: »Nicht alle, die wohlgeboren sind, mein Lieber, sind wohlgestorben, merk dir das!«

»Ich bin einundachtzig Jahre«, verkündete Frau Scalander, und sie arbeitete noch, erzählte sie, half Geschäftsleuten in Steuersachen, kochte guten Kaffee, wenn die staatlichen Prüfer kamen, bot ihnen Zigaretten an, blätterte auf Zuruf die Belege hin, so daß den Herren die Arbeit flink von der Hand ging. »Anstandslos«, sagte sie, »das wäre ja auch gelacht, wenn ich das nicht glatt über die Bühne bringen würde.«

Sie ist alt, uralt, dachte ich, obwohl sie aussah, als sei sie erst sechzig, höchstens fünfundsechzig Jahre, wie sie munter darauflos plaudernd und selbstbewußt dasaß, die Handtasche aufklappte und eine Visitenkarte über den Tisch schob. »Da haben Sie auch meine Geschäftsadresse«, sagte sie, »darunter die private, falls nach meiner Abreise noch etwas zu regeln ist. Aber daß rechtzeitig der Taxator kommt, dafür sorge ich.« Mit beiden Händen stützte sie sich auf den Tisch, als sie sich erhob, schaute auf die dunkelrote Verandatür und die Fensterländen, verkniff den Mund und nörgelte: »Sie hätten's lieber hell lassen sollen, es kommt genug Dunkles in so ein Haus.«

Ich wußte kaum noch, wie das Haus ausgesehen hatte, als ich zum erstenmal hierhergekommen war. Viel Helles war nicht zu sehen gewesen, von den Fensterläden und Gartenmöbeln nicht zu reden, die der alte Lewke ausgebessert, verleimt und teilweise neu gefertigt hatte. Auch der Tisch war neu, die Bänke an der Hauswand, der Schuppen, die Kinderschaukel zwischen Kiefern, der Brunnen, die Hecken, die Rosen und die Sonnenblumen, die in schattigen Winkeln aufgeblüht waren. »Mir kommt's jetzt heller vor«, sagte ich und ging voraus, blieb am Tor stehen, bis die alte Frau heran war und sich verabschiedete.

»Das ist schließlich Ihre Sache, wie Sie sich einrichten«, lenkte sie ein. »Hauptsache, Sie können sich schnell entschließen; denn aus lauter Langeweile bin ich nicht gekommen. Eine Zeitlang fühlt man sich ganz wohl in dem Dorf, doch ewig hielt ich's hier nicht aus.«

Sie lächelte, und ich glaubte zu verstehen, was ihr Lächeln bedeutete. Ich ging zum Brunnen, füllte einen Eimer Wasser, tauchte den Kopf hinein und fühlte mich immerhin so erfrischt, daß es mich nur eine kleine Überwindung kostete, zu meinen Büchern zurückzukehren und alles andere für ein paar Stunden zu vergessen.

6 So sehr der alte Lewke Bücher geliebt hatte, eine gewisse Sorte haßte er. »Diese Helden haben keinen Körper«, sagte er, als er mir einmal einen Roman vor die Füße warf, den ich ihm geliehen hatte. »Diese Unmenschen sind immer bekleidet und verdauen nicht. Sie verrichten überhaupt keine organischen Funktionen, und niemand erfährt, wovon sie leben, ohne Geld, ohne Eingeweide. Und solche blutleeren Ungeheuer sollen ein ewiges Vorbild für die Menschheit sein, pfui Teufel! Lieber stell' ich mich als Vorbild hin.«

Ein Vorbild war der Alte wohl nicht, für manche vielmehr ein Störenfried, ein Narr und Sonderling, dem man lieber aus dem Wege ging. Ich ließ mich damals jedoch in meiner Freundschaft nicht beirren, hörte ihm aufmerksam zu und fand auch noch im struppigsten Gespräch Bedenkenswertes. Hinter den spaßigen Eskapaden und zusammengelesenen Sprüchen verbarg sich meist ein ernstes, bohrendes Anliegen, das oft unbequem oder störend war. Man warf dem Alten gottväterliche Allüren, Vogel-Strauß-Taktik und grobe Taktlosigkeit vor; denn sobald er irgend etwas verfocht, was er für richtig hielt, ließ er keine Ruhe, spöttelte und zeterte, bot alle seine List und Tücke auf, auch wenn er dabei selber Haare lassen mußte. »Wie ein Stück Seife«, pflegte er auf Fragen nach seinem Wohlergehen zu antworten, »ständig im Abnehmen, in Auflösung begriffen, aber noch nützlich.«

Es war erfrischend gewesen, mit dem Alten durch Sandberg zu spazieren, von diesem und jenem zu hören, was schon halb vergessen war. Als ich ihn kennenlernte, war er sechsundsechzig Jahre, rüstig, obwohl er die meiste Zeit in seinen vier Wänden verbrachte, las und die Ränder der Bücher vollkritzelte, die er kaufte, stahl oder sich borgte. Sonst war er bescheiden, erschreckend bedürfnislos; zuletzt schlief er auf einem alten Sofa, dessen Bezugsstoff in Fetzen herabhing. Nur wenn seine Brille zerbrach, war er bestürzt, weil er zum Optiker in die Kreisstadt mußte, eine Stunde Busfahrt, sechs Stunden Aufenthalt, abends zurück. »Warum fabriziert man keine Brillen mit unzerbrechlichem Glas?« fragte er mich. »Die vielen Stunden, die man einbüßt, wer gibt die einem bei der Endabrechnung zurück? Mein Leben war bis zum Rentenempfang eine einzige Zeiteinbuße, nun richtet mich das Geizen mit der Zeit zugrunde.«

Solche Aussprüche erregten Kopfschütteln, und seine spöttischen Attacken, die vor nichts und niemandem zurückschreckten, machten ihn rasch im Dorf unbeliebt. Mit dem Schlosser Triebel hatte er sich schon beim »Notwohnungsbau« angelegt, obwohl sie gemeinsam die Fremdarbeiter und Kriegsgefangenen vor den Schurigeleien der Nazis in Schutz genommen hatten. »Die Großen mit ihren langen Armen finden immer Kleine mit kurzen«, witzelte Lewke, »und die kleinsten Unteroffiziere sind die tollsten.«

In den ersten Nachkriegstagen, als er die Schlüssel der Holzhäuser der Roten Armee übergeben hatte, empörten sich manche Dorfbewohner, daß er vorher nicht das Inventar, besonders die aufgespeicherten Lebens- und Genußmittel, an sie verteilt hatte. »Seht doch, die Russen trinken Wein und qualmen dicke Zigarren. Und wir?« – »Und wir?« knurrte der Alte. »Wir haben Blut der halben Welt gesoffen und Dörfer und Städte wie Zigarren abgebrannt.«

Zu dem Medizinalrat Trebbin, der sich von den Fremdarbeitern eine Villa am Berg hatte bauen lassen, ging er nach Kriegsende in die Sprechstunde und sagte: »Mir tun die Augen weh.« Als ihn der Arzt einer Sehprobe unterziehen wollte, weigerte er sich und erklärte: »Nun, wenn ich Sie ansehe, habe ich diesen Schmerz.« Der Arzt verbat sich den Unsinn und fragte: »Also, können Sie mit Ihrer Brille sehen oder nicht?« Der alte Lewke beteuerte: »Sehr gut sogar!« und starrte unverwandt auf den Kragen des weißen Kittels. »Mir schmerzen nur die Augen, wenn ich Sie sehe, weil ich den Fleck sehe, wo Ihr Goldenes Parteiabzeichen gesteckt hat.«

Das verzieh ihm der Arzt nie, Lewke war seitdem für ihn ein medizinischer Fall außerhalb seiner Zuständigkeit: ein Fall für die Psychiatrie. Er dichtete ihm alle möglichen geistigen Defekte an, warf mit Fachausdrücken um sich und verfaßte schließlich ein Gutachten, das die Einweisung des Alten in ein Pflegeheim oder in eine Anstalt forderte, da dieser Mann eine Last, eine Zumutung, wenn nicht gar eine Gefahr für die Umgebung sei.

»Siehst du«, sagte Lewke, als er mir davon erzählte, »manchmal regnet es so stark, daß die Schweine sauber und die Menschen dreckig werden.« Er dachte nicht daran, sein einsames Domizil im Walde zu verlassen, das kleinste der Holzhäuser, dessen Bretter, Balken und Dachsparren er selbst zurechtgezimmert hatte. »Ich bin spät auf einen grünen Zweig gekommen«, erklärte er dem Gemeinderat, der ihm einreden wollte, daß es für ihn das beste wäre, seine alten Tage wohlversorgt in einem Heim zu verbringen, wo man ihm mit Mühe einen Platz reserviert habe. »Wie eine Schnecke hab' ich mir mein Haus nach Maß gebaut, Umtausch unmöglich.« Doch da man weiter in ihn drang, Vernunft anzunehmen, weil das Gutachten des Medizinalrates doch Eindruck gemacht hatte, wurde er wütend, zerriß den Einweisungsschein fürs Altersheim und sagte: »Eine Schnecke stirbt im Schneckenhaus, Naturgesetz, basta!«

Diese Störrigkeit legte der Medizinalrat Trebbin als noch bedrohlichere Verschlimmerung von Lewkes Krankheitszustand aus, ließ nichts unversucht, ihn in einer Nervenklinik unterzubringen, obwohl der Alte ihm auf den Kopf zusagte:

»Wenn Sie sich so um anderer Leute Nerven kümmern, passen Sie auf, daß Sie Ihre nicht verlieren!« Kurz darauf erschien ein Heimkehrer bei dem Arzt, ein ehemaliger Soldat aus dem Strafbataillon, der wußte, wie viele Kameraden Trebbin während des Krieges mit einem Federstrich in den Tod geschickt hatte. »Wir kennen uns«, sagte dieser Mann, der lange unterwegs gewesen war, bis er den Unterschlupf des Weißkittelmörders am Sandberg gefunden hatte. Diesmal halfen dem Arzt keine Fachausdrücke, keine medizinischen Gutachten, keine Drohungen mit der Nervenklinik; er sagte kleinlaut: »Entschuldigen Sie mich«, verschwand aus dem Sprechzimmer, packte eilig ein paar Koffer, stieg ins Auto und fuhr auf Nimmerwiedersehen davon.

Der alte Lewke aber sorgte weiter mit seinen Sprüchen für Unruhe, Aufregung und Gelächter, verblüffte mich manchmal mit sarkastischen Anklagen gegen sich und alle Welt, redete aber im nächsten Moment bewegt und erschüttert von Romanen oder Gedichten, die er gelesen hatte, stand vor den Regalen im Haus auf dem Berg und sagte: »Ich bin eine eigentümliche Nuß, die nur durch Bücher zu knacken ist.« Und wenn ich ihn mahnte, ein entliehenes Buch zurückzugeben, brummelte er: »Bücher sind keine Hunde, die man an die Kette legt, laß sie doch beißen!«

Nach und nach verstand ich den Alten immer besser, seine Worte blieben hartnäckig im Ohr, durch spätere Erfahrungen eher einleuchtender und deutlicher geworden. Der alte Lewke hatte seine Frau bei einem Bombenangriff in Berlin verloren, seinen Sohn im Krieg, bei dem wahnwitzigen Feldzug in der nordafrikanischen Wüste. »Warum? Warum?« fragte er wieder und wieder.

7 Das schwarze Plakat am Dorfkrug hatte mich angelockt: ein zerfurchtes Gesicht mit stechendem Blick und eine ausgestreckte, gespreizte Hand, Wahrsager Waru, der Mann mit dem phänomenalen Gedächtnis, Weltattraktion, Sonntag, 20 Uhr, großer Saal. Die Urlauber kamen in Scharen, auch Frau Scalander trippelte herein und freute sich, als sie mich entdeckte. »Wissen Sie, ich halte nichts von Magie«, sagte sie und setzte sich zu mir. »Ich habe bloß meinen Spaß daran, wie sich die Leute von solchen Schwindlern reinlegen lassen.«

Der Saal war überfüllt, die Tür umlagert, Gartenstühle wurden hereingetragen, junge Leute, Kinder lehnten ringsum an den Wänden, tuschelten, lachten. Doch als ein Gongschlag ertönte und der Magier auf die Bühne trat, herrschte Stille, gespannte Aufmerksamkeit. Ein junger Mann aus dem Publikum schrieb Städtenamen auf ein Tafel, und Waru erriet sie blitzschnell mit abgewandtem Gesicht, ohne Spiegel, doppelten Boden oder üble Tricks, wie er versicherte. »Na na«, flüsterte Frau Scalander, »ein abgekartetes Spiel, so leicht möchte unsereiner auch mal sein Geld verdienen. Verdienen Sie's so leicht? Sie sind Lehrer, hörte ich?«

Ich rückte etwas von ihr ab, hinter mir zischte es: »Pst«! In die Hand des Magiers glitt ein Kartenspiel, vermutlich aus dem Jackettärmel, auf Zuruf zog er jedes gewünschte Blatt hervor: Kreuz Bube, Karo Neun, Kreuz As, Herz Dame – Beifall, Raunen im Saal, Verbeugung, große Geste auf der Bühne. »Herz Dame gebührt natürlich der Ehrenplatz, hier und überall!« Mit Schwung warf Waru die Spielkarten an die Wand, es blieb Herz Dame haften, das Bildchen einer lockigen goldhaarigen Frau. »Die rote Sophia!« rief es aus dem hintersten Winkel. »Wie bitte?« fragte Waru verwirrt. Frau Scalander neigte sich dem Lehrer zu und zischelte: »Jetzt reicht's mir!«

Doch sie blieb, und der Magier kämpfte mit lauter Stimme gegen das Getuschel an. Er sprang von der Bühne, verteilte

Telefonbücher, Tausende Namen und Adressen, alles könne er erraten. »Zweifeln Sie daran?« fragte er. Er wußte freilich nichts von dem einen Namen: rote Sophia, ahnte nichts von Erinnerungen, Gerüchten und Legenden, die schon eine Herz-Dame-Karte heraufbeschwor.

»Scharlatan!« schimpfte Frau Scalander, als Waru Namen, Adressen und Telefonnummern nannte, auf die man irgendwo im Saal beliebig tippte, dabei beteuerte, ihm bliebe nichts verborgen.

Die Karte mit der goldlockigen Frau fiel von der Wand, als Waru wieder auf die Bühne kam, flatterte ihm vor die Füße. Er ließ sich diesmal von keinem Zuruf, keinem Gelächter irritieren und hob sie lächelnd auf. »Diese Dame kennen Sie also«, sagte er. »Wollen Sie mehr davon?« Wieder hielt er ein Kartenspiel in der Hand, Getuschel ging durch den Saal, jemand sagte laut: »Blöde Hexerei!« Und ein Kind rief: »Hexenhaus, Hexenhaus!« Da flogen die Karten schon aus der Hand, Herz Dame vervielfachte sich, zierte zweiunddreißigmal die Wand, blieb zweiunddreißigmal hängen. Im Lärm und Beifall ging alles Gemunkel unter, auch der Name Sophia, der vor allem die Kinder und Alten erregte.

Auf der Bühne standen dann drei Männer, vier Frauen, ein Junge, sie hielten kleine Gegenstände in den geballten Fäusten, die der Magier erriet: Schrauben, Flaschenkorken, Streichholz, Fahrkarte, Haarklemme, Papierfetzen. »Und ein Zehnpfennigstück!« rief er in den Saal. »Kein hiesiges«, fügte er augenzwinkernd hinzu. »Mir entgeht auch nicht die kleinste Schummelei.« Lachen, Beifall. Nur Frau Scalander blieb ernst und raunte mir zu: »Ich nehme natürlich Ihr Geld und tausche mir's um.« – »Mein Geld?« fragte ich zerstreut. – »Ostgeld«, sagte sie, »anschließend, anschließend! Sie haben dann bestimmt noch ein Minütchen Zeit?«

Zwei Männer schrieben eine achtundvierzigstellige Zahl vorn an die Tafel, der Magier hielt sich die Hände vors Gesicht. »Absolute Ruhe, meine Damen und Herren«, bat er, und dann schnurrte er die ellenlange Zahl herunter: Oktionen, Septionen, was sogar Frau Scalander ein Staunen entlockte: »Oh! Das ist eine runde Summe!«

Es wurde nun die letzte Attraktion angekündigt, die größte und erregendste, unerreicht, unnachahmlich, ungeheuerlich, mit einem Wort die Weltattraktion, die sogar Professoren ein Rätsel aufgäbe, weil die gesamte Wissenschaft der Gegenwart das Phänomen des menschlichen Gehirns in Wahrheit noch nicht erkannt habe. »Ich bitte darum, daß einige Damen und Herren auf die Bühne kommen«, sagte Waru, »an ihnen will ich demonstrieren, daß mir nichts, aber auch gar nichts verborgen bleibt.«

»Das wäre ja gelacht«, spöttelte Frau Scalander, erhob sich und ging, die Handtasche am Arm, mit trippelnden Schritten zur Bühne. Sie ließ sich von dem Magier heraufhelfen, obwohl es viel flachere Stufen als am Haus auf dem Berg waren, das sie an mich verkaufen wollte, stand dann auf der Bühne, wie sie auf der Kellerluke gestanden und von ihrem verlorenen Sohn erzählt hatte, gerade und selbstbewußt, wich nicht zur Seite, als noch andere heraufkamen, sträubte sich zuerst, ihren Ausweis in die Hand zu nehmen und in Augenhöhe zu halten, schien unbeeindruckt, als von ihr und allen anderen Namen, Geburtstag und Geburtsort genannt wurden. Nur als der Magier zu ihr sagte: »Sie sind Rentnerin, gnädige Frau«, entgegnete sie aufgebracht: »Nein, das bin ich nicht. Sie haben ja keine Ahnung, wie ich lebe, junger Mann.«

Der Magier nahm die Hände herab, die er sich vors Gesicht gehalten hatte, wandte sich ihr zu, lächelte. »Verzeihung, ich hätte noch hinzufügen sollen, daß Sie sich nebenbei als Aushilfskraft etwas Geld verdienen.« – »Aushilfskraft, daß ich nicht lache!« ereiferte sie sich. »Und was heißt hier, etwas Geld?« – »Sie wohnen in Jungfernheide, Westberlin«, fuhr der Magier unbeirrt fort und hielt sich wieder die Hände vors

Gesicht. »Sie haben einen Sohn, doch auf seine Unterstützung können Sie nicht rechnen. Er lebt in den USA, Staat North Carolina; in Ihrer Handtasche befindet sich ein Brief von ihm. Sie haben Nachgebühr dafür bezahlt.«

»Nun ist's aber genug«, protestierte sie, steckte mit zitternden Händen ihren Ausweis in die Tasche zurück und wollte sich von der Bühne entfernen. »Das geht niemanden etwas an, niemanden!« Sie verharrte an der Treppe, weil sie sich scheute, allein die Stufen herabzusteigen, und rief dem Magier zu: »Helfen Sie mir doch!« Und da sagte der Magier zu ihr: »Gnädige Frau, ich wollte Sie nicht verletzen, doch was Wahrheit ist, muß schließlich Wahrheit bleiben. Wo kämen denn wir Wahrsager sonst hin?«

Ihre ruhige, eitle Selbstsicherheit war dahin, als sie sich wieder zu mir setzte und sagte: »Was meinen Sohn und mich betrifft, geht wirklich niemanden etwas an.« Sie schien vergessen zu haben, daß sie noch Geschäftliches mit mir besprechen wollte, erhob sich gleich, als der Magier beklatscht und umjubelt seine Darbietung beendet hatte. »Glauben Sie mir«, versicherte sie noch, als sie sich verabschiedete, »mein Sohn ist nicht schlecht, es ist nur diese Frau, diese rote Sophia, die ihn mir so entsetzlich entfremdet hat.«

Ich sah, daß der Magier Waru noch einmal auf die Bühne zurückkehrte, als einige Kinder nach den hochhängenden Herz-Dame-Karten hüpften. Mit einer Handbewegung scheuchte er sie fort und sammelte die Karten ein. »Sie hätte es nicht geduldet«, sagte ein alter Mann. »Die rote Sophia war gegen Zauberei!«

8 Bisher hatte ich immer Ausflüchte und Beschwichtigungen gehabt, um mir die rote Sophia vom Leib zu halten. »Na, ja, sie soll da oben mal gewohnt haben«, hieß es manchmal am Biertisch, doch dann verstummte meist das Gespräch.

Höchstens, daß noch einer mit der Zunge schnalzte oder den Kopf schüttelte, man wußte, was man wußte; vor Jahr und Tag war darüber genug geredet worden. So war Distanz geschaffen, und es fiel leicht, dies alles als Geschwätz und Kindergerede abzutun, sich in Büchern zu vergraben und dieses Land und seine Geschichte im großen und ganzen zu sehen, auch die jüngsten Zeitereignisse, die ich ja meinen Schülern klar, systematisiert und ohne tolldreiste Kapriolen darzustellen hatte: Befreiung vom Faschismus, Errichtung der antifaschistisch-demokratischen Ordnung, Bodenreform, Enteignung der Kriegs- und Naziverbrecher, Wiederaufbau und schrittweiser Weg zum Sozialismus.

Der alte Lewke hatte mir freilich vor Jahren erzählt, daß die rote Sophia im letzten Kriegsjahr auf geheimnisvolle Weise mit zwei Koffern in Sandberg erschienen war: einundzwanzig Jahre, hübsch, rothaarig, üppige Brüste, kräftig, mittelgroß, gutgekleidet und auffällig geschminkt. Sie war sehr selbstbewußt, fröhlich, verstand sich schnell mit allen im Dorf und kochte für die Arbeiter beim Notwohnungsbau. Angeblich hatte sie mit einem Flüchtlingstreck die halbe Ukraine und ganz Polen durchquert und wartete hier auf ihren Bräutigam, einen Frontsoldaten. Sie sprach ein bißchen mit fremdem Akzent, kokettierte damit, doch sobald Fremdarbeiter und Kriegsgefangene in der Nähe waren, schwieg sie und wandte sich ab. Wenn sie abends mit den Bauleuten zusammensaß, war sie weniger beherrscht, trank gern einen kräftigen Schluck, Wein oder Schnaps, plauderte, scherzte und flirtete, ihre großen Augen verengten sich dabei, und sie summte Lieder, die niemand kannte.

Der alte Lewke war verrückt nach ihr und verfolgte sie eine Zeitlang auf Schritt und Tritt. »Nie wieder in meinem Leben wäre ich zu einer anderen Frau gegangen, wenn ich bei ihr Glück gehabt hätte«, beteuerte er noch nach vielen Jahren. Aber sie hatte jedesmal zu singen aufgehört, wenn er ihr zu nahe gerückt war. »Ich warte auf meinen Bräutigam, ich bin nicht so, wie du denkst«, sagte sie, gab ihm lächelnd einen Schubs, sang und flüsterte jedoch den Jüngeren etwas anderes ins Ohr. Dem alten Lewke blieb nichts weiter übrig, als sich unter die Zeltplane zu verkriechen, wenn sie einen der blonden Maurergesellen umarmte und dabei alle Vorsicht vergaß und lauter und deutlicher ihre fremden Lieder sang. »Verflucht, diese Stille dann«, schimpfte er. »Kein Auge habe ich zugetan, weil diesen kindischen Willys sonst was zuzutrauen war. Kurz- und kleingeschlagen, weggeprügelt hätte ich sie am liebsten; ich hatte Angst, daß so ein Jüngchen begriff, was er da im Arm hielt.«

Etwas gelassener nahm der alte Lewke hin, daß Frau Scalander hier auftauchte und sich als künftige Schwiegermutter der roten Sophia entpuppte. »Welch ein Familienidyll!« spöttelte er und beobachtete schmunzelnd, wie sich Sophia meist gleich nach dem Mittagessen, das sie ausgezeichnet kochte, aus der Runde der Bauarbeiter stahl. Sie zog zu Frau Scalander in das Haus auf dem Berg, wo der alte Lewke noch an den Fenster- und Türrahmen herumhobelte und tagelang das Getue und Gehabe der beiden Frauen mit anhören mußte: Wo bleiben die Feldpostbriefe? War der Bräutigam, der Goldjunge, schon unterwegs? Was konnte man tun, um es ihm bei der Heimkehr möglichst behaglich zu machen? Wann sollte das Fest sein, und gab es überhaupt bei der ernsten Kriegslage noch Hochzeitsurlaub? Eine große Gästeschar würde man auf keinen Fall einladen können, Hauptsache, man war im Familienkreis beisammen, der Ausziehtisch gab zur Not eine Hochzeitstafel ab, und zwei Betten genügten, eins für die gute Mutter Scalander, das andere für das junge Paar.

»Lieber Harry, komme bald heim!« telegrafierten Mutter und Braut an die Feldpostnummer.

Das war im März 1945. Die Front rückte näher. Flugzeuge kreisten überm Berg, der Schützengrabenbau begann. Die

Wehrmacht bezog in den Wäldern Stellung, eine Flakbatterie verschanzte sich am Berg, Panzergräben zerschnitten das Dorf und die Straßen und Wege zwischen den großen Seen. Durch Sophias Vermittlung wurden bald auch die Bauarbeiter aus den Feldküchen versorgt. Der alte Lewke sah sie mehrmals abends vom Haus der Frau Scalander zu den Artilleristen gehen; ein hübscher junger Soldat brachte sie nachts auf einem Wehrmachtskrad zurück. Und einmal sah er sie auf der anderen Bergseite bei der Ausländerbaracke am Waldrand, wo sie sich lebhaft mit einigen Ukrainern unterhielt. »Du verstehst ihre Sprache?« fragte er erstaunt. Doch die rote Sophia gab keine Antwort, sondern lief lachend davon. Die Rote Armee stand schon an der Oder.

Man wußte im Dorf nicht mehr, was man von der Zugereisten halten sollte. Mit Frau Scalander wirtschaftete sie, als hätte sie nur den Haushalt und die baldige Rückkehr ihres Bräutigams im Sinn. Das Feldküchenessen traf anscheinend ohne ihr Zutun pünktlich bei den Bauarbeitern ein; bald ließ sie sich nicht mehr bei den Artilleristen blicken, und auch abends im Dorfkrug blieb sie fort – ihr Lachen, ihre Trinklust, ihre Lieder, ihre Liebschaften schienen nur Launen gewesen zu sein.

Dem alten Lewke fielen wieder Sprüche ein, wenn er die rote Sophia sah: »Das Mädchen ist ganz gut, man muß nur einen anderen Rahmen drum machen lassen!« Er spuckte erst einmal aus, bevor er wegen der letzten Tischlerarbeiten die Schwelle überschritt, wo sie sich bei Frau Scalander eingenistet hatte. Die gehäkelten Deckchen brachten ihn in Wut, die unter Kaffeekanne, Tassen und Zuckerdose lagen, sogar unter dem Radio, aus dem die Nachrichten von der letzten größten Entscheidungsschlacht tönten. Die rote Sophia lud ihn zu einem »Täßchen guten Kaffee« ein, redete akzentfrei deutsch, trug auffallend einen Feldpostbrief von ihrem Bräutigam in der spitzenverzierten Schürzentasche und zog die Augenbrauen bei Lewkes Sprüchen in die Höhe. »Danke, ich habe mich seit sechs Wochen nur in Gedanken gewaschen«, frotzelte er. »Hier möchte ich mich auf keinen Fall beschmutzen.«

Die Lebenslust der roten Sophia feierte aber fröhliche Auferstehung, als der Geschützdonner schon in Sandberg zu hören war. Sergej, Nikolai und noch ein halb Dutzend anderer Ukrainer tummelten sich im Haus der Frau Scalander, fegten zum Entsetzen der alten Dame die Deckchen vom Tisch, zogen Brote, Speckseiten, Zwiebeln aus ihren Kitteln, stiegen in den Keller und reichten Würste und Weinflaschen herauf, die fürsorglich für die Hochzeit reserviert waren. Bis tief in die Nacht saßen sie vergnügt mit der roten Sophia zusammen, aßen und tranken, forderten sie zum Singen auf, und nun sang sie laut die Lieder, die sie erst nur zu summen gewagt hatte. Der alte Lewke, der das Treiben auf dem Berg mit neuen Sorgen, aber auch mit Hoffnungen beobachtete, einmal auch eingeladen und mitbewirtet wurde, sah sie in den Armen des stillen, schwarzlockigen Sergej liegen. »Ihr Unterrock war dunkelrot, wie ein Theatervorhang, doch für mich ging er nie auf«, resümierte er vergrämt.

Eines Abends, als am östlichen Horizont schon Feuerschein zu sehen war, unablässig Geschütze donnerten und sich neben den Artilleristen auch noch der Volkssturm im Wald verschanzte, kam die rote Sophia noch einmal zu den Bauleuten, die nun Panzergräben ausheben mußten, zupfte den alten Lewke am Arm und flüsterte ihm zu: »Ich hab' Vertrauen zu dir, ich verlaß mich auf dich. Schlag morgen keinen Lärm, wenn kein Ukrainer hier erscheint.« Das blieb die einzige Vertraulichkeit, die sie ihm erwies; erst nach Tagen tauchte sie wieder auf, und der alte Lewke hatte seine Not, dem Artilleriemajor wenigstens ein paar Stunden etwas vorzuflunkern.

Harry Scalander war indessen nach Hause gekommen, der angeblich sehnsüchtig erwartete Bräutigam der roten Sophia, Frau Scalanders Sohn. Aber die Braut war in Eile, sie hatte die letzten Weinflaschen und restlichen Konservenbüchsen, einstmals für die Hochzeit reserviert, schon in ihre beiden Koffer gepackt, als er in Uniform, ein Halbdutzend Handgranaten am Koppel, vor der Tür stand. Das Mahl, das Frau Scalander dem jungen Paar vorsetzte, fiel nicht so festlich aus, wie es gedacht war, nur der Kuchen gelang in der kleinen Backröhre des Kohleherdes erstaunlich gut. Die rote Sophia verschwand in der Nacht aus dem Brautbett, das halbe Dorf und die Baracken der Kriegsgefangenen und Fremdarbeiter waren leer und verlassen, und auch Frau Scalander hätte sich noch im letzten Augenblick zur Flucht entschlossen, wenn ihr Sohn nicht gewesen wäre, nicht zur Kapitulation bereit, aber müde, aufgeschreckt aus tiefem Schlaf, verstört nach seiner Braut fragend, dann im Keller versteckt von der Mutter, als sich jemand dem Haus näherte: die rote Sophia und eine Patrouille der Roten Armee.

Hatte mir's der alte Lewke so erzählt? Oder irrte ich mich, dachte ich mir selbst Zusammenhänge aus? Denn es gibt noch andere Aussagen von jenen Tagen und Stunden, als das Dorf erbittert umkämpft und manches Haus wie eine Zitadelle verteidigt, beschossen, belagert, gestürmt und bis auf den Grund zerstört wurde. So sagen die einen: Harry Scalander, der heimgekehrte Frontsoldat, habe am Fenster des Berghauses gelauert und mehrere Handgranaten nach einer Gruppe Rotarmisten geworfen, doch das Ziel verfehlt. Andere wollen wissen, daß ihn die rote Sophia keifend, kratzend, balgend zur Räson gebracht und ins Kellerloch geschubst habe. Er sei die Leiter hinuntergerutscht, blaufleckig am ganzen Leib, tobend und schäumend vor Wut und Eifersucht, als er da unten mit anhören mußte, daß seine Braut mit den Ukrainern und Rotarmisten den Sieg, den Frieden und seine Entwaffnung feierte. »Sieg, Sieg!« soll sie am Morgen laut gerufen haben, daß man's sogar unten im Dorf hörte: »Jetzt fängt ein neues Leben an, das uns die Erfüllung aller Wünsche bringt!«

9 Hinterm Zaun am neblig trüben Berghang sah ich jemand umherirren: eine Frauengestalt mit rotem Haar, die rote Sophia, die kaum faßbare, noch immer gesichtslose Ausgeburt meiner Phantasie, die mich zu narren begann. Ich riß meinen Blick davon los, versuchte mich an der gesicherten Historie festzuklammern, am Thema meiner Dissertation, las ein paar Zeilen, notierte: »Es gibt kein deutsches Fürstentum, in dem mehr Zank, Mord und Grausamkeit im Schwange gehen als in unserer Mark Brandenburg.« Und: »Es kam vor, daß Adlige auf dem Lande die Leiche eines Verwandten monatelang unbegraben ließen, um erst Geld zusammenzuraffen und dann die ersehnte Feierlichkeit gebührend in Szene zu setzen: Zechen, Lärmen, Völlerei, die zumeist aus kannibalischer Lust mit Händeln, Mord und Totschlag endeten.«

Ich zuckte zusammen, als oben vom Hang her eine schrille Stimme meinen Namen rief. Das Trugbild war Wirklichkeit, aber es war nicht die rote Sophia, sondern Frau Scalander, die sich ein rotes Tuch um den Kopf gebunden hatte, nun am Zaun lehnte und mir zuwinkte. Es regnete ein wenig, kühl war es auch, und ich brachte es nicht fertig, mich blind und taub zu stellen, als sie sich gestikulierend über den Zaun beugte und wieder meinen Namen rief. »Ja«, sagte ich und trat aus der Tür. – »Guten Tag«, grüßte sie, kam behende den Hang herab und erkundigte sich freundlich: »Geht's Ihnen gut? Geht die Arbeit gut voran?«

Ich nickte, lief ihr entgegen, war auf einen kurzen, förmlichen Wortwechsel gefaßt, doch Frau Scalander kam schon zum Gartentor herein, ergriff meinen Arm und steuerte auf das Haus zu. »Ich hab' den Zauberer vergessen, Sie hoffentlich auch«, plauderte sie fröhlich. »Aber diese Treppenstufen sind für mich zu hoch, wie für den Fuchs die Trauben.« Sie ließ mich nicht zu Worte kommen, gelangte dank meiner Hilfe ins Haus, über die Stufen, schwatzte auch da munter weiter, vom Wetter zuerst, das einem dieses schöne Fleckchen Erde nicht verleiden dürfe, sie habe sehr schöne Tage und Wochen hier erlebt. Dann wies sie auf ihren Lieblingsplatz zwischen den Blautannen im Garten, wo es sehr erholsam gewesen sei, ungestört und unbeobachtet bei strahlendem Sonnenschein, damals, im ersten Nachkriegssommer. »Das Schreckliche vergißt man, an das Gute klammert sich die Erinnerung«, sagte sie und lachte mit herabgezogenem Mund. »Deshalb will ich auch gar nicht beklagen, was ich hier an Schmach und Schande erlitten habe.«

Ganz selbstverständlich saß sie in meinem Schaukelstuhl, wippte mit den Füßen und zwinkerte mir zu. »Sie haben mich wohl hereingerufen, weil Sie meine gute Laune ausnützen wollen?« Der goldene Armreifen schaukelte an ihrem Arm, sie stemmte ihre Füße gegen die Diele und saß nun ruhig vor mir. »Es hat schon mancher bereut, nicht den rechten Augenblick abgepaßt zu haben. Doch Sie, ehrlich gesagt, halte ich nicht für einen Dummkopf. Wissen Sie, daß ich das Haus nur meiner Enkeltochter zuliebe veräußern will?«

Da begann ich zu bereuen, daß ich vom Schreibtisch aufgestanden war, wunderte mich über die Dreistigkeit dieser Frau und die Lücken in ihrer Erinnerung; ich ließ mir es anmerken, wortlos und mit mürrischem Gesicht stand ich an der Tür, blickte zu den Blautannen und Kiefern, von denen sie erzählte, daß sie im Granatsplitterhagel fast alle Äste verloren hätten. »In den dicken Stämmen steckten Splitter, als wäre jemand darauf aus gewesen, für meine Wäscheleine extra Haken reinzuschlagen. Extra für mich!« Sie fand es lustig, daß sie es mehrmals wiederholte: »Extra für mich!« Ihre Füße stießen sich von der Diele ab, sie schaukelte heftig, kicherte, amüsierte sich: Ja, auch die Schützengräben am Hang waren ihr zugute gekommen; sie hatte die Abfälle hinein geworfen, die liegengebliebenen Munitionskisten, Gasmaskenbehälter, auch die zerbeulten und durchlöcherten Stahlhelme, in denen, gottlob, nicht der Name Scalander eingeritzt gewesen war. »Vielleicht wär's die schönste Zeit meines Lebens gewesen«, versicherte sie, »wäre dieses Warten nur nicht gewesen, diese Unsicherheit, dieser entsetzliche Eindruck, der mir immer vor Augen blieb: mein Junge und hinter ihm zwei Kerle mit Maschinenpistolen. So was vergißt man nicht, verzeiht man nicht, nie!«

Ich wandte mich ihr zu, mir lag eine Entgegnung auf der Zunge, doch sie ließ mich auch jetzt nicht zu Wort kommen. »Alles habe ich mit ansehen müssen, alles, auch dieses schamlose Weib, das sich ihnen an den Hals gehängt hat.« Sie sprach voller Haß von der roten Sophia, die sie bettelarm aufgenommen habe, eine flüchtige Bekannte ihres Sohnes aus der Kriegszeit, eine dunkle, zwielichtige Existenz, ein Flittchen, ein heuchlerisches Weibsbild, das schließlich sein wahres Gesicht gezeigt habe. »Frivol, liederlich, genußsüchtig, gemein!« Sie fand immer neue Worte und Verwünschungen, noch nach einem Vierteljahrhundert, schüttelte sich angewidert, ihr Mund war fast lippenlos, wie eingekerbt, nach unten gedrückt, als sie flüsternd, zischelnd von Plünderungen und Drangsalierungen sprach. »Sie hat es überhaupt nicht gestört, was hier passiert ist. Sie hat sich dabei noch amüsiert! Sie hat noch ihr Mütchen gekühlt und sich selber schadlos gehalten, gelebt wie die Made im Speck, Feste gefeiert, Siegesfeste! Sie war in einem Rausch, größenwahnsinnig, tyrannisch, sie hat alle kommandiert wie Dreck, Gesindel, Faschisten. Wenn es nach ihr gegangen wäre, hätte sie mich mit Schimpf und Schande aus dem Haus gejagt, aus meinem Haus!«

Mit beiden Schuhen tippte Frau Scalander auf den Fußboden und sagte: »Mein Haus!« Sie schien sich ihres Anliegens zu erinnern, sah sich im Zimmer um und nickte mir zu. »Verjagen laß ich mich nicht!« Lächelnd lehnte sie sich zurück, so daß der Stuhl wieder ins Schaukeln geriet. Es heiterte sie auf, als sie weiter von der roten Sophia erzählte, von dem guten Türschloß und den Fensterläden, gegen die das Mädchen machtlos gewesen sei, trotz ihrer Bekanntschaften, trotz der Pistolen, Gewehre und Panzer, die dieses Dorf, den Berg und die Wälder damals in eine Hölle verwandelt hätten. »Ich hielt mir die Ohren zu, ich saß da, wartete«, sagte Frau Scalander, »nur dasitzen, auf meinen Sohn warten, weiter nichts wollte ich. Und durch die Tür hab' ich geschrien: ‚Eine Hure bist du, eine gewöhnliche, dreckige Hure, ein Miststück! Du und deine Kerle haben meinen Sohn auf dem Gewissen!'« Sie hob die Hand mit dem goldenen Armreif und winkte müde ab. »Es hat ja alles keinen Sinn, zu einem Ohr hinein, zum anderen hinaus. Heute habe ich mich längst damit abgefunden, wie alles gekommen ist: Und ich sagte wohl schon, daß man das Schlechte vergißt. Aber die Enkeltochter ist mir geblieben, das weiß ich.«

Ich ging zum Fenster und öffnete es. Der Regen hatte nachgelassen, nur von den Bäumen, in die der Wind fegte, klatschten dicke Tropfen herab. Hinter den Wolken schimmerte die Sonne, ein bißchen Nebeldunst hing über dem Berg, dampfte aus dem Sand und blieb zwischen den Kiefern hängen. Ich dachte daran, einfach davonzugehen und diese Frau hier sitzen, das Gute und das Schlechte beschimpfen oder vergessen zu lassen, ganz wie es ihr gefiel. Doch sie sagte: »Wir sind von unserem Thema abgekommen.«

Ja, ich wußte es, merkte, daß sie sich beruhigt und wieder ihren munteren, freundlichen Ton gefunden hatte. Auffällig blickte ich zur Uhr, sagte: »Es ist Mittagszeit.« Sie tat überrascht, doch sie blieb sitzen und begann erneut, von ihrer Enkeltochter zu sprechen. »Ich muß sie finden, ich hab' die Kleine fast jeden Tag hier gehabt, als ringsum alles drunter und drüber ging. Wer weiß, was aus ihr geworden wäre, wenn ich mich nicht um sie gekümmert hätte.«

Und sie erzählte auch von Flüchtlingskindern, die ihr die rote Sophia ins Haus gebracht hatte: ausgehungerte, zerlumpte Elendsgestalten, verwaist oder getrennt von den Eltern im

Wirrwarr der letzten Kriegstage, heulend aufgefunden am Straßenrand oder in den brennenden Wäldern. »Hier haben sie dann mit großen Augen gestanden, hier!« sagte Frau Scalander und deutete zur Tür. »Sieben, acht, manchmal ein Dutzend haben sich in dieses Stübchen gedrängt, und ich habe sie beköstigt, gesundgepflegt, gekleidet, wieder hochgepäppelt, ohne ein Dankeschön. Aus alten Decken und Bettlaken habe ich Hemden, Hosen und Röcke genäht, sogar Kleidchen für ihre verdreckten Puppen, Teddybären. Ja, und eine Ziege sollte alles wettmachen, ein dürres Vieh, das mir die rote Sophia großtuerisch geschenkt hatte, als wär's ein Wundertier, das diesen Kindergarten ernähren könnte. Eine ausgepreßte Zitrone war's! Lachhaft!« Die alte Frau lachte, rieb sich die Augen und fragte: »Haben Sie Kinder?«

»Eine Tochter«, antwortete ich.

»Und als Lehrer wissen Sie auch, was es heißt, Verantwortung für Kinder zu haben.« Sie blickte zur Dachluke hoch und seufzte: »Da oben haben sie geschlafen, eins hat immer gestöhnt oder geheult, ich habe keine Nacht geschlafen. Gehustet, sich hin- und hergewälzt, schlimm geträumt haben sie. Ich hab' an meinen Sohn gedacht, jetzt denk' ich an das Enkelkind, träume nur davon. Alpträume sind's, solange ich nicht weiß, was aus der Kleinen geworden ist.«

Ich begleitete Frau Scalander dann bis zum Gartentor, und als ich mich umwandte, verschwamm der Berghang vor meinen Augen im Nebeldunst, und ich glaubte Stimmen zu hören, Kinderstimmen. Von den Kiefern ringsum schienen die Äste weggewischt, abgeschlagen zu sein wie zu jener Zeit, als die rote Sophia ihre Tochter, die fremden Kinder und die Ziege hierhergebracht hatte. Nur spärliche, dürre Grasbüschel waren am Sandberg zwischen Schützengräben, Panzergräben und Granattrichtern zu finden gewesen, keine blühenden Hecken und Sträucher. Als ich Ruth, meiner Frau, später davon erzählte, sagte sie: »Ich kann mir's genau vorstellen, die klapprige Ziege, die ich als Kind hüten mußte, hat damals auch kaum einen grünen Halm gefunden. Wie hier!« Aber das Haus, das ich schon seit vielen Sommern mit ihr bewohnte, kam mir plötzlich anders, unwirklich und fremd vor, als stünde ich zum erstenmal davor. Und ich glaubte einen Spruch des alten Lewke zu hören: »Wer etwas von der Welt erfahren will, muß zuallererst sein eigenes Haus kennen.«

10 An den abgesplitterten Kiefernästen verdorrten die frischen, hellen Triebe. Die Schwarzerlen und Grauerlen blühten, als die Granaten sie fällten. Eine Artilleriesalve zerfetzte das zartgrüne Birkendickicht am Hang, und bald wirbelte welkes Laub hinter Panzern hoch. Auf den Straßen zogen Flüchtlinge, Frauen und alte Männer mit Handwagen und bepackten Pferden, die störrisch stehenblieben und die Moorbirken an der Chaussee kahlzupften. Ein Flugzeug kreiste am Himmel, senkte sich auf eine Wehrmachtskolonne herab, die sich hinter den Flüchtlingen staute. Ein paar Bomben schlugen im Berghang ein, Stämme knickten, Rauchringe stiegen in die Höhe, und quer über der Straße lag eine Eiche, darunter eine brüllende Kuh, ein Kind und eine Frau, die entsetzlich schrien. Der alte Lewke eilte herbei und zersägte den Stamm, sägte, bis er erschöpft umfiel. Er hatte eine verkrüppelte Frau, ein leicht verletztes Kind und eine tote Kuh geborgen. »Ein paar Tage später kam die rote Sophia zu mir«, erzählte er mir einmal. »Sie verlangte die Kuh, diese verdammte, von hundert Hungrigen längst verspeiste Kuh.«

Das war Anfang Mai, in Berlin tobte noch der Kampf. Am Horizont waren Rauchwolken, in der Nähe des Berges brannten die Wälder. Die rote Sophia saß in der Kutsche, die dem Gutsherrn gehört hatte, der mit einem Lastwagen voller Möbel geflohen war. Im Gutshaus am See hatte sich die Rote Armee einquartiert, dort residierte nun zu aller Überraschung die rote Sophia als Dolmetscherin. Sie beherrschte nicht nur die deutsche, ukrainische und russische Sprache, auch mit einem am Waldrand lagernden Trupp polnischer Fremdarbeiter konnte sie sich verständigen. »Die Holzhäuser sind beschlagnahmt«, herrschte sie den alten Lewke an, »gib mir die Schlüssel, die Rote Armee will es so.« Das war nun das Wort, das sie stolz und streng ins Dorf rief: »Das Schwarzschlachten von Vieh wird bestraft. Nazieigentum und Wehrmachtsgut sind abzuliefern, die Handlanger und Verbrecher sind ihrer gerechten Strafe zuzuführen. Die Rote Armee will es so!«

Der Bauer Schulte aus dem Dorf kutschierte die rote Sophia, und keine Stunde verging, da waren die Holzhäuser unterhalb des Berghangs ausgeräumt; kein Radio, kein Ölbild, kein Teppich, kein Wertgegenstand blieb darin. Der Bauer Schulte mußte ein zweites Pferd vor die Kutsche spannen, und Frau Scalander beklagte sich, als man bei ihr ablud: »Ich kann zwar drei Teppiche übereinanderlegen, aber für die Radios, Polstersessel und Ölbilder hab' ich keinen Platz. Vor lauter Kindern weiß ich sowieso nicht, wohin ich treten soll!«

Der alte Lewke hatte nur einen Schlüssel behalten, der zu einer sinnlosen Tür paßte, die im Winde pendelte. Es standen da mitten im Wald ein paar Pfähle, mit einem Dach darüber, anstelle der Wände stapelten sich Zementsäcke, hinter denen sich der Volkssturm verschanzt hatte. Im Geschoßhagel der angreifenden Rotarmisten waren die Papiersäcke zerplatzt, und nun war der Sandboden ringsum weiß bestäubt, eine trostlose Winterlandschaft. Nach ein paar Wochen, Mitte Mai, stand hier ein kleines Holzhaus mit einem kniehohen Fundament, in das der Zementrest verarbeitet war. Junge Linden und Buchen blühten, ein wilder Fliederbusch leuchtete violett vor den rohen Bretterwänden, hinter denen der alte Lewke nun hockte und Bücher las. »Auferstehung wie eine Kartoffel«, schrieb er auf den Einband der Lichtenbergschen Sprüche, die er am meisten liebte. »Eine Ewigkeit unter Dreck und Mist, dann ein krautiges Nachtschattengewächs.«

Erst aber hatte er sich im Gutshaus bei dem sowjetischen Kommandanten wegen der Kuh zu verantworten, die er angeblich gestohlen, schwarzgeschlachtet und am Spieß über einem Feuer gebraten habe, wodurch ein Waldbrand entstanden sei. »Ein Waldbrand?« fragte er verblüfft, dann lachte er. »Ich komme mir wie ein kleiner Junge vor, den man so lange kratzt, bis ein Bart rauskommt.«

Der Kommandant, ein junger Hauptmann, verstand kein Deutsch, doch die rote Sophia übersetzte, wurde plötzlich ernst und herrschte den Alten an: »Haben Sie Haare gesagt? Die Haare herauskratzen?« Sie hatte sich sonst immer mit allen im Dorf geduzt, nun saß sie hier stolz mit verschränkten Armen in einem Stuhl mit Löwenpranken und einem Grafenwappen an der Lehne und sagte kühl: »Für diese Unverschämtheit werden Sie sich verantworten müssen! Entschuldigen Sie sich sofort!« Da begriff der alte Lewke, daß der Kommandant die scherzhafte Antwort übelgenommen hatte, sah erst jetzt unter der Uniformmütze den kahlen Kopf und stammelte: »Bitte, ich hab's nicht so gemeint.« Der Hauptmann schrie ihn an: »Faschist!«, sprang vom Schreibtisch auf, lief aus dem Zimmer und schlug die Tür krachend hinter sich zu. Die rote Sophia blieb sitzen, schwieg eine Weile und sagte dann mit unbeweglicher Miene, als habe sie ein Urteil zu fällen: »Der Kommandant ist dreimal im Krieg verwundet worden, deshalb hat er seine Haare verloren. Er ist Held der Roten Armee, und Sie sind ein Faschist, der sich darüber lustig macht.« – »Ich habe doch vom Bart gesprochen, den man mir herauskratzen will«, entgegnete der alte Lewke verstört. – »Sie haben Haare gesagt«, widersprach sie kühl, »ich übersetze genau.« – »Aber es war doch ein Spaß, weil ich nie eine Kuh am Spieß gebraten habe.« – »Wo ist die Kuh?« fragte sie.

Zwei Rotarmisten kamen ins Zimmer, die rote Sophia

fragte noch einmal: »Wo ist die Kuh?« Der alte Lewke wurde von den Soldaten in die Mitte genommen, zur Tür hinausgeführt, in den Keller hinab, den sich der Graf recht behaglich als Luftschutzraum eingerichtet hatte. »Ich hab' keine Kuh!« schrie der Alte, als die Rotarmisten die Tür verriegelten und verschlossen.

Bis zum Abend blieb er im Keller eingesperrt, hämmerte mehrmals gegen die Tür, schließlich kam die rote Sophia mit dem Kommandanten. Da glaubte er schon, sein letztes Stündchen habe geschlagen. »Die Kuh war tot, die Flüchtlinge hatten sich darum gerissen, obwohl sie schon gestunken hat«, beteuerte der Alte, als man die Tür öffnete. »Sind Sie bereit, Ihre Schuld wieder gutzumachen?« fragte die rote Sophia.

Im Gutshof sangen Rotarmisten, Gewehrschüsse knallten, Stimmen schrien durcheinander. Als der alte Lewke die Kellertreppe hochstieg, sah er einen vielfarbigen Schein, zerplatzende Leuchtkugeln am Himmel. »Gehen Sie nach Hause, schnell!« rief ihm Sophia zu. Doch der Kommandant hielt ihn zurück, trank mit ihm ein Glas Wodka und sagte: »Frieden, verstehn?« Dann nahm er die Uniformmütze ab, deutete auf seinen kahlen Kopf und lächelte: »Krieg kaputt, verstehn?«

11 Ich hatte die alten Geschichten vergessen, weggewischt, ich saß im Dorfkrug und aß Mittag. Da stand Frau Scalander plötzlich am offenen Fenster, sie verfolgte mich in der Tat wie ein vorgestriges Gespenst. Lächelnd bat sie mich, ihr einen Stuhl frei zu halten. »Das geht nicht«, sagte der Kellner, ehe ich antworten konnte, und auch die Wirtin, Frau Gubitzke, schüttelte den Kopf und wies auf die Urlauber, die hereinströmten, Jungen und Mädchen vom Zeltplatz und Familien aus den Bungalows, auch die alten Leutchen, die gerade mit dem Dampfer den See überquert hatten und nun ein Plätzchen suchten. »Aber es sind doch noch Tische frei«, ent-

gegnete Frau Scalander unwirsch. »Ich gehe nur mal zur Post, dann komme ich wieder, solange wird man mir wohl was frei halten können!«

Aber der Kellner schüttelte den Kopf und sagte: »Nein, Frau Scalander!« Mir raunte er zu: »Lieber hack' ich mir die Hand ab, als diese Dame zu bedienen.«

Ich hätte gern gewußt, ob der Kellner, ein Mann von vierzig Jahren, die rote Sophia gekannt hatte, doch er wurde weggerufen, und die Wirtin setzte sich zu mir, auf den Stuhl, der trotz des Ansturms frei geblieben war. »Sie müssen das verstehen«, sagte sie, »ich bin nicht nachtragend, aber wenn ich diese Frau sehe, zittern mir die Hände. Diese Scalander und die rote Sophia, das ist ein und dieselbe Sippschaft.« Dabei irrte ihr Blick mehrmals zum Fenster, als sei zu befürchten, die eine oder andere stünde dort und käme sogleich zur Tür herein. »Ich verliere die Beherrschung, soviel Frechheit, sich überhaupt wieder hierher zu wagen«, ereiferte sich Frau Gubitzke. »Wenn Sie wüßten, wie übel die mir mitgespielt hat. Allen hat sie übel mitgespielt, niemanden hat sie verschont.«

Eine Weile saß ich allein, in der Küche herrschte Hochbetrieb, die Wirtin mußte aushelfen. Mir kam die Spukgeschichte in den Sinn, die bisweilen von alten Leuten erzählt wurde: Die rote Sophia jage noch immer mit der gräflichen Kutsche durch die Wälder, zwei Grauschimmel vorgespannt, und wage sich hin und wieder bei trübem Wetter auf den Berg und schleudere je nach Laune irgendein Unheil oder ein Unwetter aufs Dorf herab.

»Noch ein Bier?« fragte der Kellner im Vorbeigehen. – »Und einen doppelten Kognak!« rief ich ihm nach. Jetzt schien die Sonne, die Straße war schon wieder trocken, und ich sah Kinder zum Badestrand gehen. Mir kam es unwirklich vor, daß ich am Vormittag bei trübem Regenwetter Frau Scalander ins Haus gerufen hatte. Ich sah sie draußen auf der Straße von der Post kommen, langsam trippelnd, ohne zum Dorfkrug herüberzublicken, keine Erscheinung, die einen beunruhigen konnte, sondern eine gebrechliche hilflose alte Frau, die sich einstmals um elternlose Kinder gekümmert hatte und nun gar nicht begriff, warum sie allenthalben schroff abgewiesen wurde. Ich erinnerte mich, daß sie ebenfalls die rote Sophia verwünscht hatte und wollte es ebensowenig wahrhaben wie das Gerede der Wirtin. Doch der Schnaps war mir zu Kopf gestiegen, und eine zweite Spukgeschichte fiel mir ein: Die rote Sophia habe eines Nachts all die zusammengeraubten Teppiche, Bilder und Möbel auf die gräfliche Kutsche geladen, sei damit peitschenknallend durchs Dorf gejagt, vom Weg abgekommen und in die Sumpfwiesen am Luchsee geraten, wo man noch lange ein schreckliches Wimmern und Heulen gehört habe. Doch keiner aus dem Dorf sei hingegangen, erst am nächsten Tage habe man mitten auf dem See etwas Rötliches schwimmen sehen, vielleicht etwas Lebendiges, oder nur einen Teppich, der bald versank.

Die Wirtin kam noch einmal zu mir an den Tisch und sagte: »Sie hat mich damals vor die Tür gesetzt, und da ist es wohl recht und billig, daß ich sie auch vor die Tür setze.« – »Wer?« fragte ich. – »Sie natürlich, die alte Scalander«, antwortete sie bissig. »Sie hat hinter allem gesteckt, wollte alles haben. Die rote Sophia war von Natur aus gar nicht so schlecht.«

Der Kellner brachte mir ohne Bestellung einen zweiten Schnaps, ich trank ihn rasch und blickte zum Fenster hinaus. Drüben am Tannenweg war Frau Scalander kaum noch zu erkennen, sie kannte sich hier aus und wählte den kürzesten Weg zum Berg, hoffentlich in der Absicht, ihre Sachen zu packen und mich endlich in Ruhe zu lassen.

»Ich kann Ihnen den Enteignungsbefehl zeigen, hab' ihn mir gut aufgehoben«, sagte die Wirtin. »Die rote Sophia hat ihn nicht unterschrieben, vielmehr der alte Lewke und der Triebel. Nur zwei Koffer durfte ich mitnehmen, auf alles andere haben sie gleich ihre Hände gelegt – ein gemeines, gieriges, unersättliches Pack, das sich hinter andere gesteckt hat. Und jetzt liegt mein Mann seit fünf Tagen schwerkrank.«

Ringsum war lautes Stimmengewirr, ich verstand nicht alles, was die Wirtin sagte. Doch ehe sie sich entfernte, wies sie zum Fenster und meinte damit zweifellos Frau Scalander, die längst hinter den Tannen verschwunden war und auch nicht ahnen konnte, daß der Wirt, ein dicker, gutmütiger Mann von fünfundfünfzig Jahren, vor fünf Tagen in einen rostigen Nagel getreten war, was man ihr nur zur Last legte. – »Was sagte denn der Arzt?« fragte ich den Kellner. – »Der hat auf Grippe behandelt«, antwortete er, »weil gleich das Fieber so hoch war. Jetzt ist der Krankenwagen unterwegs.«

Die Mittagszeit war vorüber, die meisten Gäste hatten schon den Dorfkrug verlassen, doch ich blieb noch sitzen und dachte über diese dritte Spukgeschichte nach. Vor fünf Tagen, am Sonntag, war der Magier und Gedächtniskünstler Waru hier im Saal gewesen, auch Frau Scalander, der Wirt hatte an der erhöhten Theke gestanden, ein Kapitän auf der Schiffsbrücke, dem nichts entging, was im Saal geschah. Also mußte er mit angesehen haben, wie Frau Scalander auf der Bühne in Verlegenheit geriet – kein Spuk, nur kleine Tricks eines Magiers, der sich mit Seitenblicken in Ausweise und Handtaschen allerlei zusammenreimen konnte, nur eben nichts von jener roten Sophia, die Frau Scalanders unheimlicher Schatten geblieben war.

Ein Rotkreuzwagen hielt vor dem Fenster. Noch immer brachte der Kellner Bier, vereinzelt auch Bratenteller an die Tische. Manche Gäste verlangten schon Kaffee und Kuchen, deshalb kam niemand in der Küche zur Ruhe, nur die Wirtin war zur Not entbehrlich. Zwei junge Männer brachten den schweren Wirt auf der Trage zum Wagen, und die Wirtin stieg mit ein, nachdem sie noch ein paar Anweisungen gegeben hatte: Einkauf, Küchenvorbereitungen, Bierbestellung. »Und wenn diese Frau wiederkommt, schickt sie zum Teufel!«

12 Da hatte ich also jahrelang in dem Haus auf dem Berg gewohnt, ohne zu wissen, was darin geschehen war. Für den alten Lewke war Frau Scalander tot, die rote Sophia ein Idol, jenseits von Gut und Böse. Er fand es nicht der Mühe wert, mich über ihre Familienzwistigkeiten oder gar das kleinliche Gezänk der alten Scalander aufzuklären. Nach und nach, auf vielen Umwegen erfuhr ich nun auch von anderen Leuten viel Widersprüchliches vom Lebenswandel der roten Sophia. Ich erinnerte mich, daß der alte Lewke oft mitten im Erzählen verstummt war. »Das Schlimme ist doch, daß ungefähre Wahrheiten die gefährlichsten Unwahrheiten sind«, hatte er gesagt und den Kopf nachdenklich hin und her gewiegt.

Es fing schon damit an, daß niemand genau wußte, wie die rote Sophia nach Sandberg gekommen war. Die einen wollten sie in Wehrmachtsuniform gesehen haben, als sie mit ihren beiden Koffern vor dem Haus am Berg stand und bei Frau Scalander um Einlaß bat. Andere behaupteten, sie sei in der Uniform der Roten Armee mit einem Fallschirm im Wald am Berghang abgesprungen, habe sich dann verkleidet und das hochgelegene Haus zur Bleibe gewählt, weil sie dort ihren Landsleuten am besten Signale geben und Funksprüche senden konnte. Aber Beweise gab es dafür nicht; weder eine Uniform der Wehrmacht noch der Roten Armee war je gefunden worden, auch keine Spur von einem Fallschirm oder einem Funkgerät, nicht einen Knopf oder eine Stecknadel hatte die rote Sophia zurückgelassen, nichts als Gerüchte, Legenden und Spukgeschichten.

Der alte Lewke lachte darüber, er war vergnügt, wenn er dagegenhielt, was er selbst mit ihr erlebt hatte. Nicht einmal die Sache mit der Kuh hatte sie zu seiner Feindin gemacht. Er wunderte sich nur, warum sie damals statt »Bart« »Haare« übersetzt hatte, lernte eine Zeitlang Russisch, um ihr hinter die Schliche zu kommen. Doch sie dolmetschte so schnell und fließend, daß er nie verstand, was sie mit dem Kommandanten besprach, ehe sie »Die Rote Armee will es so!« ins Dorf rief.

Es war ja in Ordnung, daß sie die Holzhäuser der geflüchteten Nazis beschlagnahmte, um die sowjetischen Soldaten und Flüchtlinge einzuquartieren. Auch daß sie eines Tages selbst in einem solchen Haus wohnte, war zu verstehen, weil die alte Scalander sie nicht mehr in ihren vier Wänden dulden wollte. Also brauchte die rote Sophia auch Mobiliar, Teppiche, Kleidung, ein paar Ölbilder, ein Radio, auch einen Musikschrank mit Plattenspieler; denn sie liebte nun einmal Musik, Lieder, besonders jene russischen, die fortan laut durch den Wald hallten. »Ich hab' das gern gehört, bin manchmal dort in der Nähe herumgeschlichen«, gestand der alte Lewke. »Sie hat fröhliche Feste mit den Russen gefeiert, ich wäre gern dabeigewesen.«

Aber das beschlagnahmte Haus war ihr bald zu eng, die Runde zu klein, in der sie Mittelpunkt war. Der Dorfkrug mit seinem großen Parkettsaal, der Bühne und den Lautsprechern hatte es ihr angetan, dort sollte eine Kapelle für die Dorfbewohner spielen, dort wollte sie singen, vor viel Publikum tanzen; denn sie war eine leidenschaftliche Tänzerin. Auf eigene Faust ging sie zu Frau Gubitzke und sagte: »Das Gasthaus ist enteignet, packen Sie das Nötigste in zwei Koffer und hauen Sie ab!« Als die Wirtin sich zu widersetzen wagte, herrschte die rote Sophia sie an: »Die Rote Armee will es so!«

Der alte Lewke zuckte mit den Schultern, als er's erzählte. »Was für den einen schreiendes Unrecht ist, hält der andere für den Gipfel der Gerechtigkeit.« Immerhin war die rote Sophia selbst mit zwei Koffern in dieses Dorf gekommen, und nun jagte sie andere, denen es nie an etwas gefehlt hatte, mit zwei Koffern davon. Der Wirtin, Frau Gubitzke, sagte man nach, sie sei manchmal bei SS-Vergnügen in der Kreisstadt gewesen und habe dort einen Geliebten gehabt, einen jungen

Oberscharführer. Ihr Mann, Unteroffizier und Berufssoldat, war Bordmechaniker einer He 111 der Legion Condor gewesen, er hatte aus dem Heckfenster geschaut, als Barcelona und andere Städte Spaniens eingeäschert worden waren. »Faschistenpack!« schrie die rote Sophia, als sich die Wirtin hartnäckig weigerte, mit ihren Koffern und den beiden Kindern das Gasthaus zu verlassen. Frau Gubitzke aber schrieb einen Beschwerdebrief an den Landrat und versicherte darin: »Mein Mann war nie Mitglied der Nazipartei, und ich habe sogar mehrmals eine Jüdin mit zu den SS-Vergnügen genommen. Und wenn man mich nun bestrafen will, weil mein Mann in Spanien gegen die Roten gekämpft hat, dann müßte man gerechterweise das halbe deutsche Volk bestrafen, weil es in Rußland gegen die Rote Armee gekämpft hat.«

Der alte Lewke sagte dazu: »Logisch, die Wirtin denkt logisch.« Er studierte geradezu die Grundzüge der Dialektik und wußte, daß die alte Qualität plötzlich in eine neue umschlägt, die alte, überlebte Gesellschaft sich also in eine neue umwandelt, wie das Wasser bei null Grad in Eis oder bei hundert in Dampf. »Ich bin mehr fürs Verdampfen als für Eis«, hielt er dem alten Triebel entgegen, der zu ihm kam und um Unterstützung bei der Entnazifizierung bat. »Die rote Sophia macht das ganze Dorf zum Eisblock, statt den Nazis Dampf unter den Hintern zu blasen.« Doch Triebel, nun Vorsitzender des Antifa-Ausschusses, ließ nicht locker und fragte hitzig: »Willst du dich drücken? Bist du für die Enteignung, für die rote Sophia oder gegen sie?«

Aber das war es gerade, was dem alten Lewke zu schaffen machte. Seine Sprüche halfen ihm nicht weiter. »Wenn das Auge undeutlich sieht, gehört der Sargdeckel drauf, falls die Brille nicht hilft«, sagte er. »Und bei mir hilft die Brille nicht mehr.« Trotzdem ging er zur Sitzung des Antifa-Ausschusses, hörte sich alles an, was die rote Sophia gegen die Gubitzkes vorbrachte, nickte sogar dazu und fragte nur am Ende: »Und wer übernimmt den Dorfkrug? Wer kocht das Essen, und wer schenkt aus? Haben wir andere Wirtsleute, bessere?« Da huschte schon wieder ein Lächeln über sein Gesicht, und er zwinkerte zur roten Sophia hinüber. »Hunger und Durst, das wäre ein trauriges Dorf, eine schlimme neue Welt.«

Das erzählte er mir ohne Beschönigung. Er hatte schließlich doch mit dem Schlosser Triebel den Enteignungsbefehl unterschrieben und bewunderte den Landrat, der ins Dorf kam und der roten Sophia entschieden entgegentrat, die wie üblich behauptete: »Die Rote Armee will es so.« Der Landrat, ein Kommunist, entgegnete ihr: »Nein, so will es die Rote Armee nicht, so nicht.«

13 Ich traf den Bürgermeister im Dorfkonsum, als er wie üblich seine Tagesration Zigarren kaufte. »Was läßt du dich mit dieser Frau Scalander ein«, fragte er mich, zündete sich eine Zigarre an, schimpfte vor sich hin, paffte mir Rauch ins Gesicht und zog mich zur Ladentür. »Schmeiß sie raus, wenn sie dir auf die Nerven geht. Gestern war sie bei mir, ich hätt's beinahe getan.«

Er hatte den alten Lewke noch gut gekannt, auch bei Gubitzkes, im Dorfkrug, war er lange Zeit ein fröhlicher Stammgast gewesen. Doch seit dem letzten Jahr kränkelte er, schaute müde und etwas verkniffen drein, lebte mit seiner Familie ziemlich zurückgezogen im Gutshaus, in einer engen Wohnung, den früheren Gesindestuben, seitlich des protzigen Treppenflurs. In den heutigen Amtsräumen, einer weitläufigen Zimmerflucht der ersten Etage, standen noch einige schöne Möbel, darunter ein flämischer Schreibschrank aus dem sechzehnten Jahrhundert, eine geschnitzte Sitzbank und jene zwei Lehnsessel mit den Löwentatzen und gräflichen Wappen, die aus irgendeinem Grunde dem Zugriff der roten Sophia entgangen waren.

»Diese Typen sind unverschämt«, sagte er. »Die kommen hierher und spielen sich auf, als wäre nichts passiert, die reinsten Unschuldsengel. Und dann drückt mir das Weibsstück noch eine Flasche Kognak in die Hand und erwartet meinen Segen. Pfui Teufel!« Sein Reservoir an Schimpfwörtern war damit noch nicht erschöpft. Ich ging mit ihm über den Dorfplatz, an der Post vorüber und dann durch das offenstehende Gittertor in den ehemaligen Gutspark. Auf der rechten Seite wuchs kniehohes Unkraut, links waren Beete, steinumsäumte Wege, die Schaukeln und Klettergerüste des Kindergartens und ein paar verwitterte Holzbänke, auf denen ein paar alte Leutchen saßen, die auf den Bürgermeister warteten. »Setz dich mal hin«, sagte er zu mir, »wenn du an der Reihe bist, zeig' ich dir was.«

Ich hörte oben im Büro Schreibmaschinengeklapper, die Kinder tollten hinterm Gutshaus umher, lieber im Unkrautgestrüpp, wie ich sah, als auf dem ordentlich hergerichteten Spielplatz. Eine alte Frau beugte sich zu mir herüber und fragte: »Sie sind doch der Herr, der bei Frau Scalander wohnt? Müssen Sie jetzt das Haus räumen, weil sie wieder hier ist?« – »Nein«, antwortete ich, »ich denke nicht daran.« – »Man hört so manches«, bemerkte eine andere Frau und wiegte ihren Kopf. »Die rote Sophia soll gar nicht tot sein.«

Tot oder nicht, dachte ich, hier ist sie jedenfalls quicklebendig ein- und ausgegangen. Eine geschwungene Granittreppe mit granitener Brüstung führte zu dem ehemaligen Gutshaus hinauf, das eine Zeitlang die Kommandantur der sowjetischen Besatzungsmacht gewesen war. Der Bürgermeister von einem Dutzend Dörfer, manchmal der halbe Landkreis, waren hier zusammengekommen, wenn die rote Sophia die Befehle des kahlköpfigen Hauptmanns ins Deutsche übersetzte: »Die Rote Armee will es so!« Sie wurde schließlich Bürgermeisterin des Dorfes Sandberg, die erste Frau in einem solchen Amt, die es überhaupt im Lande gab, resolut und übereifrig, was ihre

Amtsgeschäfte betraf, so daß man anfangs bewundernd auf ihre Erfolge sah. Die Felder waren bald wieder bestellt, die Läden und Bäckereien, Gaststätten und Schulen eröffnet worden. Es gab Verhaftungen, Enteignungen, manche flüchteten, doch das Leben kam wieder in Gang, und in Gubitzkes Dorfkrug spielte am Wochenende eine Kapelle zum Tanz auf.

Die Kinder stürmten die Granittreppe hoch, es gab Frühstück, gleich unten in der Diele, wo nur noch ein Kamin an die gutsherrlichen Zeiten erinnerte. Neben dem Kindergarten war im Parterre das Sprechzimmer des Arztes untergebracht, dahinter im Erker die Bibliothek. Wenn ich Freund Lewke zu Hause nicht angetroffen hatte, dann war er hier zu finden gewesen. »Ich hinterlasse dir einen Radiergummi«, hatte er kurz vor seinem Tod zu mir gesagt. »Es muß alles seine Ordnung haben, wenn meine Bücher in die Bibliothek wandern.« Also hatte ich die Kritzeleien herausradiert, ehe ich die Bücher hierher trug, und zum Dank spukten mir seine Sprüche im Kopf herum: »Disteln fraß der Esel, rechten Salat für sein Maul.« Und: »Jedes große Schiff wird durch ein kleines Ruder regiert.«

An der Hauswand hing das Schild »Rat der Gemeinde« mit den Sprechstunden des Bürgermeisters, daneben eine Tafel mit Bekanntmachungen: der neue Busfahrplan, Schirmbilduntersuchungen, Treffs der Briefmarkensammler und der Angler. Auch die rote Sophia hatte manchmal unten auf dem Steg am Bootshafen gesessen, die Angelrute in der Hand. Sie soll sehr stolz gewesen sein, als sie einige prächtige Hechte gefangen hatte. »Sie besaß die Eigenschaften, die ein guter Angler haben muß«, sagte der alte Lewke. »Ausdauer, Kaltblütigkeit und immer Appetit auf einen guten Fisch!«

Der Bürgermeister rief mich, er kam mir in der Diele entgegen, wo die Kinder frühstückten, und sagte: »Ein Bienenhaus ist das hier, und du bist eine Wespe.« Als ich ihn verdutzt ansah, kniff er die Augen zusammen und schimpfte:

»Laß die Hände von dem ollen Kram. Wir sind froh, daß endlich Gras drüber gewachsen ist. In einer Woche ist die alte Scalander wieder fort, dann ist alles vergessen!« Er zog mich in sein Büro, nahm einen dicken Leitzordner zur Hand und schwang ihn drohend: »Nur über meine Leiche, sag' ich dir! Da hinein steckst du deine Nase nicht. Basta!«

Auf der Rückseite des Aktenstücks las ich »Jahrgang 1945/46«. Ich setzte mich und wartete ab, bis der Bürgermeister seine erloschene Zigarre wieder in Brand gesetzt hatte. Die dicke Aktenmappe lag auf seinen Knien, er blätterte darin und schwieg vor sich hin. Dann sagte er: »Wenn du wüßtest, was es gekostet hat, in dieses Dorf wieder Ruhe und Frieden zu bringen, von allem anderen will ich gar nicht reden.« Er klappte den schwarzen Deckel zu und legte beide Hände darauf. »Was damals war, ist endgültig vorbei, begraben und vergessen. Endlich!« – »Wirklich?« fragte ich.

Er hüllte sich in dicken Rauch und antwortete verdrossen: »Wenn die Scalander nicht wieder aufgekreuzt wäre!« Er kannte wie ich die Spukgeschichten um die rote Sophia, er glaubte wie ich nicht daran. Seine Hände lösten sich von dem Aktenstück. Er schüttelte den Kopf, stand auf und trat ans Fenster. Keine hundert Schritt entfernt war der Luchsee, auf der Wiese und im Wasser das übliche Feriengetümmel, weit draußen ein Segelboot und an der Kanaleinfahrt der Dampfer mit einer kleinen Rauchwolke. »Wir müssen dieser Frau Scalander klarmachen, daß sie hier zu Gast ist, weiter nichts, Feriengast, zur Sommerfrische«, sagte er. »Wir sind der Gastgeber, sie hat sich an unsere Gesetze zu halten, und über Volkseigentum lassen wir nicht mit uns handeln. Basta!«

Ich nickte und wollte gehen; denn das hätte er mir nicht zu sagen brauchen, es war vergeudete Zeit. Doch er rief mich zurück, schob mir das Aktenbündel übern Schreibtisch. »Nimm's mit, hier. Ja, nimm's schon!« rief er barsch. »Aber ich hab' dich gewarnt, ich hab' hier genug graue Haare gekriegt!«

14 Das erste, was ich sah, als ich den Leitzordner aufklappte, war die Unterschrift meines Freundes Lewke neben der von Sophia. Ich setzte mich auf die Treppe, nachdem ich – ich weiß nicht wie – die Amtsstube des Bürgermeisters verlassen hatte. Den Lärm ringsum, Kindergeschrei, Gerede, Gedränge, wenn Leute die Treppe heraufwollten, nahm ich kaum wahr. Mehrmals erwiderte ich einen Gruß, antwortete auf Fragen, saß ein paar Minuten oder Stunden dort, las oder las gar nichts, blätterte jedenfalls mit zitternden Händen in den vergilbten Akten und hoffte, mit einem Schlag im Besitz der ganzen Wahrheit über die rote Sophia zu sein.

Der Geruch, der kaum veränderte Zustand dieses alten Gutshauses, der Lärm, treppauf, treppab, dazu das Stimmengewirr, Telefongeklingel, Radiomusik, die offene Amtsstube mit den Löwentatzenstühlen – ich wäre nicht überrascht gewesen, den kahlköpfigen Kommandanten plötzlich dort zu sehen. »Genossen, bitte!« hätte er wohl gesagt, dann noch ein paar Worte in russischer Sprache, die prompt von einer jungen Frau übersetzt worden wären. Der Offizier saß in dem einen Lehnstuhl, die rote Sophia in dem andern; an dem länglichen Tisch, der an den Schreibtisch gerückt war, glaubte ich den alten Tischler Lewke, den Schlosser Triebel und noch zwei oder drei Männer zu sehen, die ich nur flüchtig vor ihrem Tod kennengelernt hatte. Alle Türen standen damals sperrangelweit offen, vor dem Portal dröhnten Lastwagen- und Panzermotoren, Rotarmisten kamen herein, meldeten dem Kommandanten irgend etwas, blieben dann neben mir auf der Treppe hocken, kramten Machorka und Zeitungspapier aus der Tasche und fragten: »Du willst?«

Ich nickte, rauchte, antwortete nur kurz, um mir nichts entgehen zu lassen, was hinter meinem Rücken mit der roten Sophia geschah. Ohne Mühe verstand ich sie, trotz des Lautsprechergeplärrs und des Motorenlärms, der ohrenbetäubend anschwoll. »Der Kommandant legt nun die Verantwortung in deutsche Hände, Genossen«, sagte sie und stand auf, gab allen anderen ein Zeichen, aufzustehen und dem Kommandanten zum Abschied die Hand zu reichen. Er blieb zwar in der Nähe, im Stab des Garnisonsbezirks, doch fortan hatte in diesem Haus ein deutscher Bürgermeister zu amtieren: »Genosse Lewke, schlägt der Kommandant vor«, sagte sie, und es klang wie ein Befehl.

So sehr ich mich anstrengte, das Gesicht der roten Sophia konnte ich nicht erkennen, mir nicht vorstellen. Nur Worte waren geblieben, herrische, einschmeichelnde, witzige, bittere – ein Aktenbündel voller Befehle, Aufrufe, Enteignungsanträge, Ernteberichte und Sitzungsprotokolle. Ich wußte vom alten Lewke, daß er es damals abgelehnt hatte, das Amt des Bürgermeisters zu übernehmen, obwohl ihn die rote Sophia beschimpft und verspottet hatte: »Drückeberger! Feigling! Waschlappen!« Der Kommandant hatte sie mit einem Wink zum Schweigen gebracht, dem alten Lewke die Hand auf die Schulter gelegt und gefragt: »Warum nicht?« Lewke hatte mit den Schultern gezuckt und auf das verwüstete, fast menschenleere Dorf gedeutet. »Ich bin zu alt, unfähig«, sagte er. Kein Spruch fiel ihm ein, er senkte den Blick. Er wußte, was geschehen würde, vielleicht wollte er's so.

»Und du?« fragte die rote Sophia den Schlosser Triebel, doch auch der sagte: »Nein, ich trau' mir's nicht zu.« Die anderen Männer sagten schon »Nein!«, ehe sie gefragt waren. Der Kommandant ging zum Fenster, schwieg eine Weile, dann redete er lange in russischer Sprache, doch die rote Sophia übersetzte nicht mehr. Sie lehnte sich im Sessel zurück und sagte: »Ja.« Als sie ein Motorrad vorm Gutshaus hörte, sprang sie auf, eilte wortlos aus dem Zimmer, die Treppen hinab, quer durch den Park, umarmte einen jungen Mann, den die Posten am Tor aufgehalten hatten. »Ich bin Bürgermeisterin geworden«, sagte sie laut und fröhlich, »ich bleib' nun erst mal hier. Freust du dich?«

Der Kommandant öffnete das Fenster und rief sie zurück. Aber sie saß schon auf dem Motorrad und fuhr mit dem jungen Mann davon, ein Stück den Sandberg hinauf, nur bis zur halben Höhe; sie wußte, daß sie den Bogen nicht überspannen durfte. »Wir feiern heute, komm mit, Roland«, sagte sie. Es war ihr ganz leicht zumute, ihr Leben hatte eine unerwartete Wendung genommen. Sie hatte an Heimkehr, Studium, an irgendeinen Beruf in Drohobycz gedacht und ihre Neigung zu diesem jungen Mann einzudämmen versucht. Jetzt hing sie an seinem Hals, küßte ihn, berauschte sich an seinen Küssen, gab sich ihm auf einer Waldwiese hin und flüsterte immer wieder: »Ich liebe dich, ich bleibe bei dir, wir bleiben zusammen.«

Über ihnen zerplatzten Leuchtkugeln, ringsum flammten die Bäume rot, gelb und violett auf. Es war Abend geworden, Rufe hallten durch den Wald, der Kommandant und einige andere Offiziere suchten sie. »Du kommst mit, du feierst mit, Roland«, sagte sie. Doch er winkte ab und setzte sich aufs Motorrad. »Geh nicht hin«, bettelte er, »wir fahren weg.« Sie lachte: »Bist du eifersüchtig?« Er ließ den Motor aufheulen, erwiderte nichts und fuhr davon.

Im Schein eines Feuers, das die Posten vorm Gutshaus angezündet hatten, sah der alte Lewke, wie der Kommandant die rote Sophia auf die Kutsche hob, die er ihr zum Abschied übergab. »Es lebe Sophia, die erste kommunistische deutsche Bürgermeisterin!« rief er. Ein älterer Rotarmist bekreuzigte sich vor ihr, flüsterte: »Sankta Sophia!« Darüber lachte sie wie von Sinnen, sprang von der Kutsche und schrie den Soldaten an: »Heilig oder unheilig, wer die Welt auf den Kopf stellt, hält seinen Kopf hin.«

Der Kommandant zog sie ins Haus, aß und trank mit ihr, mit seinen Offizieren, Soldaten, Triebel und dem alten Lewke. »Na, wo ist die heilige Kuh?« fragte er Lewke lachend, und die rote Sophia übersetzte: »Daß du kein Heiliger bist, wissen wir, aber wenn du dich für mich und den Kommunismus entschieden hast, dann sag laut und deutlich wie bei einer Hochzeit: Ja!« Der Alte ergriff das Glas, prostete ihr und dem Kommandanten lachend zu und antwortete: »Ja!«

Am nächsten Tag saß sie allein am Schreibtisch, allein im Gutshaus, die Rotarmisten waren in der Nacht aufgebrochen. Kein Lastwagen stand mehr im Hof, kein Posten am Tor, der Kommandant hatte ihr eine Maschinenpistole zurückgelassen und gesagt: »Du bist jetzt hier unser einziger Soldat, geh keinen Schritt zurück!« Dann kamen sie: Lewke, Triebel, Leute aus dem Dorf. Der Alltag begann mit einer Liste für die Milchablieferung.

Ich hielt diese Zettel, formlose und Aktenblätter, in der Hand und blickte mich unwillkürlich um. Der Bürgermeister stand hinter mir und schüttelte den Kopf. »Entschuldigung«, sagte ich und stand auf. Er schien zu bereuen, daß er mir den Leitzordner mitgegeben hatte. »Mach keinen Rummel darum«, brummte er, »Gottes willen, mir reicht's bis hier.« Ein Kerl wie ein Baum, die Zigarre im Mund, eine Rauchwolke wie ein Heiligenschein um seinen kantigen Kopf, so thronte er drei Treppen über mir und scheuchte mich davon. Er erwartete Besuch, es ging um »höhere Beträge«. Ich war schon unten an der Tür und fragte: »Worum geht's denn?« Er schmunzelte und paffte die allergrößte Rauchwolke in die Luft – die Vergangenheit kam gegen die Gegenwart nicht an. Oder doch?

15 In dem Haus auf dem Berg, wo vor mehr als fünfundzwanzig Jahren die rote Sophia erschienen war, las ich dann, was die rote Sophia, mein Freund Lewke, der Schlosser Triebel und noch einige andere aus dem Dorf geschrieben, berichtet und protokolliert hatten: Enteignungsanträge des Antifa-

Ausschusses, handgeschriebene Zettel mit eidesstattlichen Erklärungen, vergilbte Schreibmaschinennotizen oder hektographierte Blätter mit Namen, Adressen, Geburtsdaten, Verfügungen über Grund und Boden samt Gebäuden und Inventar.

»Durchführung der Bodenreform, Antrag auf Enteignung«, las ich. »Begründung: Der ehemalige Staatsanwalt Dr. Fr. Kubiersky, der hier in einer sogenannten Notwohnung Unterschlupf gefunden hat, war bis dahin Mitglied des Volksgerichtshofes. Das Volksgericht hat unzählige Menschen antifaschistischer Gesinnung zu Zuchthaus- und Todesstrafen verurteilt, seine Richter und Staatsanwälte haben sich mit dem Blute der Antifaschisten befleckt und im Solde des Nazismus Recht und Gesetz gebeugt. Wir dürfen niemand in unserer Mitte dulden, der unsere Brüder, die Kämpfer für die Befreiung unseres Volkes, verfolgt, gequält und getötet hat. Deshalb fordern wir eine gerechte Bestrafung und die Enteignung des gesamten Besitzes.« Daran war eine eidesstattliche Erklärung geheftet, handschriftlich und nur von der roten Sophia unterzeichnet: »Ich versichere an Eides Statt, daß Herr F. Kubiersky anläßlich eines Besuches in der Bürgermeisterei im Mai oder Juni 1945 mir gegenüber geäußert hat, daß er in seiner Eigenschaft als Mitglied des Volksgerichtshofes *nur* zwei Todesurteile ausgesprochen hatte. Der Tonfall seiner Rede war so, als erschienen ihm diese beiden Todesurteile nicht der Rede wert.«

Dann weitere Enteignungsanträge vom März, Juli und August 1946, u. a.: »Herr Muchow war ein Bodenspekulant und Kriegsgewinnler übelster Sorte. Er verlockte seine Volksgenossen zu einer angeblich billigen Pacht, um dann den größten Gewinn herauszuschlagen. Seine ständigen Helfer waren die Gerichtsvollzieher, die er den Leuten rücksichtslos auf den Hals hetzte; in seinen Augen konnte kein Mensch Mitleid finden, er verpachtete oder verkaufte manche Grundstücke zwei- oder dreimal. Vor der Roten Armee flüchtete er und entzog sich so der persönlichen Verantwortung. Es ist höchste Zeit, daß die Pächter des Herrn Muchow, die er seine ,Schuldner' nannte, durch die Bodenreform das Land erhalten, das sie jahrelang in ständiger Angst und Sorge für ihn bestellt haben.«

Und: »Bei der Entfernung von Sperrholzplatten an einer Zimmerdecke auf dem Grundstück Willi Klein wurden folgende Gegenstände gefunden: 1. Zwei Parteiabzeichen der NSDAP; 2. die Illustrierte ,Völkischer Beobachter' zu Hitlers 50. Geburtstag; 3. das Buch ,Hitler, wie ihn keiner kennt' mit einer Widmung der Frau Klein aus dem Jahre 1932; 4. Hitler-Biographie in 134 Bildern aus dem Jahre 1931; 5. Hermann-Göring-Biographie; 6. Hitlerbild. Als Beweis der Parteizugehörigkeit wurde das Mitgliedsbuch 3 054 025 aufgefunden, wonach Wilhelm Klein seit dem 1. Mai 1933 Mitglied war (Ortsgruppe Friedenau) und bis zum August 1944 Beiträge bezahlt hat. Die Enteignung des Grundstücks wurde bereits beantragt; denn das Ehepaar Klein hat sich beim Einmarsch der Roten Armee das Leben genommen. Wir bitten die Provinzialverwaltung um eine schnelle Bestätigung, da drei Erben aufgetreten sind und ihre Ansprüche geltend machen.«

Und: »Herr Johannes Ykes, der unter dem Namen ,Marschall' zahlreiche nazistische Bücher veröffentlicht hat, war als glühender Parteigenosse innerhalb der Gemeinde bekannt. Noch im vorletzten Kriegsjahr veröffentlichte er in der ,Berliner Illustrierten Zeitung' einen Roman. Bei einer Hausdurchsuchung wurden 187 Bücher faschistischen Inhalts (darunter neun Exemplare von Hitlers ,Mein Kampf') sowie mehrere Hakenkreuzfahnen und Waffen gefunden.«

Und: »Franz Kaschwitz, ein Gestapospitzel, provozierte im Jahre 1942/43 den Arbeiter Richard Siebel aus P. zu Äußerungen gegen das Naziregime, verprügelte ihn dann so, daß er blutüberströmt und besinnungslos am Boden liegenblieb, und verschaffte ihm auch noch durch seine Anzeige drei Jahre Konzentrationslager. Nach dem Einmarsch der Roten Armee betrieb Franz Kaschwitz ständig Quertreibereien und sabotierte so lange die Gemeindearbeit, bis er in Haft genommen wurde. Wir beantragen die Enteignung seines landwirtschaftlichen Besitzes.« Dazu ein Schriftstück der zuständigen Polizeibehörde: »Wir weisen darauf hin, daß der Arbeiter Richard Siebel aus P. falsche Angaben in dieser Angelegenheit gemacht hat; denn nach unseren Ermittlungen hat er bis Kriegsende eine Gefängnisstrafe wegen Schlägerei verbüßt. Falls er dennoch weiterhin andere Erklärungen abgibt, so sollte schnellstens eine richterliche Vernehmung erfolgen.«

Und: »Willi Fürst, der ehemalige Ortsbauernführer, ist Mitte Mai von den Organen der Roten Armee festgenommen worden und bisher nicht zurückgekehrt. Er ist 1937 der Nazipartei beigetreten und bis zum Schluß Mitglied gewesen. Sein ältester Sohn, Kurt Fürst, war schon vor 1933 NSDAP- und SA-Mitglied und hat an sämtlichen Parteiversammlungen, sogar an den Nürnberger Parteitagen, teilgenommen. Mehrere Denunziationen gehen auf das Konto des Ortsbauernführers Willi Fürst, u. a. die des Genossen Triebel, den er als ‚schlimmsten Kommunisten‘ angezeigt hat. Für Leute, die aufrichtig denkenden Antifaschisten so mitgespielt haben, ist im freien Deutschland kein Platz mehr. Wir ersuchen daher um die Genehmigung des Enteignungsantrages.«

Und: »Der Bauer und Besitzer des Hofes Rüger war als einer der übelsten Faschisten des Kreises bekannt. Er mißhandelte und schlug die ausländischen Arbeiter, er zeigte noch am 20. April 1945 mehrere Dorfbewohner an, die vom Volkssturm desertiert waren. Nichts beweist deutlicher, welches ‚Ansehen‘ er genoß, als daß er von den Dorfbewohnern beim Einmarsch der Roten Armee totgeschlagen worden ist. Seine Ehefrau erklärt heute, daß sie stets unter der politischen Einstellung ihres Mannes gelitten habe, was jedoch kaum glaubwürdig erscheint; denn auch der siebzehnjährige Sohn war als HJ-Führer schon Faschist durch und durch. Wir schlagen vor, den Besitz in die Hände des Umsiedlers Peter Schütz zu geben und ihm und seiner Familie drei Zimmer sowie die Küche im Wohnhaus zur Verfügung zu stellen.« Auch dazu ein kleiner Zettel: »Betr. Grundstück Rüger: Da die Frau mit dem Ehemann in Scheidung lag, die nur durch den Krieg verzögert wurde, außerdem Gütertrennung bestand, hat die Bodenreformkommission der Gemeinde den Enteignungsantrag zurückgenommen.«

Und: »Herr Paul Mangold war ein glühender Parteianhänger, er schrieb das Buch ‚Die philosophischen Grundlagen der Sendung Hitlers' und erhielt dafür die Goethe-Medaille. Abgesehen davon, daß es eine Herabwürdigung des großen deutschen Dichters ist, seinen Namen mit derartigen Schriftstükken zu verknüpfen, beging Herr Mangold die Geschmacklosigkeit, diese Medaille sogar am Hals zu tragen, wenn er Nacktkultur betrieb. Trotz seiner Bildung verherrlichte er Hitler in seinen Schriften und war somit ein ideologischer Wegbereiter der nazistischen Verbrecher.«

Und: »Das Rittergut Klein-Eichholz (mit 233,35 ha Ackerland; 250 ha Wald; 16,65 ha Wiesen) war Eigentum eines gewissen Herrn Kriete aus Bremen, Fabrikant und Edelholzhändler. Er galt als überzeugter Nazi und benutzte sein Gut mit seinen zahlreichen Geliebten nur, um seinem ausschweifenden Leben einen entsprechenden Rahmen zu geben. Um die Bedürfnisse des Gutes und der dort tätigen Arbeiter kümmerte sich Herr Kriete nie, im Gegenteil, er hielt dem Verwalter vor, das Gut würde zuwenig Geld abwerfen und die Arbeitskräfte, besonders die ausländischen, hätten es bei ihm viel zu gut. Es ist daher eine Selbstverständlichkeit, daß dieser 500-Hektar-Besitz enteignet wird.«

Ich klappte den Aktendeckel zu, schob den Jahrgang 1945/

1946 von mir fort, griff dann wieder danach und starrte auf die Unterschriften der roten Sophia, Lewkes, Triebels und anderer. Der alte Lewke hatte mir verschwiegen, daß es in der Bürgermeisterei diese Dokumente gab. »Du hättest sie reden hören müssen«, sagte er nur, wenn er von den damaligen Zusammenkünften im Gutshaus erzählte. »Sie konnte herrlich schreien, fluchen, spotten, schwärmen! Und ihre Befehle und Anklagen! Wir saßen mit ihr an einem Tisch, sie im Grafenstuhl, und wenn sie den Mund auftat, war's so, als hätten wir in diesem elenden Dorfe die größte Revolution der Weltgeschichte in Gang gebracht. Kannst du dir vorstellen, daß sie uns alle verrückt gemacht hat?«

16 Ich kannte Formeln, nun fand ich Leben. Das war der Zeitpunkt, als ich die alten Bücher beiseite schob und die Akte 1945/46 wie eine Bibel immer wieder las. Meine Dissertation und die Vorbereitungen fürs neue Schuljahr gerieten in Gefahr; ich sah und dachte nur: Sandberg, die rote Sophia – ich wollte die Wahrheit wissen, die scheinbar so naheliegende Wahrheit dieses winzigen Dorfes in der jüngsten Zeitenwende.

Was ging mich da noch Wallensteins getreuer Haudegen Illo an – oder der grausame, versoffene Götz, den in Böhmen eine Falkonettkugel niedergestreckt hatte? Oder Sparr mit seiner dreißigjährigen Kriegsbeute und seiner frommen Verschwendungssucht für Glocken, Kirchenfenster und sein pompöses Sparrsches Erbbegräbnis? Oder die anderen brandenburgischen Obristen Goerzke, Königsmark und Arnim, die unter wechselnden Fahnen immer dieselben Provinzen eroberten und verwüsteten, aber als gutsituierte Veteranen ihre Augen an ein paar wiederaufgebauten Lehmkaten labten?

Ich lief zu Frau Scalander, wollte sie zur Rede stellen, fand sie nicht im Triebelschen Laubengrundstück, erwischte sie endlich auf der Bergstraße, blieb ihr auf den Fersen, obwohl sie den Mund verzog, als sie merkte, daß mich nicht der Handel mit dem Haus, sondern die rote Sophia zu ihr trieb. »Was hab' ich damit zu tun?« wehrte sie mürrisch meine Fragen ab. »Die Ehe mit meinem Sohn war sowieso von Anfang an null und nichtig!«

Dann erzählte sie doch. Diesmal gab sie mehr preis: Die Rotarmisten hatten ihren Sohn aus der Kellerluke geholt und in den Wald geführt, wo er sich in eine Kolonne von tausend deutschen Kriegsgefangenen einreihen mußte. Nach einem mehrstündigen Fußmarsch erreichten sie die Kreisstadt, das zerschossene Bahnhofsgebäude, auf dem kein einziger Dachziegel mehr war. Dort verbrachten sie eine Woche, meist nachts vom Regen aufgescheucht, bis ein Güterzug verfügbar war, der sie in die Ukraine fuhr. Weil Harry Scalander unterwegs einen Fluchtversuch unternahm, kam er in ein Bergwerk bei Donezk, er arbeitete ein paar Monate untertage, kehrte apathisch und entkräftet ins Dorf zurück, überraschend früh trotz allem, als einer der ersten. Er sagte zu seiner Mutter, als sie sich über die rote Sophia beklagte: »Sprich nicht weiter, ich weiß, ich will nichts wissen.«

Aber Frau Scalander hatte ihm trotzdem gesagt: »Sie ist nichts wert, das ist keine Frau für dich. Sie hat sich mit Soldaten herumgetrieben, mit den Artilleristen im Wald, dann mit Fremdarbeitern und Gefangenen, steckt mit den Rotarmisten unter einer Decke, bändelt mit jedem an, von dem sie sich Vorteile erhofft, sogar die Spatzen pfeifen's von den Dächern, durch wie viele Betten sie gegangen ist. Ein solches Weib hätte man früher mit Schimpf und Schande aus dem Dorf gejagt, statt dessen spielt sie sich als Bürgermeisterin auf, beschmutzt unseren Namen, schamlos, ekelhaft. Wenn du sie zur Frau nimmst, Junge, habe ich keinen Sohn mehr!«

Und nun war sie tatsächlich ohne Sohn, verbittert, verzweifelt und voller Haß. »Ein eitles Geschöpf!« schimpfte sie.

»Klein, drall, rothaarig, sommersprossig bis hinter die Ohren, aber wehe, jemand hat die Sommersprossen erwähnt! Wer nur das Geringste gesagt hat, was ihr nicht paßte, der war erledigt. Deshalb haben alle vor ihr gekuscht und sie walten lassen, wie sie wollte. Nur ich habe ihr die Meinung gesagt, mir konnte sie keine Angst einjagen; denn ich wußte ja, daß alles nur Heuchelei war, Berechnung, Habsucht, Machtgier, kein wahres Wort, ihr politisches Gerede und Getue, nichts als Mittel zum Zweck. Ich war ihr ein Dorn im Auge, sie hätte mich am liebsten aus dem Haus gejagt, aus meinem Haus. Denn ich hab' ja gewußt, ihr's immer wieder auf den Kopf zugesagt, wie bettelarm, verwahrlost, kleinlaut und bescheiden sie hier angekommen ist. Doch davon wollte sie nichts mehr hören, als sie sich so schön bei uns eingenistet hatte.« Frau Scalander sah mich feindselig an, ihre Lippen strafften sich. »Warum fragen Sie danach?«

Ich hatte gehört, daß die rote Sophia und der heimgekehrte Harry Scalander im Nachbardorf kirchlich getraut worden waren. Sie trug am Hochzeitstag ein weißes Spitzenkleid mit weitem Halsausschnitt und langer Schleppe. Das Rosenbukett vom Gärtner Lindow war bis heute nicht bezahlt. Der Kutscher, der wegen der vielen geladenen Gäste fünfmal fahren mußte, lebte noch, er hatte mir erzählt: »Sie sang ein Lied, es klang traurig, sie sang immer nur solche Lieder, obwohl sie nach jeder Strophe lachte, mir manchmal die Peitsche aus der Hand riß und sie knallend schwang, nur so zum Spaß. Auf der Rückfahrt war sie besonders fröhlich, sie schob mich vom Kutschbock, daß ich hinten neben ihrem Mann sitzen mußte, trieb wie toll die Pferde an, ließ sie durch den Wald galoppieren, über Äste, Wurzeln und Steine, zuletzt dicht am See, in Schilf und Sumpf, wo wir rettungslos verloren gewesen wären, hätte ich ihr nicht die Zügel aus der Hand gerissen.«

Sonst hätte es niemand gewagt, ihr die Zügel aus der

Hand zu nehmen, nicht einmal der alte Lewke. Ein paarmal war er bei Versammlungen aufgestanden, seine kauzigen Sprüche auf den Lippen. Der Landrat war gekommen, er hatte der Enteignung des Dorfkruges widersprochen, aber die rote Sophia hatte gehandelt, sobald er außer Sichtweite war. Wenn schon nicht über den ganzen Gasthof, so verfügte sie fortan über den großen Saal. Ihre Hochzeit war nicht das erste Fest gewesen, das sie dort feierte, aber das üppigste, tollste, lauteste. Noch heute sagte man im Dorf bei jedem Lärm: Die rote Sophia feiert Hochzeit, die rote Sophia tanzt!

Frau Scalander sagte: »Ich bin nicht zur Hochzeit gegangen, ich hab' diesen Tag verflucht!« Sie hatte den Tag, den Abend und die Nacht allein im Haus auf dem Berg verbracht und das Grölen und Singen gehört. Am liebsten hätte sie sich die Ohren verstopft oder wäre weit weg gewesen. Die rote Sophia hatte getanzt, noch am Morgen, als die Bauern schon das Vieh zur Weide trieben. Da war ihr selbst der große Saal zu eng, sie tanzte zur Tür hinaus, winkte der Kapelle, ihr zu folgen, tanzte auf der Straße, allein, rotglühend im Gesicht vor Glück oder was es war, die rote Sophia.

»Es regt mich zu sehr auf, dieses Thema«, sagte Frau Scalander und blieb atemlos stehen, zitternd, kreidebleich. »Können Sie mich nicht die paar Schritte bis zu Frau Triebel bringen? Ich bin schließlich eine alte Frau, die manches nicht mehr verkraften kann, auch Erinnerungen.« Als wir durch den Wald gingen, sie an meinem Arm, seufzte sie ein paarmal und sagte: »Sie könnten mein Sohn sein, er ist so alt wie Sie gewesen, als ich ihn das letzte Mal gesehen habe. Aber er hat nicht auf mich gehört.« Die Triebelschen Lauben waren schon zu sehen, schräg dahinter das Haus, wo die rote Sophia ein und aus gegangen war, bis Frau Scalander ihr den Zutritt verwehrt hatte. »Wissen Sie, daß sie einmal mit einem glühenden Feuerhaken auf mich losgegangen ist? Können Sie sich vorstellen, wie wir hier alle um unser Leben gezittert haben?«

Sie klammerte sich an meinen Arm und beschwor mich, die Vergangenheit ruhen zu lassen. »Hören Sie auf mich, sehen Sie selbst, was sie mir damals mit dem Feuerhaken in die Diele gebrannt hat!«

Sie kam noch mit ins Haus, deutete auf die hohe Schwelle zum Wohnzimmer, über die ich nach meinem Einzug ein paarmal gestolpert war. Erst jetzt entdeckte ich, daß ein zweites Brett auf die Schwelle genagelt war, und als ich es herunterriß, starrte ich auf das eingebrannte Namenszeichen – das »S« der Sophia glich einer Sichel und war mit einem Hammer durchkreuzt.

17 »Wer eine Ordnung nicht will oder nicht versteht, nennt sie Unordnung«, sagte der alte Lewke. Die rote Sophia sagte: »Ich will, daß Ordnung herrscht!« Von der Amtsstube im alten Gutshaus konnte sie das Dorf überblicken und von der Ordnung träumen, die sie wollte. Aber sie sprach nie vom morgigen Tag und schnitt jedem das Wort ab, der sich in Zukunftsschwärmerei verlor. »Jetzt ist die Stunde«, sagte sie, »die Zukunft gehört uns dann von selbst.«

Die meisten Männer, die in die Bürgermeisterei kamen, schlugen aus alter Gewohnheit die Hacken zusammen und standen vor ihr stramm. Sie rief ihnen zu: »Rührt euch, aber richtet euch nach mir!« Dem ehemaligen Ortsbauernführer Fürst warf sie seinen Briefbeschwerer mit Hakenkreuz und Adler vor die Füße, als er wie ein Soldat vor ihr Haltung annahm und sich einen geschworenen Antifaschisten nannte. Den Nazischriftsteller Mangold, der die philosophische Sendung Hitlers gefeiert hatte, ließ sie samt Stuhl aus dem Haus tragen, weil er sich weigerte, auch nur einen Schritt von seinem enteigneten Besitz zu tun. Sie zerriß alle Briefe, die sie von Rechtsanwälten aus Berlin zugeschickt bekam, Dutzende spitzfindige Einsprüche gegen ihre angeblich gesetzwidrigen

Enteignungen, entfernte alte Eintragungen aus den Grundbüchern und ließ sie öffentlich verbrennen. »Das war das alte Gesetz und die alte Verfassung«, sagte sie. »Asche!«

Sie war die erste Bürgermeisterin dieses Dorfes nach dem Krieg und hatte das Recht und Gesetz der neuen Zeit zu sprechen. Mehr als die Hälfte ihrer Anklagen und Enteignungsanträge wurde zwar vom Landrat oder der Provinzialverwaltung für null und nichtig erklärt, aber der Rest blieb gültig und bestimmte das Leben dieses Dorfes bis auf den heutigen Tag. Die sowjetische Kommandantur war in die Kreisstadt übergesiedelt, und die rote Sophia sagte nun: »Wir wollen es so, der Antifa-Ausschuß, auch Ernst Lewke!« Und zuletzt, als der alte Lewke noch lange nicht tot war, sagte sie: »Ich will es so!«

Sie saß nicht gern in ihrer Amtsstube, erledigte nur widerwillig den Papierkram, fuhr lieber in der Kutsche kreuz und quer übers Land, ließ kurzerhand ein paar Säcke Getreide aufladen, wenn sie in Gutsspeichern und Scheunen versteckte Vorräte fand, brachte sie den Neubauern und behielt auch für sich einen Teil; denn sie hatte fünf Hektar Bodenreformland auf ihren Namen eintragen lassen, dazu eine Kuh, zwei Schweine und ein paar Hühner vom ehemaligen Kriete-Gut. »Jede Hand wird gebraucht«, sagte sie, »und meine ist mit dem Federhalter nicht ausgelastet. Deshalb übernehme ich lieber etwas mehr, als mir zusteht.«

Eines Tages, mitten in der Frühjahrsbestellung, ließ sie die Pferde striegeln und die Kutsche auf Hochglanz bringen, erschien im Sonntagsstaat beim alten Lewke und rief ihm zu: »Zieh deinen besten Anzug an, wir fahren dienstlich zur Stadt.« Unterwegs sang, summte und scherzte sie, überhörte die ungeduldigen Fragen und trieb munter die Pferde an. Erst vor dem Landratsamt erklärte sie: »Heute ist ein großer Tag, du kannst ihn gleich rot im Kalender anstreichen.« Weiter verriet sie nichts. Im Zimmer des Landrats, zu dem sie sich sofort Zutritt verschaffte, zog sie ein Blatt Papier aus der Handtasche und legte es auf den Schreibtisch. »Hier hab' ich aufgeschrieben, Doppelpunkt, Kommunismus, Ausrufezeichen«, sagte sie forsch, »was die Sandberger Bevölkerung wie die Luft zum Atmen braucht.«

Der Landrat, der schon mehrmals den Überschwang der Sandberger Bürgermeisterin gedämpft hatte, schaute verdutzt auf das Papier, las, schüttelte den Kopf und entgegnete: »Wäre das wirklich die Luft, die unsere Bauern jetzt brauchen?« Er saß steif auf seinem Stuhl, gab ihr den Zettel zurück und ließ sich auch nicht beeindrucken, als sie ihn anherrschte: »Ach so, hier ist kein frischer Wind gefragt? Kein Vorschlag, nichts Neues, überhaupt kein Lüftchen im Aktenstaub?« Sie schob ihm das Schriftstück wieder zu, mehrmals ging's von Hand zu Hand, schließlich beugte sie sich so tief über den Schreibtisch, daß der Landrat verwirrt den Blick senkte; denn ihr Sonntagskleid war weit ausgeschnitten, ärmellos und aus verräterisch dünnem Seidenstoff. »Nein, nein«, begehrte der Landrat nochmals auf, »das ist der Wind, den du den Leuten einblasen willst, Ostwind, 'ne Radikalkur! Ohne mich!«

Da richtete sie sich auf, warf ihr langes rotes Haar schwungvoll zurück, verschränkte die Arme und sagte: »Pah!« Sie wandte sich dem alten Lewke zu, der nicht wußte, worum der Streit ging, und nur »Hm« und »Ja, doch« murmelte, als sie ihm mit dem Ellenbogen in die Seite stieß und zum Zeugen anrief. »Stimmt es etwa nicht, daß wir genug Land und willige Leute haben und trotzdem nicht aus dem Dreck kommen?« fragte sie scharf wie bei einem Verhör und redete sich immer mehr in Eifer. »Und daß wir Gehöfte wie Brötchen feilbieten, aber niemand mit bloßen Händen wirtschaften will? Die fünfhundert Hektar vom Kriete-Gut bleiben unbestellt, obwohl wir die Leute auf die Äcker locken, jagen, sogar prügeln. Wir haben keine Maschinen, kein Ackergerät, kein Zugvieh. Ruinen statt Scheunen, schrottreife Traktoren und Fuhrwerke, Mistgabeln ohne Zinken, Bezugsscheine für Saatgut, bloß nichts zum säen. Und zwei störrische Ochsen, siebzehn ausgemergelte Kühe, fünf Schweine, zwanzig Hühner, für jeden ein Stück Hackfleisch, falls wir's aufteilen, wie's angeordnet ist. Das alte Elend, Schrebergärten, Karnickelkäfige, Sand mit Unkraut, bitte schön.« Übermütig schlug sie mit der Faust auf den Tisch, wo das Schriftstück lag, lachend, Verführung und Triumph schon in den Augen, beugte sie sich noch einmal zum Landrat hinab und gebrauchte seine Worte: »Ohne mich!« Und halb lockend, halb drohend fügte sie hinzu, als sein Blick zu ihr aufflackerte: »Na, was ist? Ostwind oder Flaute?«

Sie gab dem alten Lewke einen Wink, der seine Schuldigkeit getan und wie unter einem Zwang genickt und »Ja« gesagt hatte, auch zu ihren letzten Worten. Jetzt fiel es ihm wie Schuppen von den Augen, und er begriff, wozu die aufpolierte Kutsche, das gestriegelte Pferdegespann, Sophias Sonntagsstaat und sein bester Anzug hatten herhalten müssen. Bestürzt verließ er das Zimmer, kam sich lächerlich, übertölpelt und genasführt vor, wäre am liebsten allein nach Sandberg zurückgelaufen; doch es regnete, die Pferde waren unruhig, und er blieb stehen, tätschelte sie, merkte nicht, daß er naß wurde, bis die rote Sophia endlich kam, als die Sonne wieder schien. Ein paar Männer vom Landratsamt luden fünf Säcke Saatgetreide aus dem Stadtspeicher auf die Kutsche, dazu einen Pflug, eine Egge und einen Korb voller piepsender Kücken. »Immerhin ein Anfang für unsere Kolchose!« verkündete sie stolz dem alten Lewke, umarmte ihn, ergriff die Zügel, rief: »Hüh!« und »Hott!« und mit einem Blick aufs Landratsamt: »Den krieg ich noch ganz rum!«

Sie war fröhlich und beschwingt, redete und gebärdete sich wie in einem Rausch. Schnell trabten die Pferde durch die engen Pflasterstraßen, an den Vorgärten mit den Frühlingsblumen vorbei. Ein paar Kinder rannten nebenher, sie kramte in ihrer Tasche, fand Geld und Schokolade und warf damit um sich. Ohne Verlegenheit knöpfte sie sich ihr Kleid vollends zu und kämmte sich ihr zerzaustes Haar. »Dieser verrückte Kerl«, sagte sie schmunzelnd, »hat meinen Antrag prompt mit einem Heiratsantrag quittiert.« Der alte Lewke zog fröstelnd die Schultern zusammen und brummte vergrämt: »Schöne Brautschau, ich bin naß bis auf die Haut. Das nächste Mal ohne mich!« Er hatte sich ein paar bissige Sprüche zurechtgelegt und tadelte sie, weil sie über den Kopf der Leute hinweg regiere und alle zum Narren halte und sich jedem an den Hals werfe, wenn sie sich davon einen Vorteil verspreche. Er wies auf die Ladung und spöttelte: »Sich regen bringt Segen, man sieht's!« Sie stimmte ihm lachend zu und trieb die Pferde noch schneller an, als sie aus der Stadt heraus waren. »Und du solltest dich bei Regen unterstellen, Väterchen«, sagte sie, »damit ich kein schlechtes Gewissen zu haben brauche, wenn ich deine Sprüche befolge.«

Kein Wölkchen war nun am Himmel, ein schwacher Wind bewegte die Bäume rechts und links der Chaussee. Von den blühenden Obstbäumen und regenfeuchten, in der Sonne dampfenden Wiesen kam ein erfrischender Hauch. Die rote Sophia wich den tiefhängenden Ästen nicht aus, sondern griff hinein, riß ein paar Kirschblüten ab und begeisterte sich an den funkelnden Wassertropfen, mit denen sie benetzt waren. »Perlen! Jetzt hat sich dein Regen in Perlen verwandelt«, schwärmte sie, redete und redete. »Alles wächst und blüht, sieh doch! Wir werden's schaffen, wir brauchen bloß zuzufassen, wir müssen allein ein Beispiel geben! Fünfhundert, ach, tausend Hektar haben wir, bestellen wir, ernten wir. Das lassen wir uns nicht nehmen!« Das Land und die Ernte vervielfachte sich flugs in ihrer Phantasie. Die piepsenden Kücken hinten auf der Kutsche nannte sie ihre »Viehzuchtstation«, den Pflug und die Egge »Maschinenpark«; sie sah schon Traktoren und

Mähdrescher über die Felder brausen, und das bißchen Getreide, ihre »Saatgut-Zucht«, keimte und reifte nach ihrem Wunsch und Willen überall ringsum und füllte die Scheunen und Silos zum Bersten, die sie am liebsten gleich wie Türme und Hochhäuser oben auf dem Sandberg errichtet hätte. »Wie wir leben werden!« rief sie überschwenglich und legte ihren Arm um Lewkes Schulter. »Im Überfluß! In Saus und Braus! Ein Herz und eine Seele, eine Familie das Dorf! Das ganze Land wird auf uns blicken! Kommunismus, mein Lieber, wer will das nicht?«

Der Berg war schon nahe, Kiefernwald, dazwischen winzige Feldstreifen, Wiesenfetzen und rings um die Seen sumpfige Niederungen, Schilf, Weidengestrüpp, Tümpel. Die Schützengräben, Artilleriestellungen, Reste der Panzersperren, verwüstete Äcker mit ausgebrannten Panzern und zerschossenen Autos, die Häuserruinen am Berghang, das trostlose Dorf an der Straße – alles war deutlich zu erkennen. »Mach doch die Augen auf«, sagte der alte Lewke verfroren und müd. »Bleib auf der Erde. Erstmal denkt jeder an sich, und bis dein Kommunismus kommt, machen viele die Augen zu, auch du und ich.«

Das Gesicht der roten Sophia verdüsterte sich, ihre Lippen und ihre Augen wurden schmal. Mit gesenktem Kopf hockte sie neben ihm, rückte von ihm ab, ließ die Zügel locker hängen, trieb nicht mehr die Pferde an, die nun nach der Hetzjagd in einen gemächlichen Zuckeltrab fielen. Nach langem Schweigen bemerkte sie kühl: »Also eine Gegenstimme? Ausgerechnet von dir.« Er versuchte sie zu beschwichtigen, riet ihr, erst einmal die Entscheidung des Landrats abzuwarten, ehe sie im Dorf Verwirrung stiftete. Aber der Schalk ging wieder mit ihm durch, und er setzte sarkastisch hinzu: »Früher ließ man sich beim Barbier rasieren, da kniff man die Augen zu. Wenn man sich heutzutage das Messer selber an die Kehle setzt, empfiehlt's sich, die Augen offenzuhalten.« Sie fragte lauernd: »Wie bitte?« und blickte ihn schräg und feindselig an. »War da nicht schon mal was mit einem Bart? Hat dir das nicht genug Scherereien gebracht?« Und er begriff, wie ernst es ihr war, verbiß sich weitere Sprüche, kramte seine Pfeife aus der Tasche, stopfte sie und versuchte sie in Brand zu setzen. »Du kriegst kein Feuer«, sagte sie mit grimmiger Schadenfreude, noch ehe das erste Streichholz im Fahrtwind verlöscht war. Sie hatte die Pferde erneut in Trab gebracht, richtete sich im Sitz auf und schaute über die Dächer der niedrigen Fischerkaten hinweg, die das Dorf mit seinen zerschossenen Gehöften umgaben. Ein paar Bauern erwarteten sie schon bei der Bürgermeisterei, und sie hielt an und wies mit großer Geste auf die Ladung der Kutsche, als bringe sie für alle Reichtum und Glück. »Siehst du, so ist das«, sagte sie zum alten Lewke und lachte wieder. »Wer Feuer will, muß Glut schüren. Begreifst du das nie?«

18 Aber der Landrat und die Provinzialverwaltung lehnten den Kollektivierungsantrag ab und warfen der Bürgermeisterin von Sandberg vor, daß sie durch ihren Radikalismus die antifaschistische Ordnung diskreditiere.

»Nun gut«, sagte sie zum alten Lewke, den sie jetzt erst recht jeden Tag herbeirief und immer mehr ins Vertrauen zog. »Ich bin trotzdem für den Kommunismus, und der Kommunismus kommt.« Und augenzwinkernd meinte sie noch: »Dieser Landrat! Er war zwölf Jahre im Lager und braucht wirklich eine Frau; aber ich hab' andres im Kopf, dafür müßte er Verständnis haben.«

Sie verblüffte weiter die Sandberger durch ihre wagehalsigen Entscheidungen, Blitzaktionen und drastischen Aussprüche. Unter alle Briefe und Bekanntmachungen schrieb sie *Komm. Bürgermeister*, was niemand amtlich als »kommissarisch«, sondern jeder, der sie kannte, als *Kommissar* und *Bür-*

germeister oder *Kommunistischer Bürgermeister* las. Nicht nur im Scherz sagte sie: »Ich bin Bürgermeister mit unbegrenzten Vollmachten, also nur durch den Tod zu bremsen.« Doch der Gedanke an den Tod war ihr verhaßt; sie mied die Nähe des Friedhofes und fand stets Vorwände, um Begräbnissen fernzubleiben, wenn jemand aus dem Dorf starb. Desto freudiger und übermütiger erschien sie bei Hochzeiten und Kindtaufen, begleitete die Festschar sogar zur Kirche, und einmal erbat sie sich vom Pfarrer das Wort und sprach von der Kanzel so leidenschaftlich über Leben, Liebe, Ehe und Kinder, daß das Gemunkel aufkam, sie sei katholisch, die heilige, unheilige Sophia. Lachend nahm sie das Gerede hin und wob selbst an ihrer Legende, indem sie weitererzählte und ausschmückte, was ihr widerfuhr.

Ein paar Schieber, die Fahrradspeichen mit einer Kneifzange zerstückelt und als Feuersteine verkauft hatten, lud sie zu einer Kutschfahrt ein und brachte sie aufs Feld. »Ihr werdet so lange hier arbeiten«, ordnete sie angeblich an, »bis ihr aus diesen Feuersteinen Feuer schlagt. Gegen Jahresende, wenn wir das Kartoffelkraut verbrennen, wird's schon klappen.« – Als die Schule eröffnet werden sollte, jedoch keine Schiefertafeln für die Kinder aufzutreiben waren, wies sie, so sprach's sich herum, auf das Haus des ehemaligen Lehrers, das mit Schindeln gedeckt war, und sagte: »Wenn wir das Dach abdecken, hat dieser Prügelpädagoge eine einzigartige Chance zur Wiedergutmachung, er liefert endlich eine solide Wissensgrundlage.« Und an die Flüchtlinge, die meist mit leeren Händen ins Dorf gekommen waren, ließ sie die wertvollen Möbel verteilen, die wohlhabende Berliner Bürger in den Nebenräumen des Dorfkrugs und in Scheunen untergestellt hatten. »Diese Leute haben ihre Tische und Stühle in Sicherheit gebracht, als andere nicht einmal ihr Leben in Sicherheit bringen konnten«, soll sie gesagt und zuerst für sich die besten Stücke ausgesucht haben. »Jetzt setzen wir uns an den Tisch, und niemand wird uns den Stuhl unterm Hintern wegziehen, dafür bürge ich!«

Der alte Lewke merkte ihr an, daß sie dennoch oft unsicher, in manchen Momenten sogar unschlüssig, mutlos und verzweifelt war. Sie saß im Stuhl mit den Löwenköpfen und Löwentatzen, wenn sich der Antifa-Ausschuß versammelt hatte, sah zum Fenster hinaus, schwieg, ließ die andern durcheinanderreden, bis ihr einfiel, etwas zu fragen, anscheinend Nebensächliches. »Die Suppe für die Schulkinder, was ist damit? Ich hätte Sacharin hineingetan, heißt es.« Sie schaute sich in der Runde um, zuckte mit den Schultern. »Man kann machen, was man will, sie finden immer ein Haar in der Suppe. Es sind Nazis, alles Nazis!«

Ein fünfjähriges Mädchen, das die rote Sophia zu Frau Scalander gebracht hatte, war blind. Aus Angst vor der näherrückenden Roten Armee hatten seine Eltern, Pächter eines Vorwerks mit einer kleinen Spargelplantage bei Sandberg, Selbstmord verübt. Der Vater wollte auch die Tochter mit in den Tod nehmen, doch seine Hand zitterte, als er mit einer Pistole auf sie zielte. Der Schuß zerriß den Sehnerv, das Kind blieb am Leben. Nun rief es jedesmal, wenn die Bürgermeisterin oben auf dem Berg nach den elternlosen Kindern sah: »Mutti, nimm mich mit, ich will zu dir.« Die rote Sophia stand wie erstarrt, wenn die Hände des Kindes erst ins Leere griffen, sich näher und näher tasteten, anschmiegten, festklammerten, bis Frau Scalander es losriß und irgend etwas Tröstliches sprach, eine Lüge: Die Mutter käme bald wieder, die Mutter sei ja da.

Und die Bürgermeisterin wich zurück, sank in den gepolsterten Sitz der Kutsche und ließ den verdutzten Schulte stehen, der sie meist fuhr. Sie schlug mit dem Zügelende auf das Pferd ein, hetzte es durch den Sand, zehn, zwanzig Kilometer auf Waldwegen um den Berg, hielt dann beim alten Lewke und trat blaß und verstört bei ihm ein. »Dieses Land«, sagte sie, »diese Menschen! Schutt drauf, Dreck, es ist alles dreckig und sinnlos.«

In den Wäldern lagen noch Hunderte Toter, die nur flüchtig verscharrt worden waren. Die Männer, die sie auf dem Dorffriedhof bestatten sollten, weigerten sich. Der Verwesungsgeruch war unerträglich, die Kleidung der Männer stank. »Wenn wir wenigstens Seife hätten, Desinfektionsmittel, Handschuhe, Arbeitskittel. Wir stinken selber schon wie Leichen«, sagte ein Abgesandter des Bestattungskommandos, das der Kutsche der roten Sophia gefolgt war. »Geht«, bat sie, dann schrie sie wieder wie von Sinnen: »Geht, ich kann euren Gestank nicht ertragen!«

Sie war dann allein mit dem alten Lewke, setzte sich auf sein Sofa, dessen zerfetzten Bezugsstoff er notdürftig zusammengeflickt hatte. »Was soll ich denn machen?« fragte sie. »Wenn du wüßtest, wie ich's mir vorgestellt habe, was ich wollte! Jetzt sitzen wir jeder in einem stinkigen Dreckloch, keine Seife, die Hände zu waschen, und giften uns an. Sag doch, was du von mir hältst, sag's jetzt!«

Der Alte zuckte mit den Schultern und sagte ausweichend: »Es ist nicht wichtig, was ich denke.« – »Sag's!« wiederholte sie. – »Du kannst dir's nicht leisten, weder so eine Laune noch eine andere.«

»Launen?« Sie lachte schon wieder, stand auf, blickte geringschätzig auf ihn herab, wie er dasaß und sich die Pfeife stopfte, hüstelte und gar nichts weiter zu sagen wußte. Er sah sie davonfahren, dahinjagen. Sie schaute sich nicht um, hatte wohl wieder anderes im Kopf: Panzer- und Autowracks auf Feldern und Landstraßen, die nun endlich weggeräumt werden mußten; Zucker aus der Magdeburger Börde, den Schulte mit der Kutsche heranholen sollte; Bestrafung der Plünderer und Wehrmachtsgutdiebe; fehlende Treibriemen für die Ölmühle; die schleppende Milch-, Eier- und Fleischablieferung; Flüchtlinge; Bezugsscheine für Schuhe, obwohl es keine

Schuhe gab; verstecktes Saatgetreide, vergrabene Pflanzkartoffeln; Hamsterer, Schieber. »Ich schlag' sie alle tot!« schrie sie. Sie schlug mit dem Zügelende auf das Pferd ein, schrie wie eine Rasende oben am Hang, wo die Räder fast bis zu den Speichen im trockenen Sand versanken.

Nie wieder sah sie der alte Lewke so. Nie wieder kam sie in seine Waldhütte, sprach so mit ihm.

19 Eins ums andere fiel mir nun ein – Gründe, Ausreden, Geschichten, die der alte Lewke hervorgesprudelt hatte. Je übermächtiger die rote Sophia in meiner Phantasie Gestalt annahm, desto kleiner sah ich ihn auf seinem Denkmalsockel, in den er soviel schöne Sprüche gemeißelt hatte. Ich glaubte zu wissen, warum er sich vor ihr schuldig fühlte, obwohl er damals mit seinem Widerspruch meist im Recht gewesen war. Er war ein Zauderer und nannte sich »Cunctator, der Kleine.« Seine Taten waren Reden gewesen, Widerreden, und er gestand offenherzig: »Ich brauche mich gar nicht kleiner zu machen, als ich wirklich war.« Er warf sich vor, daß er in jener Zeit der Entscheidungen allzuoft eine klägliche, abwartende Rolle gespielt hatte, wenn's hart auf hart ging. »Mein Rückgrat war gebrochen«, gab er zu, »deshalb konnte ich ihrs nicht stärken.«

Ehe er in das Dorf Sandberg gekommen war, hatte er in Berlin gewohnt, in einem alten Mietshaus nahe der Warschauer Brücke, vierte Etage links. Im grauen Hausflur hatte ein Maler vollbrüstige Frauen an die Wände gemalt, immer nur Frauen. Daran dachte ein Mann wie Lewke, der sich weder für Hitler noch seinen Krieg begeisterte, wenn er abends aus der Rüstungsfabrik kam. Auf der Treppe blieb er nicht stehen, weil er hoffte, daß ihn die eigene Frau in die Arme nahm, einmal wenigstens gleich an der Tür, so verrückt war er noch immer nach zwanzigjähriger Ehe.

Doch sie sagte nur: »Muß in die Küche, 's Essen steht auf dem Feuer.« Eine Viertelstunde später stand das Essen auf dem Tisch, die Wanduhr tickte, sie aßen gleich in der Küche, am Tisch mit der karierten Wachstuchdecke, die dann flugs abgewischt werden konnte, wenn er hockenblieb und die Zeitung las, in der lauter Lügen standen. »Warum lügen wir uns etwas vor?« fragte er seine Frau, ließ die Zeitung aus den Händen fallen, so daß sie das schreckliche karierte Wachstuch verdeckte, die längst abgezählten Vierecke, zu denen all die lauernden Blicke abirrten, die vielen Wünsche, die wie toll in ihm getobt hatten, seit er seiner Frau begegnet und ihr nachgelaufen war, den allereinfachsten Spruch auf den Lippen: »Ich liebe dich!«

Er liebte sie noch immer heftig, wartete auf ein Wort von ihr, einen Blick, eine Geste, auf etwas Besonderes, das er selbst nicht bestimmen konnte, vielleicht auch nur auf ihren Widerstand, wenn er sagte: »Du denkst an etwas ganz anderes, ich bin für dich gar nicht da.« Sie schüttelte nur sacht den Kopf, schaute ihn lächelnd an und antwortete: »Du bist müde, abgearbeitet, deshalb bist du gereizt.« Und sie brachte es fertig, vom Tisch aufzustehen und hinüber in die Schlafkammer zu gehen, die Betten aufzuschütteln und sich hinzulegen, nackt, schweigend, ohne jedoch mit ihrer Hingabe sein Mißtrauen und seine Zweifel auszulöschen.

Es klingelte. Die Nachbarin stand vor der Tür und rief aufgeregt, ehe er öffnete: »Ein Wasserrohrbruch!« Er zog Hemd und Hose über, seine Frau stand schon angekleidet neben ihm und begriff zuerst, daß es sich nur um das Geräusch tropfenden Wassers handelte, ein undichter Wasserhahn, gar nicht wahrnehmbar oben im Hausflur, nur als man treppab ging, etwas deutlicher, ein leises Fiepen, mehr nicht. »Lächerlich«, sagte er und wollte umkehren, mit seiner Frau zurück in die Wohnung gehen, vorbei an den vollbrüstigen Malerillusionen, wieder ins Bett; denn seine Frau ergriff seinen Arm und flüsterte ihm zu: »Deshalb müssen wir uns nicht die Nacht um die Ohren schlagen, deshalb nicht.«

Aber die Nachbarin hatte ein feines Ohr, sie verstand alles, jedes Wort, und das Wasser hörte sie mehr und mehr tropfen, plätschern, rauschen, fluten, in ihrer regen Phantasie sogar bedenklich die Mauern umspülen. Sie stellte sich den Lewkes in den Weg und bettelte: »Helfen Sie doch, sehen Sie nach, tun Sie etwas!« Es kamen, durch die Stimmen im Hausflur angelockt, noch ein paar andere Leute hinzu. Die einen hörten etwas, die anderen nicht, schließlich einigte man sich, vorsichtshalber von Tür zu Tür zu gehen und nachzufragen, ob irgendwo ein Wasserrohr oder Wasserhahn undicht sei. »Alles in Ordnung«, stellte man danach fest, »nur blinder Alarm.« An Fliegeralarm, Bombenalarm, Feueralarm war man gewöhnt, an Wasseralarm nicht, die Wasserrohre waren in diesem Haus intakt, noch im ersten Kriegsjahr erneuert worden, deshalb brauchte einen wirklich niemand aus dem Bett zu holen. Die Lewkes stiegen schon die Treppe hoch, da rief die Nachbarin: »Aber unten, im Erdgeschoß, das Geräusch kommt von unten!«

Dort waren nur zwei leere Läden, brettervernagelte Schaufenster, Regalwände und Obstkisten aus besseren Zeiten, in dem einen Laden standen mit Decken umhüllte Möbel der ausgebombten Familie Finck, die einstweilen bei Verwandten auf dem Dorf eine sichere Bleibe gefunden hatte. »Herr Lewke, Sie haben den Schlüssel zu der Ladenwohnung«, sagte die Nachbarin und ließ keine Ruhe, bis er den Schlüssel holte und nachschaute.

Er ging allein hinein, das bat er sich aus, immerhin hatte Frau Finck ihm und keinem anderen den Schlüssel anvertraut, falls mal etwas passierte – nichts mit dem Wasser, nein, daran hatte niemand gedacht. Ein bißchen erschrocken war er, als er schon im Flur ein Geräusch hörte, dann in der kleinen Küche vor dem tropfenden Wasserhahn stand, ihn sofort zudrehte und feststellte, daß er nicht undicht war. Nun erschrak er noch mehr, weil er sich zu erinnern glaubte, daß Frau Finck bei ihrer Abreise gesagt hatte: »Ich hab' alles abgestellt: Gas, Wasser, Licht.« Doch das elektrische Licht brannte, er selbst hatte die Flurlampe eingeschaltet; Gas strömte aus dem Herd, als er probierte; Wasser lief, er öffnete noch einmal den Hahn, drehte ihn gleich wieder zu. Er verließ verwirrt die Wohnung und erklärte mit geheuchelter Gleichgültigkeit der Nachbarin und den anderen Hausleuten: »Alles in Ordnung, war wirklich blinder Alarm. Gute Nacht!«

Zu seiner Frau sagte er, als er mit ihr wieder in der vierten Etage war: »Gar nichts ist in Ordnung, da unten ist jemand gewesen.« Seine Frau zog sich aus, kehrte ins Bett zurück und reagierte kaum auf die besorgten Fragen ihres Mannes, der seit Wochen nicht in die Ladenwohnung geschaut hatte, sich deshalb Vorwürfe machte und von ihr wissen wollte, ob sie unten gewesen sei, wann zuletzt. »Erinnere dich doch, du bist unten gewesen und hast an Gas- und Wasserhahn gedreht, auch an den elektrischen Sicherungen«, sagte er. »Es ist ja gut, wenn ich weiß, daß du's gewesen bist.« – »Ich bin nicht unten gewesen«, antwortete sie und gähnte. »Ich hab' nichts eingeschaltet.«

Da brauste er auf. »Du lügst! Du machst mir was vor! Du kannst mir doch nicht weismachen, daß sich Gas und Licht von selber einschalten. Und Wasser läuft auch, der Hahn hat getröpfelt, ich hab's mit eigenen Augen gesehen!« Er war wie rasend, lief zu ihrem Bett, packte ihren Arm, als sie sich von ihm abwandte, zog sie hoch, herrschte sie an, verlangte eine Erklärung, obwohl er plötzlich für alles eine Erklärung zu haben glaubte. »Du belügst mich!« schrie er sie an. »Du bist unten in der Wohnung gewesen, du bist nicht allein dort gewesen, du hast mich seit eh und je betrogen!«

Das war nun seine fixe Idee, sein Wahn, der ihm keine Ruhe mehr ließ. Er traktierte seine Frau mit immer ungeheuerlicheren Verdächtigungen, redete nächtelang wirr auf sie ein, trug stets den Schlüssel zur Ladenwohnung bei sich, litt dabei Qualen und lief abends wie gehetzt nach Hause, nur um erneut zu toben, zu fragen und anzuklagen, bis seine Frau, die noch schweigsamer und apathischer geworden war, im lautesten Wortschwall einschlief.

Da ließ er eines Mittags, als er zur Spätschicht ging, absichtlich den Schlüssel auf der karierten Wachstuchtischdecke in der Küche liegen und schob unten im Hausflur ein Steinchen vor die Ladentür. Der Tag, den er an der kreischenden Kreissäge beim Gewehrkolbenschneiden verbrachte, kam ihm endlos vor. Beinahe wäre ihm beim Zerteilen eines Brettes die linke Hand ins Sägeblatt gerutscht, so fahrig und erregt war er, von Furcht geplagt, all seine Anklagen und Verdächtigungen am Abend bestätigt zu finden. Der Stein lag nicht mehr vor der Ladentür, der Schlüssel nicht auf der Wachstuchtischdecke, als er abends nach Hause kam. Schon an der Küchentür fragte er seine Frau: »Wo ist der Ladenschlüssel?« Sie deutete auf den Haken im Korridor, wo auch andere Schlüssel hingen und bat ihn, er möge endlich davon aufhören. Das Essen stand auf dem Tisch, die Zeitung lag daneben, er wusch sich die Hände, die jetzt ganz ruhig waren, setzte sich und aß ein paar Bissen. »Lauter Lügen«, sagte er, »aber jetzt mach ich reinen Tisch. Komm mit!« Er ging in den Korridor, nahm den Ladenschlüssel vom Haken und drückte ihn seiner Frau in die Hand. »Wir gehen 'runter, du schließt auf, und dann sehen wir weiter.«

Er hielt eine Taschenlampe in der Hand, drängte zur Eile, als sie die Treppe hinunterstiegen, schob seine Frau zur Tür der Ladenwohnung, umfaßte beim Aufschließen ihren Arm, drückte die Tür auf und blieb ein paar Sekunden lauschend auf der Schwelle stehen. Dann ließ er sie los, ging in den Korridor, leuchtete mit der Taschenlampe in die Küche und in das Zimmer, wo die Möbel der Fincks untergestellt waren, und sah dort auf einer Couch einen jungen Mann, ruhig atmend, im tiefsten Schlaf.

»Na also«, sagte Lewke zu sich selbst, schaltete seine Taschenlampe aus und verließ leise die Wohnung. Von seiner Frau ließ er sich den Schlüssel geben, verschloß die Tür und fragte kühl: »Wer ist das? Wo hast du ihn kennengelernt? Seit wann trefft ihr euch hier?« Und er nickte nur, als sie bestritt, diesen Mann zu kennen oder auch nur gewußt zu haben, daß sich jemand hier aufhielt. »Wir werden es feststellen lassen«, sagte er; denn er dachte nicht daran, sich an ihr oder diesem Kerl zu vergreifen, sondern erstattete Anzeige noch in dieser Nacht: Einbruch, unbefugter Aufenthalt einer fremden Person. Immerhin hatte er, Ernst Lewke, den Schlüssel und damit die Verantwortung gegenüber der evakuierten Familie Finck übernommen, was freilich für ihn weniger zählte als die Fragen: »Wer? Wie? Seit wann?«

Am nächsten Morgen hing ein junger Mann in Soldatenuniform, die Schulterstücke abgerissen, an der Laterne vor der Ladenwohnung, die Augen starr und weit aufgerissen, die Zunge herausgestreckt, ein Schild auf der Brust: »Ich bin ein feiger Deserteur.« Der alte Lewke lief gehetzt weiter, als er das Gesicht erkannte, ging nicht zur Arbeit, irrte Stunden oder Tage durch die Stadt, saß nachts bei einem Bombenangriff auf der Treppe des Warschauer Bahnhofs und sah neben den Bahngleisen die Häuser in Staub und Rauch versinken, doch er rührte sich nicht. – Seine Frau war tot, eine Bombe hatte das Haus getroffen, die Ladenwohnung, den Keller, die Laterne. Den Namen und das Schicksal des gehängten jungen Soldaten erfuhr er nie, keine Spur war von alldem geblieben.

»Keiner kann mir was wollen, keiner«, beteuerte der alte Lewke und schüttelten den Kopf wie im Krampf. Noch nach Jahren und Jahrzehnten erzählte er's, als sei's gestern geschehen und fragte zuletzt: »Oder hab' ich's geträumt?« Er wußte kaum, wie er nach Sandberg gekommen war, müde, ein

Wrack, das auf den Untergang lauerte. Als die Granaten in den Berg einschlugen, dicht bei seinem Unterschlupf, dachte er: Das ist gerecht. Unter den Augen der roten Sophia trieb es ihm den Schweiß auf die Stirn, er glaubte, sie habe ihn durchschaut. »Sie hat's gewußt«, sagte er zu mir. »Wenn sie mich ansah, redete, bei jedem Wort hab' ich gedacht, jetzt sagt sie's, jetzt.«

20 Die Abende waren warm, mückenumsummt. Alle Fenster und Türen standen offen, das Fernsehbild flimmerte bis zu den Birkenstämmen. Wir hörten Musik, dramatisches Gezänk, Liebesgeflüster. Ruth war gekommen, saß auf der Wiese im Gartenstuhl, ich hockte im Gras, erzählte von der zerschlagenen Fensterscheibe und Frau Scalanders Besuch. »Man darf dich nicht allein lassen, gleich passiert was«, bemerkte sie kopfschüttelnd und griff nach meiner Hand. »Leider muß ich noch mal weg, den Urlaub kann ich erst in zwei Wochen nehmen. Inzwischen hältst du hier also Geisterstunde.«

Sie war verstört, aufgeregt, ich hatte sie nie so erschrocken und hilflos gesehen wie bei ihrer Ankunft, als sie vor der Türschwelle zurückgewichen und auf die eingebrannte Inschrift gestarrt hatte. Ich war mit meinen Erklärungen auf taube Ohren gestoßen, sie hatte nur immer wieder gesagt: »Es ist verrückt, es macht mich verrückt!« Nun bereute ich, daß ich von Frau Scalander zu erzählen begonnen hatte, tat harmlos: »Es ist doch nichts passiert, das Haus ist unverkäuflich, gepachtet, dabei bleibt's.« Ich holte eine Flasche Wein aus dem Keller, Gläser aus dem Haus, schenkte ein, prostete ihr zu: »Du bist da, lassen wir die Vergangenheit ruhen!« Doch Ruth ereiferte sich: »So einer Krämerseele kannst du nicht begreiflich machen, was sie zwanzig Jahre verschlafen hat. Volkseigentum, Tür zu, das hätte genügt. Sie kommt doch aus einer andren Welt.«

Für den alten Lewke war Frau Scalander tot, für Ruth war sie eine Krämerseele aus der anderen Welt, vor der man die Tür zuklappte, Schluß. Im ganzen Dorf war die alte Frau verhaßt, die Wirtin des Dorfkruges wünschte sie zum Teufel, und der Bürgermeister sagte: »Mit so was läßt man sich überhaupt nicht ein.« So einfach liegen die Dinge, wenn man nur an Frau Scalander und nicht an die rote Sophia dachte – oder nur an das Brandmal auf der Schwelle, das jahrzehntelang verborgen gewesen war.

Der Wein war kühl und süffig, wir tranken ihn hastig, er stieg uns in der Hitze sofort zu Kopf. Ich nickte, als Ruth fragte: »Ist sie wirklich hier gewesen?« Meine Hand wies zur offenen Tür, ich sagte: »Ja, dort hat sie gestanden, gegessen, geredet, sie hat hier gelebt.« Ruth verschüttete Wein, ich schenkte nach, sie wollte wissen: »Wer?« Es fiel mir schwer, die Zeiten, Menschen, Schatten und Spukgeschichten auseinanderzuhalten, ich war beschwipst, zu viele Bilder waren vor meinen Augen, die sich ineinanderschoben: Die rote Sophia mit zwei Koffern, um Obdach bittend, an der Tür. Das Zurechtrücken der gestickten Deckchen, das Warten auf den Bräutigam. Die lustigen Abende mit den Ukrainern beim nahen Kanonendonner. Der stolze Augenblick, als sie Frau Scalander verkündet hatte: »Ich bin Bürgermeisterin.« Und dann das Hochzeitsfest, die elternlosen Kinder und Frau Scalander hier oben, der Tanz auf dem Dorfplatz, die Kutschfahrt, das Seidenkleid mit den Stickereien und die unbezahlten Blumen – Lachen, Gesang, Lärm, Geflüster, Stille.

Ruth hielt mir das leere Glas hin und sagte: »Ich will Wein!« Ich griff nach der Flasche, stieß sie um und zuckte bedauernd mit den Schultern. »Bist du betrunken?« fragte Ruth. »Und stumm? Verstummt?« Wirklich, ich brachte kein Wort heraus. Es war entsetzlich still, nur in der Ferne knackte und raunte der Wald, am Hause schien er erstarrt zu sein, kein Lüftchen regte sich, Stille. Und ich wußte, die rote Sophia hatte die Stille gehaßt. Sie konnte nicht allein sein, es trieb sie ruhelos umher, fünfzehn, zwanzig Kilometer im Umkreis des Berges, immer im Kreis, bis an ihr Ende. Tagsüber von einem Bauernhof und Feld zum anderen, Forderungen, Geschrei, hastige Fahrten in benachbarte Dörfer, in die Kreisstadt, auf Vorwerke, zu Versammlungen in Gasthöfen, hitzige Reden, Gespräche und Trubel überall. Abends wieder Trubel, da wollte sie erst recht Mittelpunkt sein, singen, tanzen, lachen. Oft fällte sie impulsiv in fröhlicher Laune eine Entscheidung über die Köpfe vieler hinweg. Es war gefährlich, sich ihr in den Weg zu stellen oder den Wink zu übersehen, den sie lässig gab. Beim geringsten Widerstand wurde sie still, ertrug sich selbst nicht, keinen Menschen in ihrer Nähe, fuhr mit der Kutsche davon, waldeinwärts. Irgendwo spürte sie aber jemand auf, meist den alten Lewke, dem sie sagen konnte: »Hör zu, laß mich ausreden, ich will's so!« Und sie schwärmte von ihrer »neuen Welt«, von ihren anscheinend abenteuerlichen Plänen, die heute samt und sonders Wirklichkeit waren.

Ich unterschied längst nicht mehr, was ich wußte oder nur zu wissen glaubte. Die Weinflasche war leer, ich hatte sie umgekippt, sie rollte den Hang hinunter. »Soll ich verdursten?« fragte Ruth. Die rote Sophia hätte mir einen Rat gegeben oder selbst eine Flasche herbeigezaubert – aus dem leeren Keller oder der hohlen Hand, für sie gab es keine versiegenden Quellen. Von der Obsternte ließ sie Wein keltern, von Kartoffeln Schnaps brennen, sie wollte Feste feiern und im Dorfkrug wenigstens an Feiertagen bis in die Nacht die Lichter brennen sehen, trotz des Mangels an allem, ohne daß jemand einen Pfennig zu zahlen brauchte. Rot im Gesicht vom Tanzen und Singen sprang sie zu später Stunde auf den Tisch und rief in den Saal: »Wozu haben wir die zerschossenen Dächer gedeckt? Die Lichtleitungen repariert? Die verwüsteten Felder nach einzelnen Kartoffeln durchwühlt? Die abgeklapperten Pferde vorm Pflug angetrieben, vorwärtsgepeitscht?« Sie lachte laut, schallend, unverschämt. »Weil wir leben wollen, gut leben, so gut, wie niemand in Sandberg gelebt hat, als hier an die rote Sophia nicht zu denken war!«

»Ich hörte Schritte«, sagte Ruth und legte den Zeigefinger auf den Mund. Es waren auch Stimmen zu vernehmen, ein greller Taschenlampenstrahl durchschnitt das Fernsehgeflimmer, zwei Schatten schoben sich durchs Gartentor, eine Frauenstimme rief meinen Namen. »Frau Scalander«, sagte ich und stand auf. Ruth ergriff meinen Arm und flüsterte: »Was will die jetzt? Wer ist die andere?« Ich war von dem grellen Licht geblendet, konnte nichts erkennen, zögerte, lauschte, doch der Fernsehapparat war viel zu laut eingestellt. »Was ist denn?« rief ich zum Gartentor. »Was wollen Sie?«

Keine Rede vom Wein, der roten Sophia oder sonst etwas Wichtigem. Frau Scalander war wegen des Hausverkaufs noch einmal herübergekommen: Sie hatte den Taxator in der Kreisstadt aufgesucht, war gerade mit dem Spätbus zurückgekehrt, für den morgigen Tag hatte sich der Herr angesagt: »Halten Sie sich bereit, damit er ins Haus kann«, bat sie. »Vielleicht kommt er schon früh, ich hab's dringend gemacht, und ich wollte nicht, daß Sie unvorbereitet sind.« Das Taschenlampenlicht irrte zur offenen Haustür, die Wände hoch zum Dach, die Regenrinne entlang, hinunter zum Kellerfenster und in das blaue Geflimmer vor der Veranda. »Nur pro forma«, bemerkte Frau Scalander noch, »weil eine Taxurkunde beim Verkauf vorliegen muß, obwohl diese Taxpreise einfach lächerlich sind.«

Ruth zog mich zur offenen Tür, der sich Frau Scalander näherte, assistiert von Frau Triebel, wie ich jetzt sah, die die Taschenlampe gesenkt hielt. Entstellt, fremd, fast fratzenhaft sah ich die beiden Gesichter im blauen Fernsehlicht, aus dem sie nicht einmal weichen wollten, als Ruth sagte: »Hier kommt kein Taxator 'rein, den Weg hätten Sie sich sparen können. Gute Nacht!« Resolut schloß sie vor den beiden Frauen die

Tür und zog den Vorhang zu. »Unverschämtheit«, schimpfte sie und holte tief Luft. »Denen werden wir zeigen, wer hier Herr im Hause ist!«

Beim Fernsehgeflimmer legten wir uns ins Bett, und nur einmal blickten wir zu einem Känguruh hinüber, das über den Bildschirm hopste. »Schön«, meinte Ruth, »daß man bis nach Australien gucken kann und wenigstens dort vor der roten Sophia sicher ist.« Ich gab ihr einen Kuß und dachte: Wer weiß es? Wer weiß, wo die Vergangenheit endet und die Gegenwart beginnt – und wo nicht?

Ruth redete wirr und aufgeregt von ihrer Kindheit: von einem Haus, das mächtig groß in der Erinnerung war, Treppenstufen vor der Tür, die sie nie allein erklimmen konnte, Bäume ringsum, Ziegen, Kaninchen, die nie genug Gras fanden, Geschrei vieler Kinder, die Großmutter und eine junge schöne Frau, die sie in den Arm genommen und gesungen hatte. »Lieder«, sagte Ruth, »ich habe sie nie, nie wieder gehört.«

21 Der Taxator kam nicht. Vielleicht war das Wetter daran schuld, es regnete in Strömen. Ruth sagte: »Da werden die Pilze wachsen.« Doch als wieder die Sonne schien, packte sie den Koffer und reiste ab. Die Zeitung, für die sie regelmäßig Reportagen schrieb, schickte sie in ein mecklenburgisches Dorf, wo eine Studentenbrigade im Ernteeinsatz war. »Komm, Lehrer, fahr mit!« stichelte sie noch, als sie in den Bus stieg. »Du siehst ja den Wald vor lauter Bäumen nicht, vor lauter Legenden.«

Ich winkte dem Bus nach, sehr wohl war mir nicht. Aber den Wald sah ich: Er war nach den Regentagen feucht und dampfte in der Hitze. Ich fand gleich ein paar Rotkappen und Birkenpilze und steckte sie mir ins Hemd. Dann entdeckte ich eine Pfifferlingsstelle, die mir neu war. Im Moos leuchtete es ringsum gelb, ich setzte mich in die Mitte und pflückte und pflückte. Mein Hemd bauschte sich auf, es war angenehm kühl auf der Haut. Ein paar Minuten legte ich mich auf den Rükken und starrte in den Himmel, wo kleine weiße Wolkenfetzen dahineilten, eine nicht endenwollende Schar. Mir wurde taumlig vom Zuschauen und der Geschwindigkeit, die sich auf mich übertrug. Ich brauchte nicht einmal mit den Armen zu rudern, wie in den angenehmsten Träumen, um federleicht dahinzusegeln, bepackt mit meinen Pilzen, fernab von der bewohnten Welt; denn kein Laut war zu hören und nichts als Wolken und schwebende Baumspitzen über mir. Gut, ich war Lehrer, Geschichtslehrer, jahrelang hatte ich nach bestem Wissen und Gewissen Geschichte gelehrt. Jetzt schaute ich ins Leere, in wolkenverhangene Fernen, die ich packen mußte, festhalten, freilegen. Legenden meinethalben, Schicht um Schicht, bis ich an die Wahreit kam. Die rote Sophia, die Wahrheit um sie, brauchte ich, wenn ich weiterleben und lehren wollte!

Als ich wieder auf den Beinen stand, kam ich mir ziemlich ernüchtert vor. Einige Kiefern waren abgestorben, trostlos kahl, umgeben von abgebröckelten Ästen und Rindenstücken. In einer sandigen Schneise lagen Dutzende zersägte Bäume, Meterhölzer übereinandergeschichtet, einige Stämme geschält und vom Astwerk befreit, fertig für die Sägemühle.

»Keine Säge kommt gegen unseren Wald an«, hatte der alte Lewke einmal zu mir gesagt. »Die Bäume sind mit Splittern gespickt wie schrotkugeltote Hasen, aber sie leben und überleben uns.«

Ich berührte die harzigen Schnittstellen der gefällten Bäume, entdeckte Narben in der Rinde, zählte die Jahresringe, kam wieder auf die Jahreszahl 1945, die Stunde Null, nein, Sophias Stunde, hier kenntlich gemacht von Waldarbeitern, die solche Bäume wie Pestkranke mieden oder mit roten Ringen versahen. Dutzende solcher Ringe sah ich, als ich weiterging, mich kaum noch nach Pilzen bückte, höchstens nach einem Prachtexemplar von Steinpilz, dabei in Löcher und Gräben geriet, Spuren jener Tage, die immer noch nicht getilgt waren.

Der alte Lewke hatte auf den Wald gewiesen, der sein Haus umgab, und zu mir gesagt: »Der Wald verändert sich nicht, ich könnte darauf schwören, daß die Kiefern keinen Zoll gewachsen sind.« Vielleicht empfand es jeder so, der in eine Landschaft eingepaßt war wie in seine Haut, die er nicht spürte, solange sie unverletzt blieb. »Wir wachsen mit den Bäumen, bilden wir uns ein«, sagte er, »unsere Nase ist immer so hoch wie der höchste Ast. Ist das Torheit oder nur Selbstbehauptung?«

Mir war's einerlei, ich hielt mich an die Pilze oder stürzte mich in den See und schwamm von einem Ufer zum anderen. Gern fuhr ich mit dem Rad, hatte auf den Weg und die niedrigsten Zweige zu achten, die mir ins Gesicht schlugen, wenn ich mich nicht duckte. Der Wald war einfach da, gehörte hier zu jedem Atemzug und jedem Blick, wechselte bei jedem Schritt, zeigte sich zu jeder Tages- und Jahreszeit anders, abgeholzt und wieder aufgeforstet, an manchen Stellen verödet, versandet, im Ganzen zusammengeschrumpft, von Holzhäusern, Steinbungalows und wachsenden Dörfern, Stallungen und Feldern bedrängt.

Ich stand vor einem Neubauernhaus am hügligen Waldrand: Fachwerkbau, neues Ziegeldach, angebaute Ställe, schräg vorn die strohgedeckte Scheune. Es gab keinen entlegeneren Winkel, um anzusiedeln, keinen ruhigeren, idyllischeren Fleck, keine andere Familie, die sich in dieser Gegend so weit vom Dorf entfernt hätte. Ein paar Kilometer bis hierher mußten Lichtleitungen gelegt werden, die neuen Wege waren sandig, im Herbst und Winter verschlammt, mehrmals hatten die Brunnenbauer vergebens gebohrt, bis sie auf dem Hügel in dreißig Meter Tiefe auf trübes Wasser gestoßen waren. Dieses Haus samt Wegen, Elektrizität und Brunnen hatte die rote Sophia an dieser Stelle haben wollen. Sie hatte im ersten Nachkriegsjahr das Material und die Handwerker herangeholt, den Bau dirigiert, zur Eile gedrängt und Richtfest gefeiert. Einmal, zweimal, dreimal, weil sie die Stille, in die sie geflüchtet war, dann nicht ertrug.

Das Haus war bewohnt, es hing Wäsche auf der Leine. Eine junge Frau schob einen Kinderwagen, der mit Taschen und Einkaufsnetzen bepackt war, durch den Sand. Bis zum Dorfkonsum brauchte sie eine Stunde, der Weg in die Kreisstadt war eine Tagestour, der Briefträger kam nur einmal in der Woche, wenn's unbedingt nötig war. Die rote Sophia hatte damals zwei Traberhengste aus einem Gestüt für die Kutsche beschafft, um beweglich und allgegenwärtig wie vordem zu bleiben. Außerdem fanden viele Männer und Frauen aus Sandberg den Weg hierher, um von ihr Rat, Hilfe oder irgendeine Gefälligkeit zu erbitten. Man schleppte ihr vieles herbei, bemühte sich, mit ihr auf gutem Fuß zu stehen; die Köchin des Dorfkruges erschien und erbot sich, im Haushalt zu helfen, Obstbäume wurden von Bauern im Garten gepflanzt, das Tor umrankte noch jetzt ein Rosenspalier. Vom alten Lewke wußte ich, daß er sie eines Tages in diesem Haus gefragt hatte: »Du hast's sehr schön hier, aber irgendwie bist du anders, leiser geworden, seit du abseits wohnst. Fehlt dir was?«

Die rote Sophia war schwanger, lange hatte es ihr niemand angesehen. Sie sprach mit keinem Menschen im Dorf darüber, nur dem alten Lewke gestand sie: »Ich werde heiraten, eine Familie gründen, das gehört nun einmal zum Leben.« Noch ehe Frau Scalanders Sohn aus der Kriegsgefangenschaft zurückgekehrt war, brachte sie hier ein Kind, eine Tochter, zur Welt, die sie Sonja nannte. Es gab Gerede, widersprüchliche Gerüchte, wer der Vater dieses Kindes sei. Roland Glöckner, ein junger Mann, wurde immer wieder genannt, ein Fremdling wie sie im Dorf, den die Kriegswirren hierher verschlagen hatten.

Auch der ehemalige sowjetische Kommandant, nun Stabsoffizier im Garnisonsbezirk, erschien noch einmal im Sandberger Gutshaus und unterhielt sich lange mit ihr. Von ihm hätte man vielleicht erfahren können, was sie damals bewegte und in den Waldwinkel trieb, warum sie sich so jäh veränderte und anscheinend teilnahmslos zusah, als man sogar Hakenkreuze und Morddrohungen an die Wände ihres neuerbauten Hauses schmierte. Sie sprach zwar im Dorf wie bisher von den vielen Aufgaben, die es noch zu lösen gab: Straßenarbeiten, Ausbesserungen der zerschossenen Häuser und Wirtschaftsgebäude, Saat und Ernte, Festigung der neugegründeten Parteien und Organisationen, Ausbau der Schule und des Kindergartens. »Das hab' ich nun einmal angefangen«, sagte sie zum alten Lewke, »das möchte ich nicht aus den Händen lassen, auch wenn ich mir's anders, schneller, freudiger vorgestellt habe. Oder glaubst du, ich würde mir von irgend jemand einen Schreck einjagen lassen und mich in den vier Wänden verschließen und nur mein Kindchen wiegen?«

Die rote Sophia blieb in Sandberg. Ein paar Monate lebte sie mit Mann und Kind in dem neuen Haus, richtete vier Zimmer ein, dazu zwei Gästestübchen unterm Dach, die immer leer standen. Sie feierte ausgelassen Kindtaufe, die ersten Zähne und die ersten Schritte der Kleinen. Bis zum Wald waren es nur ein paar Meter, dahin lief sie mit dem Kind, sah zu, wenn es sich an einen Baumstamm klammerte, über eine Wurzel stolperte und am nächsten Baum wieder aufrichtete. Das erste Kinderlallen hörte sie hier, unverständliches Gestammel, Geschrei, Weinen und Lachen, das der Stille dieses Winkels auf unverhoffte Weise ein Ende setzte.

»Wollen Sie zu mir?« fragte mich die junge Frau, die ihre Taschen und Netze auf die Treppenstufen gesetzt und ihr Kind aus dem Wagen gehoben hatte. »Nein«, rief ich zurück und wandte mich rasch ab, weil ich mir lächerlich vorkam, mit meinen Pilzen im Hemd und all diesen aufgebauschten Erinnerungen, Phantastereien und Legenden, weil ich die Wahrheit wollte, wenigstens eine Spur dahin.

22 Der alte Lewke hatte so manches gewußt, was man sich nicht träumen ließ. »Vorstellungen sind auch ein Leben und eine Welt«, sagte er. »Man kann ebensogut träumen, ohne zu schlafen, wie man schlafen kann, ohne zu träumen.« Ich holte seine Sätze hervor, Sprüche, Geschichten, Traumfetzen, und bevölkerte damit den sandigen Berg, das Dorf, die Wälder und die Seen, den Mittelpunkt einer Welt, die von der roten Sophia erschaffen war.

Der alte Lewke schwor darauf, daß er dabei war, als die rote Sophia ihrer Tochter zuflüsterte: »Mir gehört das Dorf, die Welt!« Sie konnte, seit sie im Waldwinkel wohnte, das Dorf nicht mehr überblicken, sondern sah nur hinter den Kiefern einen Zipfel des Sandberges. Dort wohnte Frau Scalander, nun allein, die Flüchtlingskinder waren gegen ihren Willen in das neuerrichtete Kinderheim gekommen. Jetzt tat sie so, als wolle sie kein Kind und niemand um sich haben, holte sich aber die Tochter der roten Sophia fast jeden Tag. Sie stand frühmorgens mit dem Kinderwagen im Dorf, am Tor des ehemaligen Gutshauses, und wartete auf die Kutsche, die rote Sophia und das Kind. Kühle Blicke hin und her, dann schob Frau Scalander den Wagen mit der kleinen Sonja bergauf. Irgend jemand aus dem Dorf drängte sich schon heran und sprach von Milch- oder Eierablieferung, fehlendem Futter oder Saatgetreide, doch die Bürgermeisterin hörte nicht zu, solange ihre Tochter in Sichtweite war. Und auch später, im Laufe des Tages, war sie unruhig, irgendwie in Gedanken, nur halb bei der Sache, sogar bei Fahrten zum Landrat, zur Kommandantur in der Kreisstadt oder nach Berlin.

Sie mußte die Sache mit dem Lastkahn endlich in Ordnung bringen. Der alte Lewke war vor Jahr und Tag zu ihr gekommen und hatte gesagt: »Da ankert ein fremder Kahn im Luchsee, niemand weiß, wem er gehört.« Die Schiffer waren im Wirrwarr der letzten Kriegstage von Bord gegangen, keiner kümmerte sich mehr darum. Die rote Sophia war mit dem alten Lewke durch Schilf und Morast gewatet, hatte den Kahn geentert und die Luken aufgebrochen. »Beschlagnahmt!« sagte sie, als sie die Ladung sah: Schafwolle, zusammengepreßt, übereinandergestapelte Ballen, Dutzende, fast hundert, eine Flut weißer, weicher Wolle, in die es eine Lust war, hineinzuspringen und zu fallen, sich rücklings darauf auszustrecken und die Arme hinterm Kopf zu verschränken. So hatte sie der alte Lewke in Erinnerung, so vor allem. Sie lag da und schwärmte: »Wir werden mit dieser Wolle unser Glück machen, gleich und nicht erst am Sanktnimmerleinstag. Wir werden Spinnräder in Schwung bringen, überall Tag und Nacht, wir werden Wolle für Pullover und Jacken haben, für die Kinder, ja die ganz kleinen, in weicher, weißer Wolle! Wir haben zu essen, wir können uns kleiden, wir sind ein glückliches Dorf mit lauter glücklichen Kindern!«

Damals erriet noch niemand, daß sie schwanger war, im ersten Nachkriegssommer und Nachkriegswinter, als die Wollballen ohne viel Aufhebens in jedes Haus getragen und die Spinnräder in Gang gesetzt wurden. Es surrte Tag und Nacht im Dorf, wenn man genau hinhörte. Die Frauen spannen aus der Wolle feine oder grobe Fäden, je nach Geschick. Bald sah man überall weißjackige Gestalten, jung und alt in fast gleichen, behaglichen Wolluniformen. Man fuhr in die umliegenden Dörfer, in die Kreisstadt und nach Berlin und tauschte die Sandberger Wollerzeugnisse gegen Töpfe, Kannen, Radios, Fotoapparate und Goldringe. Der Wohlstand kam in das kleine Dorf mit dem kläglichen Ackerboden, den sumpfigen Wiesen und den zerschossenen Stallungen und

Häusern. Nach und nach war es möglich, da etwas an den Gebäuden zu vermauern und zu verputzen und dort eine Ruine abzureißen und etwas Neues hinzubauen. Die Bomben- und Granattrichter auf den Wegen und Straßen wurden eingeebnet, vorm Dorfkrug standen bald wieder Tische und Stühle auf frischgelegten Granitplatten. Zu jedem Haus führten elektrische Leitungen, überall war gutes Licht fürs unaufhörliche Spinnen und Stricken; denn der Vorrat des herrenlosen Lastkahns war schier unerschöpflich. Auch in Frau Scalanders Haus auf dem Berg stapelten sich die weichen, weißen Wollsachen, winzige Jäckchen und Hosen, Decken und Kissen für das Kind. Zum erstenmal spürte die Bürgermeisterin von allen Seiten Wohlwollen und freudige Zustimmung, wenn sie durchs Dorf ging. »Das muß man der roten Sophia lassen«, hieß es, »für Wolle hat sie gesorgt.« Man saß warm in der Wolle, den elenden ersten Nachkriegswinter spürten die Sandberger kaum. »Aber mit rechten Dingen geht's nicht zu«, unkte der alte Lewke. Er lag der roten Sophia im Ohr und meinte, die Wolle gehöre in eine Weberei. »Überall fehlt's am Nötigsten, und hier laufen die Wölfe in doppelten Schafspelzen herum!«

Nun war Sommer und der Kahn bis auf einige ölige Ballen leer. »Kannst ihn nach Berlin bringen«, sagte die rote Sophia zum alten Lewke. »Ich fahr' mit.« Es war noch genug Dieselöl im Tank, der Fischer Gericke aus dem Dorf machte den Motorkahn flott, und ab ging's nach Berlin. »Wie willst du das verantworten?« fragte der alte Lewke, als sie sich der Stadt näherten. Die rote Sophia hatte sich auf dem Schiffsdeck ausgestreckt und Zeitung gelesen. »Was?« entgegnete sie und lachte. »Man wird uns auf den Knien danken, daß wir diesen Kahn und etwas Putzwolle nach Berlin bringen.«

So war es auch. Gegen Abend erreichten sie den Stralauer Hafen, und dort ließ sich die rote Sophia mit Unterschrift und Stempel die Bergung des herrenlosen Frachtkahns bestätigen.

Ein anerkennender Brief traf kurz darauf in Sandberg ein, und im Winter brachte man zum Dank eine außerplanmäßige Kohlenladung ins Dorf, überflüssigerweise, weil alle, den Wald vor der Nase, auf Holzfeuerung eingestellt waren. Der Vorrat an Wolle war immer noch nicht aufgebraucht; auch der alte Lewke erhielt zur Rentnerweihnachtsfeier eine weiße Wolljacke geschenkt. Er trug sie an kalten Tagen und sagte allen, die es hören wollten: »Kleider machen Leute, Lumpen nur Läuse.«

Unterwegs auf dem Kahn, ehe Berlin in Sicht gekommen war, hatte die rote Sophia noch zu ihm gesagt: »Stell dir mal vor, du hättest Kinder. Versetz dich mal in meine Lage als Bürgermeister und Mutter. Wolle ist dann nicht Wolle, ein Lastkahn kein Lastkahn und ein Dorf bloß der Anfang vom Anfang. Ich will nicht hoch hinaus, aber die Kinder hol' ich aus dem Dreck, mein Kind zuerst. Dafür faß ich gern Dreck an, wühle, wate und ersticke darin, wenn's sein muß. Sollen sich die anderen die Hände reiben, die sauberen Hände, oder sich ins Fäustchen lachen. Ich kann den Dreck nicht nur von meiner eigenen Tür wegschaufeln, den Staub müssen sowieso alle schlucken, da wirble ich ihn lieber gleich richtig auf. Einmal herrscht wieder klare Luft, bis dahin müssen wir aus dem Gröbsten heraus und überm Berg sein. Überm Sandberg! Verstehst du das? Weiße Wolle, weiße Weste, Wölfe in Schafspelzen – Unsinn! Ich hab' eine Tochter, und die wird nicht mit zwei halbleeren Koffern durch diese Welt ziehen, die nicht! Kein Kind aus diesem Dorf, dafür sorge ich!«

Damals hatte die rote Sophia, befugt oder unbefugt, schon ihre Gesetze und Anordnungen erlassen, um ihre Wünsche und Träume in aller Öffentlichkeit als das Recht der neuen Zeit zu dekretieren. Meist waren es kleine, handschriftliche Zettel, die sie rot umrandete und an die Anschlagtafel der Bürgermeisterei heftete. Es hieß da: »Auf dem Luchsee dürfen Lastkähne und Dampfschiffe nicht länger als drei Tage ankern, sonst werden sie beschlagnahmt.« – »Alles herrenlose Gut wird hiermit zum Gemeindeeigentum erklärt.« – »Das Angeln und Fischen im Luchsee ist allen antifaschistischen Bürgern erlaubt.« – »Jeder Bürger unserer Gemeinde hat einem Flüchtlingskind ein Kleidungsstück zu schenken.« – »Die Obsternte muß vor allem den Kindern zugute kommen, der Rest wird zur Most- und Weinkelterung verwandt.« – »Die ehemaligen Nazis, Großgrundbesitzer und Kriegsgewinnler sind zu zweiundfünfzig Aufbaueinsätzen im Jahr verpflichtet, also an jedem Sonntag.« – »Am Wochenende finden im Dorfkrug Tanzabende oder Kulturveranstaltungen statt, der Eintritt ist frei . . .«

23 Im Wald, östlich des Berges, im Gewirr der verschütteten und verwachsenen Gräben und Unterstände, fand ich einen Stahlhelm, der verrostet und durchlöchert war, den Helm eines Sowjetsoldaten. Ich nahm ihn mit, wollte ihn säubern, aufbewahren und in Berlin meinen Schülern zeigen. Dieser Helm war vielleicht das einzige, was von einem Rotarmisten geblieben war, der hier in den letzten Kriegstagen, angesichts des Sandbergs mit seinen Kiefern, Holzhäusern, Gärten, Fliederbüschen und Kirschbäumen gefallen war. Ein Granatsplitter hatte den Helm vorn in zwei Hälften gespalten; der Riß klaffte vom Helmrand bis zum Scheitel. Halbrechts, in Stirnhöhe, war ein faustgroßes Loch.

Der Stahlhelm, das Aktenbündel, die Stöße von Büchern und die Sprüche des alten Lewke, das waren die Überbleibsel jener Zeit, und daraus sprossen die Legenden und Heldengeschichten, aber auch die harten Wahrheiten, wenigstens eine Ahnung davon, mit denen ich meine Schüler ins Leben schicken konnte. »Einer von Millionen«, würde ich sagen und diesen Helm aufs Pult legen, im Geschichtsunterricht der zehnten Klasse, Kapitel soundsoviel des Lehrbuchs, Lehrplans – und dazu ein paar Fakten vom Leben der roten Sophia geben, wenigstens bis zum Mai 1945; denn das Weitere sprengte den Rahmen, war lediglich ein Einzelfall, Sommer und Winter 1945, danach wäre von Konflikten zu reden, vom Zusammenprall mit dem Mikrokosmos dieser kleinen Welt, von Verzweiflung, Tragischem, vom unheiligen Untergang der Heldin, den nicht einmal die Dorfchronik vermerkte. Voller Überzeugung könnte ich jedoch sagen: »Sie hat fünfzig ukrainischen Kriegsgefangenen das Leben gerettet.« Der alte Lewke hatte davon gewußt, ihre Flucht aus dem Lager einen Tag lang mit allerlei Ausflüchten gedeckt und die SS-Posten in die Irre geleitet, so daß sie erst gründlich alle Scheunen und Ställe im Dorf durchsuchten. Die Gefangenen hatten sich schon in Sicherheit gewiegt, in einer stillgelegten Ziegelei haltgemacht und ein Feuer angezündet, um die verlausten Hemden auszuräuchern: Freudenfeuer, verfrühte Siegesfeuer, immerhin war deutlich Geschützdonner zu hören, Panzerrasseln, schließlich ganz nah Motorengebrumm. Als die Ukrainer ihr Versteck verließen und halbnackt, nackt auf den uralten Brennöfen tanzten, schrien, weinten, sich umarmten, erstarrten sie: SS-Männer auf Motorrädern hatten sie eingekreist, brüllten schon ihre Befehle: »Schanzen, Gräben ziehen, Schützenlöcher buddeln!« Ein SS-Offizier winkte die rote Sophia zu sich, schoß in die Luft, deutete an, was geschehen würde, wenn die Gefangenen nicht binnen Stundenfrist die Ziegelei in eine Festung verwandelten. »Einigeln heißt das. Übersetz das den Russkis! Wer kein Werkzeug findet, gräbt mit den Händen.«

Rostige Hacken, Schaufeln, Eimer, Spaten, Mörtelkellen, Hämmer, Äxte, alte Pflugscharen und Töpfe kamen nun auf dem Ruinengelände zutage. Bald klopften, hämmerten, hackten und schaufelten alle Gefangenen, dirigiert von den SS-Männern, schlugen da Schießscharten in eine Mauer, gruben dort Einmannlöcher, MG-Stellungen, Unterstände, blickten gespannt auf die rote Sophia, die während der ganzen Nacht in der Nähe des Offiziers blieb und anscheinend sorglos mit ihm plauderte; natürlich, der junge Mann war hier in der Nähe zu Hause, daher wußte er von der stillgelegten Ziegelei, die Rauchwölkchen hatten ihn stutzig gemacht an diesem klaren, sonnigen Frühlingstag. Ans Sterben dachte er wahrlich nicht, ans Kämpfen, Einigeln noch immer, weil's befohlen war. Hauptsache, es geschah etwas und man sah nicht tatenlos zu, wenn alles zugrunde ging. »Wer möchte schon zugrunde gehen?« fragte die rote Sophia. Der Offizier sah sie mit großen, gierigen Augen an, dann nannte er leise den Namen des Dorfes, wo die Gärtnerei seinen Eltern gehörte, siebzehn Kilometer westlich, drei Stunden Weg, wenn man einigermaßen gut zu Fuß war. »Bin ich«, sagte die rote Sophia, und es wunderte sie nicht, daß der Offizier im Morgengrauen das Schanzen abbrach, als der Kampflärm näher rückte. Motorräder dröhnten, flitzten staubaufwirbelnd davon. Die Gefangenen umringten die rote Sophia, umarmten sie, drückten sie, rissen sie fast zu Boden, schrien und lachten, rutschten mit ihr in die frischaufgeworfenen Gräben und wären beinahe lebendig begraben worden, so toll gebärdeten sie sich alle nach der erneuten Rettung vorm sicheren Tod.

Dann hörten sie wieder Fahrzeuglärm, sahen Staubwolken, duckten sich im Graben, als Geschosse über sie hinwegfegten. Stille, trostloses Schweigen ein paar Minuten. »Sie kommen zurück«, sagte einer und griff nach einer Spitzhacke. »Lebendig kriegen sie uns nicht noch mal!« Die rote Sophia schrie ihn an: »Was redest du!« Sie wollte den Gedanken nicht aufkommen lassen, daß es doch noch ein Gemetzel gab, ein sinnloses Aufbäumen dieser Männer oder die Exekution im letzten Moment. »Es sind die Unsrigen«, behauptete sie mit sicherer Stimme, sprang aus dem Graben, die schützenden Mauern, Schuppen und Ziegelhaufen hinter sich, winkte mit einem Tuch, sah Panzer heranrollen, verdreckt und mit Kiefernästen getarnt, rief: »Towaristschi!«, obwohl sie in den Staub- und Dieselwolken nichts erkennen konnte, stand wie erstarrt, als sie die Antwort in vertrauter Sprache hörte, von Panzern herab, vom Waldrand herüber, wo ein Granatwerfertrupp in Stellung gegangen war. Die ukrainischen Gefangenen stürmten, krochen aus ihren Deckungslöchern, schleuderten ihre Spaten, Schaufeln und Hacken beiseite, taumelten den Rotarmisten in die Arme, schrien und grölten, tanzten, weinten und lachten, nach der Hoffnung, Angst, wiedererwachten Hoffnung und erneuten Todesangst der letzten Stunden und Minuten.

Da fielen Schüsse. Von einem Hügel hinter der Ziegelei feuerten Maschinengewehre in die Verbrüderungsszene auf freiem Feld. Ein Gefangener und ein Rotarmist, die sich umarmt hatten, stürzten hin, tot. Andere wälzten sich im Sand, blutig, am Arm oder Bein getroffen, zwei wurden von den Panzern zermalmt, die blitzschnell wendeten. Doch eine Granatwerfersalve erreichte die davonrasende Motorradpatrouille, tötete den Offizier und zwei andere der heimtückischen Mörder. »Jagt ihnen nach, packt sie im letzten Winkel!« schrie die rote Sophia, als die Panzer stoppten. »Es sind Barbaren, sie müssen ausgerottet werden! Henkt sie, reißt sie in Stücke! Alle!«

In der Nähe der Ziegelei, am Waldrand, wo die verschütteten Gräben waren, hatte ich den Helm des Sowjetsoldaten gefunden. Vielleicht war er ein Opfer dieser letzten Stunde des Krieges und ersten Stunde des Friedens gewesen. »Und die rote Sophia«, würde ich meinen Schülern sagen, »war dabei. Sie hat den zerschossenen Helm vom Kopf des Toten genommen und weggeworfen, wild vor Haß und Trauer. Wenn wir diesen Haß und diese Trauer nicht verstehen, werden wir nichts verstehen bis auf den heutigen Tag.«

24 Das ging mir durch den Kopf, als doch noch der Taxator kam, ein alter, kahlköpfiger Mann. Frau Scalander hatte ihn erst einmal bergauf, bergab ums Grundstück geführt, er keuchte und schnaufte, entschuldigte sich bei mir wegen der Verspätung, beklagte seinen leidigen Gesundheitszustand, das Alter, das Wetter, alles. Er ging verdrossen ans Werk, trat ins Haus, ohne mich zu fragen, schien auch gar nicht zu beachten, mit welcher Fülle von Zahlen und Summen ihn Frau Scalander behelligte, Preise, auf Mark und Pfennig genau, die sie damals zu zahlen gehabt hätte, Zement fürs Fundament, für Klinkersteine, Bauholz, Dachziegel, Doppelfenster, Fensterläden, natürlich alles in bester Qualität. »Moment mal!« rief ich dazwischen, weil ich doch wenigstens gefragt werden wollte, als der Kahlkopf ganz selbstverständlich ins Haus trat. Er warf mir einen kurzen Blick zu und sagte: »Ich muß auch 'runter in den Keller. Und auf den Boden.« Bei diesen Worten klappte er einen Zollstock auf, maß Länge, Breite und Höhe des Zimmers, Mauerstärke, notierte, prüfte die Fenster, hieb mit dem Absatz auf die Diele, brummte: »Teilunterkellert«, klappte den Zollstock wieder zu, als er durch die enge Luke in den Keller stieg.

Für den Keller hatte er nur ein »Hm« übrig, auf dem Boden blieb er länger. Ich kletterte ihm nach, sah verwundert, daß er die Pappverkleidung von den Dachsparren riß. »Kann man nichts wollen, gesund«, meinte er und kroch mit dem Zollstock in jeden Winkel unter der Dachschräge, klopfte, fetzte Pappen herunter, maß, notierte, wiederholte: »Kann man nichts wollen.« Frau Scalander rief von unten: »Das sag' ich doch, der Käufer kann sich freuen.«

Als ich die Leiter herabstieg, sah mich Frau Scalander erwartungsvoll an und fragte: »Na?« Sie lächelte, runzelte sogleich die Stirn, weil ich nicht antwortete und aus dem Haus ging und mir die Hände wusch. Ich scherte mich nicht darum, was sie weiter auf mich einredete: daß sie ja sonst gar nicht den Taxator hätte zu holen brauchen und ich doch daran interessiert sein müsse, günstig zu diesem Besitz zu kommen, wenn man bedenke, was heutzutage ein Neubau koste oder irgend etwas unter der Hand; doch sie wolle nichts Ungesetzliches, sondern einen regulären Verkauf nicht unter Wert.

»Zwoeinhalb bis drei«, sagte der Taxator, trat aus dem Haus, wusch sich in aller Ruhe die Hände. Mit einem Protestruf und aufgeregten Gebärden kam Frau Scanlander behend, ohne daß ihr jemand zu helfen brauchte, die Stufen herab. Der alte Mann rieb sich mit den nassen Händen über den kahlen Schädel, prustete und schnaufte, trocknete sich mit mir am selben Handtuch ab und zuckte mit den Schultern. »Muß das genau durchrechnen«, meinte er. »Mehr als dreitausend kommt nicht heraus.« Frau Scalander schüttelte heftig den Kopf und sagte: »Dann verkauf ich's nicht.« Da nickte ich ihr zu und entgegnete: »Ist ja in Ordnung, ich hab's gepachtet, dabei bleibt's sowieso.«

Wir standen herum, Frau Scalander regte sich über mich auf. Der Taxator hielt ein kleines Heft in der Hand und addierte ein paar Zahlen. Er blickte noch einmal zum erneuerten Zaun, zum Dach, zu den Dachrinnen und murmelte: »Gesund.« Bei diesem Wort straffte er sich ein bißchen, schob seinen Hals aus dem steifen, karierten Hemdkragen und schmalzte mit der Zunge. Dann setzte er sich auf die Treppe, Frau Scalander lief von ihm zu mir, immer hin und her, und fragte schließlich verstört: »Geben Sie mir doch einen Rat, was soll ich tun? Ich kann's doch nicht auf sich beruhen lassen.«

Der Taxator packte sein Heftchen ein und holte ein Stullenpaket hervor. Er setzte sich auf die Treppe, frühstückte und schüttelte den Kopf, als ich ihn fragte, ob er eine Flasche Bier wolle. »Alkohol vertrag' ich nicht«, sagte er, biß ins Brot und redete dann wieder von Krankheiten, Altersbeschwerden und seiner lästigen Berufspflicht, die ihn ständig zu beschwerlichen Überlandfahrten zwang. »Früher war's was anderes, da hat's sich gelohnt«, sagte er und wickelte den Frühstücksrest wieder ins knisternde Papier. Er stand auf und warf einen gelangweilten Blick auf das Haus, ihm war's einerlei, daß sich Frau Scalander maßlos erregte. Er sagte: »Ich schick' Ihnen die Taxurkunde zu. Auch meine Rechnung.« Es konnte ein paar Wochen dauern, er kam nicht nach mit dem Schreibkram. »Und diese Hitze«, stöhnte er noch, verabschiedete sich brummig, ließ Frau Scalander bei mir zurück, die über den Kahlkopf schimpfte, ihn einen Hohlkopf nannte, mir noch ein Angebot machte: »Achttausend, siebeneinhalb! Schlagen Sie ein!«

Ich schüttelte den Kopf, ging ins Haus und klappte die Tür hinter mir zu. Es war alles so absurd, daß ich von einem Moment zum anderen den Taxator und das lächerliche Angebot Frau Scalanders vergaß. Erst am nächsten Tag stieg ich auf den Boden und versuchte, die abgerissenen Pappstücke wieder zu befestigen. Das war nicht leicht, weil ich bis in den letzten Winkel der Dachschräge kriechen und die brüchige Pappe hochdrücken, zusammenfügen und an den Balken festnageln mußte. Dabei riß ich zwei, drei Platten vollends von den Dachsparren. Im selben Moment war es dunkel um mich, ich war mit Pappen zugedeckt und von Kopf bis Fuß von einem Schleier eingehüllt. Als ich mich davon befreit hatte, sah ich, daß es weiße, von Staub und Ruß geschwärzte Seide war, ein Fallschirm, der bis zu dieser Stunde unter der Dachverkleidung verborgen gewesen war.

25 Da saß ich nun mit einem Fallschirm. Die rote, die unheilige, die heilige Sophia war vom Himmel auf die Erde gefallen, in das Dorf Sandberg oder in den nahen Wald oder auf einen Acker oder ans Ufer einer der vielen Seen. Woher und wie sonst? Mit dem Himmel ließ sich alles erklären,

alles und nichts. »Mit dem Himmel kommen alle Religionen zurecht«, hatte der alte Lewke gesagt. »Nur mit der Erde ist's ein Problem.«

Jedenfalls hätte ihn mein Fund nicht überrascht. Weil es die abenteuerlichste Legende war, hielt er sich daran, als wär's die Wahrheit, und erzählte es so: Die rote Sophia war bei Nacht und Nebel vom Himmel geschwebt, an einem Fallschirm natürlich. Ein heftiger Wind war aufgekommen, der die Wipfel der Bäume beugte, die sie fast mit ihren Füßen gestreift hätte. So verpaßte sie die Lichtung, wo sie landen sollte, trieb weiter auf den Sandberg zu, der ihr mächtiger vorkam als zu späteren, alltäglichen Zeiten. Ein kleines, schmächtiges Bündel, Kostüm, Bluse, Rock und eine Handtasche unter der erdfarbenen Montur, die Beine locker angehockt, die Hände in die Fangleinen geklammert, schräg im Wind, über Wiesen, Gesträuch, Wassergräben, Wege, Straßen, die sie deutlich unterschied, im letzten Moment dicht am Seeufer – so segelte sie auf den Sandberg zu, in den Umkreis des Dorfes und der Frau Scalander, deren Namen sie kannte, sonst nichts.

Im Fallschirm, wenn man ihn auseinanderfaltete und den Staub wegblies, waren Spuren des Waldes und der Sümpfe; strohtrockene Kiefernbüschel und Gräser, Schilfhalme und Schlammklümpchen. Vielleicht packte zuletzt noch ein heftiger Windstoß die rote Sophia, riß sie wieder von der Erde hoch, zerrte und stieß sie durchs Gestrüpp, warf sie endlich in Schilf und Schlamm, schleifte sie, halb nur bei Besinnung, durchs flache Wasser, wo sie sich vergebens aufzurichten versuchte, versank, zu ertrinken drohte, in panischer Angst jedoch den Kopf herausreckte, wenigstens so weit, daß sie atmen konnte, bis sie irgendwo Halt fand und der Fallschirm sich in einer Uferweide verfing, zerriß, die Fangleinen gekappt werden mußten und die Füße nach ein paar Sprüngen und Schritten festen Grund fanden. Sie zog den nassen

Overall aus, schleuderte ihn in den See, barg den Fallschirm und versuchte, ihn im Uferschlick zu versenken. Aber die Seide bauschte sich immer wieder an der Wasseroberfläche auf, obwohl sie Schlammklumpen darauf warf, im Wasser umhersprang, sich sogar selber darauf warf, schlammverschmiert, pudelnaß, nach einer Weile einsah, daß sie die verräterischen Spuren so nicht tilgen konnte, also den Fallschirm an Land zog und dort erst einmal liegenblieb: ratlos, fröstelnd, verzweifelt, eine halbe Nacht und dann noch einen ganzen Tag.

Sie erschien Anfang März 1945 mit zwei Koffern im Dorf Sandberg, das war von vielen bezeugt. Die Koffer hatte sie entweder gekauft, gestohlen oder irgendwo an der Landstraße gefunden, wo die Flüchtlingstrecks, erschreckt von der näherrückenden Front, von ungeordneten Wehrmachtskolonnen und Tieffliegern, alles Überflüssige zurückließen. In einem der Koffer trug sie später den Fallschirm ins Haus der Frau Scalander, versteckte das Zeugnis ihrer Herkunft hinter der Dachverkleidung, brauchte es dann nicht vorzuzeigen, als die Rote Armee kam, die sie vorgeschickt hatte, dachte wohl nicht mehr daran, vergaß überhaupt ihre Herkunft, eines Tages wohl sogar den Sinn ihrer Landung, der einmal der Sinn ihres Lebens gewesen war. Oder blieb es der Sinn ihres Lebens bis zuletzt?

Erst einmal mußte sie ein Dach über dem Kopf finden, ein Dach, das bei ihrer Ankunft noch nicht vollends gedeckt war. Sie ging zu dem Haus auf dem Berg, das ich jetzt bewohnte, ich sah und hörte es immer wieder, wie sie die Treppe hochkam, klopfte und zu Frau Scalander sagte: »Ich bin Sophia, die Braut Ihres Sohnes.« Vielleicht log Frau Scalander, vielleicht war es Sophias letzter, verzweifelter Versuch gewesen, Unterschlupf zu finden, weil ihr plötzliches Erscheinen bei den Bauleuten im Walde, auch beim alten Lewke, Verdacht erregt hatte. Irgendwo mußte sie den Fallschirm verbergen, sie konnte ihn nicht länger im Koffer herumtragen, sie konnte ihn nicht verscharren oder wegwerfen, die Männer ließen sie nicht aus dem Auge und abends nicht aus ihrer Runde. Der alte Lewke rückte näher, wenn sie plauderte, trank und manchmal leise ein Lied summte, das alle wegen des fremden, melancholischen Klanges aufhorchen ließ. »Ich warte auf einen Frontsoldaten«, sagte sie kühl, sobald jemand zudringlich wurde oder zuviel von ihr wissen wollte.

Und Frau Scalander öffnete ihr die Tür, daran gab es keinen Zweifel. Sie hielt es für möglich, daß ihr Sohn in der galizischen Provinzstadt Drohobycz dem hübschen rothaarigen Mädchen begegnet war, denn sie wußte ja, daß er dort eine reichliche Stunde im Regen bei einem Appell auf dem verschlammten Marktplatz gestanden und sich eine Lungenentzündung zugezogen hatte, kannte allerlei Einzelheiten seines Lazarettaufenthaltes im Gymnasium an der Sobieskastraße, trug die Fotografie immer bei sich, die ihn nach der Genesung vor einem verschnörkelten Gittertor zeigte, lächelnd, stattlich anzusehen in der Uniform des Leutnants der Luftwaffe. Deshalb glaubte sie wohl der roten Sophia aufs Wort, als sie von einem Café am vornehmen Drohobyczer Ring erzählte, wo sich Harry Scalander an ihren Tisch gesetzt hatte, die Augen nicht von ihr ließ, munter auf sie einredete und aus dem Staunen nicht herauskam, als sie seine Komplimente im besten Deutsch und ohne Scheu parierte. »Sind Sie Deutsche?« fragte er. »Bis ins Grab«, antwortete sie. Und er winkte nach dem Kellner, bestellte eine Flasche Wein und rief übermütig: »Ins Grab mit Deutschlands Feinden! Für uns weiß ich was Besseres!«

So fand die rote Sophia ein Zuhause, wo sie bald schaltete und waltete, als hatte Harry Scalander wirklich nach dem kurzen Rausch der Drohobyczer Tage und Nächte zu ihr gesagt: »Fahre zu meiner Mutter, warte bis nach dem Krieg auf mich.«

Sie konnte ein paar Fotografien vorweisen, besaß Briefe, die deutlich seine Handschrift zeigten, schwärmte von ihm, ließ es geschehen, daß Frau Scalander allerlei für das Hochzeitsfest beiseite tat, wußte immer einen Vorwand, wenn sie das Haus verließ und abends mal länger wegblieb, verstand auch gut ihre Freude zu verbergen, als die Front näher und näher rückte, reagierte nicht mehr auf Vorwürfe, Vorhaltungen, Schmähreden, hielt es schließlich nicht mehr geheim, daß sie sich mit Fremdarbeitern und Kriegsgefangenen traf, ging nun ihre eigenen Wege und sagte zu Frau Scalander: »Ich war noch nie so glücklich wie jetzt! Ich könnte die ganze Welt umarmen!«

Sie umarmte Harry Scalander, als er abgehetzt, hungrig, verzweifelt in Uniform und vollbepackt mit Waffen und Munition in das Haus auf dem Berge kam. Eine Nacht verbrachte sie mit ihm in dem schmalen Bett, das von Frau Scalander dem jungen Paar zugedacht war. Der Heimkehrer redete fast nur vom verlorenen Krieg, kaum von der wiedergefundenen Braut. Er schlief bald ein. Gegen Morgen, als er erwachte und die rote Sophia nicht mehr an seiner Seite fand, fragte er seine Mutter: »Träume ich, oder ist es Wirklichkeit?« Doch bei dieser Frage blieb es; zwischen den Kiefernstämmen tauchte eine Patrouille Rotarmisten auf. Er mußte sich im Keller verbergen, und er wußte bald, daß die rote Sophia die Rotarmisten hergeführt hatte und mit ihnen wie mit ihresgleichen sprach.

26 Meine Ferienruhe war vollends dahin, ich hielt es nicht mehr in den vier Wänden aus. »Frau Scalander!« rief ich und stand vor dem Triebelschen Laubengrundstück. Keine Antwort, doch ich öffnete das Tor, lief zu den rotbraun gestrichenen Holzlauben zwischen den Büschen, rief nochmals und drang ein, als gelte es, sonst etwas zu erforschen und zu voll-

bringen. Es war ein kurioses Anwesen mit vier oder fünf Eingängen, das der alte Triebel nach und nach gebaut hatte, ein Labyrinth, wo man erst einmal in Abstellkammern und Waschnischen, unbenutzte Kinder- und Schlafzimmer geriet, ehe man sich in einer dämmrigen Hinterstube Frau Triebel gegenübersah.

Ich hatte keinen Grund für meinen Besuch, ich fragte nicht einmal nach Frau Scalander. Der alte Lewke hatte gesagt: »Wenn Steine reden könnten, würdest du viel von Frau Triebel erfahren.« Sie empfing mich freundlich, bewirtete mich mit Kaffee und Kuchen, lächelte und nickte nur, als ich sagte: »Die rote Sophia, Sie haben sie doch auch gekannt.« Die Obstbäume wuchsen beinahe zu den kleinen Fenstern herein, die Äpfel waren zum Greifen nahe, aber das Licht blieb draußen – die Außenwelt wirkte wie ein Schattenriß, auch Frau Triebel, die wie erstarrt am Fenster saß, während ich aß und trank und mich abmühte, ein Gespräch in Gang zu bringen. »Wie war sie denn?« fragte ich ungeduldig. »Wie sah sie aus?«

Das war es, was mich am meisten quälte: das gesichtlose, widersprüchliche, immer neue und wieder verschwimmende Bild der roten Sophia, wie sich's gerade durch den Zufall der Begegnungen oder Beobachtungen ergab. Ich starrte auf die Schränke, die vielen Schubfächer ringsherum, mußte an mich halten, sie nicht aufzureißen und darin herumzuwühlen, um nach irgendeiner Spur zu suchen, einem Foto, worauf die rote Sophia vielleicht doch zu erkennen war – halb verdeckt hinter anderen oder winzig in der Ferne, ein Schattenriß nur in diesem Stübchen der Schatten, das früher von Leben, Helligkeit und auch vom Lachen der roten Sophia erfüllt gewesen war.

Schweigend stand Frau Triebel auf, ging ins Nebenzimmer, blieb taub für Fragen und blind für diese Unrast, die mich weitertrieb, zur Tür schon hinaus, als sie zurückkehrte, ein Kopfkissen ohne Bezug im Arm, lächerlich anzusehen, hilflos und gehemmt, bis sie sich verständlich machen konnte, was es mit diesem verblichenen, oben und unten geflickten Kissen für eine Bewandtnis hatte: »Es ist ein Splitter durchgeschlagen, hier herein, da hinaus«, sagte sie schließlich und deutete auf die Flicken oben und unten. »Sophia hat draufgelegen und ist nicht einmal aufgewacht in der schrecklichen Nacht, als sie hier bei uns Schutz gesucht hat.«

Ich wußte von dem Artillerieduell, von dem wahnsinnigen Versuch der Wehrmacht und des Volkssturms, diesen Sandberg gegen die anstürmende Rote Armee zu verteidigen, einen halben Tag und eine halbe Nacht, bis die Wälder kilometerweit im Umkreis brannten, das Dorf zur Hälfte in Schutt und Asche lag und die Felder, Wiesen, Wege, Straßen und sogar der Sand des Berges um- und umgepflügt waren. In dieser Nacht, nach der Befreiung der Gefangenen, kehrte die rote Sophia nach Sandberg zurück, ging in Frau Scalanders Haus und umarmte ihren heimgekehrten Bräutigam und trank mit ihm, sprach kaum, ging mit ihm zu Bett und wartete nur, bis er eingeschlafen, dann stahl sie sich davon.

Hierher also war sie geflüchtet, hier hatte sie den nächsten Morgen erwartet, die Rote Armee, ihre Freunde – ein Splitter schlug durchs Dach, von Freund oder Feind, sie erwachte nicht einmal, so erschöpft schlief sie nach den tödlichen Gefahren, die sie glücklich überstanden hatte. »Wir waren beide jung, wir waren befreundet«, sagte Frau Triebel, und ich starrte sie an, ihr glattes, verschlossenes Gesicht mit dem grauen Haar, das hellblond gewesen war – ich hatte sie noch vor zehn Jahren gesehen. Sie wollte nicht weitersprechen, die Erinnerungen waren verblaßt oder zu schmerzlich, nur das Kissen hielt sie noch immer im Arm und sagte: »Vielleicht waren wir auch beide die ganze Nacht wach, sie hat erzählt, irgendwann hat sie mir alles erzählt. Sie wollte weg, sie hat auf jemand gewartet, nicht auf ihren Mann.«

Ich konnte mir es ausmalen, wie ich wollte, ich sah alles, nur die Gesichter von damals sah ich nicht. Ein Kissen, ein Bett da drüben im Nebenzimmer, Geflüster, Kanonendonner, dann ein kurzer Schlaf und Erwachen, als das Artillerieduell vorbei war. Beim Frühstück legte die rote Sophia einen Granatsplitter auf den Tisch, der neben dem Bett im Fußboden gesteckt hatte. »So kommt der Tod durchs Dach, doch mein Kopf ist ihm heilig«, sagte sie lachend. »Damit ich ihn jetzt ganz hochhalten kann.« Mit einem Flaksoldaten, der sich Zivilkleidung verschafft hatte, fuhr sie an diesem Morgen auf einem Motorrad davon, sie wollte aus Sandberg fort und ein neues Leben beginnen. »Mein Gott, wir waren jung«, wiederholte Frau Triebel. Auch sie hatte sich hin und wieder mit einem Soldaten getroffen, ihm Zivilkleidung für alle Fälle bereitgelegt und eine Weile mit ihm zusammen gelebt. »Sophia hatte eine Tochter geboren, ich einen Sohn, fast zur gleichen Zeit«, sagte Frau Triebel.

Sie verstummte und schien zu bereuen, soviel gesprochen zu haben, mehr als in all den Jahren, die ich sie kannte. Ihr Blick irrte hinüber zu dem Spiegel, an dem ein paar Fotos steckten, Bilder eines Kindes, ob Junge oder Mädchen, war nicht zu erkennen. Und ich erinnerte mich, daß ich ihren Sohn gesehen hatte, einen blonden, hochaufgeschossenen Mann, der verheiratet und Vater eines fünfjährigen Mädchens war, das manchmal am Wochenende mit meiner Tochter am Berg gespielt hatte. Vielleicht waren es Fotos dieses Mädchens, die ich sah: ein pausbäckiges Gesicht mit Lockenkopf, einmal, zweimal, ein dutzendmal mit unmerklichen Veränderungen über Jahre hinweg. Ich wollte weiter fragen, kam aber nicht dazu, Schritte näherten sich dem Haus.

»Sie kommt«, flüsterte Frau Triebel, stand auf, hastete ins Nebenzimmer und kehrte aufgeregt, ängstlich zur Tür spähend, in die Stube zurück. »Sagen Sie ihr bitte nichts, bitte, sie sucht ihr Enkelkind.«

27 Ich war erregt, ich begriff, was ich da erfahren hatte, grüßte Frau Scalander kurz, eilte an ihr vorbei, hinunter ins Dorf, zum Bürgermeister, der mit den Schultern zuckte, als ich ihn nach dem Kind fragte. Er war viel später hierhergekommen, er hatte die rote Sophia nie gesehen, von ihrem Kind nichts gehört. Es verdroß ihn, daß ich nun noch danach forschte, er hatte anderes zu tun. Der Badestrand mußte endlich in Ordnung gebracht werden; die Bootsschuppen waren fünfundreißig Jahre alt, älter als heute dieses Sophia-Kind, baufällig, abrißreif. Und ein neues Gebäude für den Dorfkonsum wurde gebraucht, ein größerer Raum für die Post, mindestens eine Telefonzelle, ganz zu schweigen vom Sportplatz, den irgendein Idiot im Suff umgepflügt und total verwüstet hatte. Die Urlauber und die Kinder aus Dutzenden Ferienlagern bestürmten den Rat der Gemeinde, sie wollten Sport treiben, Sportfeste veranstalten, Fußball- und Volleyballturniere. Der Bürgermeister schrie mich an: »Verrat mir mal, wie aus einem Kartoffelacker wieder ein Sportplatz wird! Ich kann nicht zaubern. Deine rote Sophia konnt's auch nicht, sonst hätte sie mir keinen Scherbenhaufen hinterlassen, verstehst du.«
Aber er ging zu den Akten, holte eine schmale Mappe hervor, Personalstandswesen, R bis Z, blätterte darin und teilte mir lakonisch mit: »Sonja Scalander, geboren am 30. März 1946, Tochter von Harry und Sophia Scalander, verehelicht am 2. Juni 1946, also zwei Monate später.« Und schon rutschte die Mappe wieder ins Regal, der Bürgermeister kramte in anderen Papieren und knurrte: »Mach dir selber einen Vers drauf; laß mich endlich damit in Frieden!« Ich konnte es ihm nicht verübeln, daß er mich an die Luft setzte; denn was ich wissen wollte, hatte ich erfahren, mehr als genug, und es wäre meine Pflicht gewesen, ihm jetzt zu sagen: »Ich habe einen Fallschirm gefunden, die rote Sophia ist im Auftrag der Roten Armee illegal in Sandberg tätig gewesen.«

Vor dem ehemaligen Gutshaus, im verwilderten Park, setzte ich mich auf eine Bank und beobachtete den Kinovorführer, der die Leinwand auf das roh zusammengezimmerte Holzgestell spannte, um bei Einbruch der Dunkelheit »La Strada« zu zeigen, wie immer, wenn der angekündigte Film nicht eingetroffen war. Die Sonne schien prall auf das weiße Viereck, mir schmerzten die Augen, doch ich starrte unverwandt darauf, und Bilder von Filmen spukten in meinem Kopf, die ich an Sommerabenden hier gesehen hatte: »Tschapajew, »Anna Karenina«, »Krieg und Frieden«, »Panzerkreuzer Potemkin«, »Der letzte Schuß«, alles wirr durcheinander, mittendrin eine junge, gesichtslose Frau, ein Schatten nur, der schließlich wie der Schatten eines Baumes mehr und mehr in die Leinwand wuchs und sie beherrschte, je tiefer die Sonne sank.

Ich blieb sitzen, redete mit dem Vorführer, merkte nicht, wie die Zeit verflog, der Abend kam und die Urlauber ringsum alle Bänke füllten. Auf der Leinwand flimmerten Lichter eines Rummelplatzes, Gesichter, Gesichter drängten sich jäh vor die Bilder, die auf mich eingestürmt waren, vermischten sich damit, verzerrten sie, schmolzen schließlich in ein einziges Gesicht zusammen, das ich sah: ein rundes, komisches Frauengesicht, drastisch geschminkt mit Strichen um die Augen wie Sonnenstrahlen auf Kinderbildern, struppiges helles Haar, blond oder rot, Lachen, Staunen, Weinen, Tod. Ich saß wie erstarrt, als ich begriff, daß mich ein Gaukelspiel narrte, ein Gesicht, das ich vergessen mußte, wenn ich mich mit klarem Verstand an die nüchternen, unbezweifelbaren Tatsachen halten wollte, von denen der Fallschirm, die Akten, der Stahlhelm und das eingebrannte S, Hammer und Sichel, im Haus auf dem Sandberg zeugten.

Doch je sachlicher und ruhiger ich alles bedachte, desto abenteuerlicher und aufregender erschien es mir. Die rote Sophia hatte im dritten oder vierten Kriegsjahr den Leutnant

Harry Scalander in einem Café am vornehmen Drohobyczer Ring getroffen. Vielleicht war sie beauftragt worden, mit ihm ein Gespräch anzuknüpfen, ihn ein bißchen auszufragen und Briefverbindungen aufzunehmen; alles, was sie erfuhr, berichtete sie korrekt der ukrainischen Partisaneneinheit, die in der Nähe des Städtchens am Gebirgsrand einen größeren Stützpunkt errichtet hatte. Harry Scalander war nur einer von vielen deutschen Soldaten, die auf diese Weise manches Dienstgeheimnis preisgaben; er war für die Partisanen aber besonders wertvoll, weil er dem Stab einer Nachrichteneinheit der Luftwaffe angehörte und sich bis über beide Ohren in die rote Sophia verliebte, so daß es bald nichts mehr gab, was er ihr nicht im Laufe ihrer Begegnungen und sogar in späteren Feldpostbriefen anvertraut hätte. Die beiläufige Mitteilung vom Bau eines Wochenendhauses im Dorf Sandberg in der Nähe von Berlin, worüber die Scalanders dem Sohn stolz berichtet hatten, entschied dann über das weitere Schicksal der roten Sophia. Sie wurde von Partisanen durch die Front geschleust, im Hinterland für ihre illegale Tätigkeit ausgebildet und im März 1945 mit einem Fallschirm am Einsatzort abgesetzt. Es gelang ihr vermutlich rasch, sich im Durcheinander der Umsiedler und Flüchtlinge, die zu Tausenden durch die märkischen Dörfer strömten, legale Papiere und Arbeit zu verschaffen. Bei Frau Scalander erhielt sie, wie vorgesehen, eine unverdächtige Unterkunft, und der alte Lewke und die Triebels halfen ihr in heiklen Situationen, ohne zu ahnen, welche gefährliche und verantwortungsvolle Mission sie auf diese Weise unterstützten. Bis zum Kriegsende lieferte die rote Sophia über Verbindungsmänner wichtige Informationen, die zahlreiche Häftlinge und sowjetische Kriegsgefangene in den Lagern der Umgebung vor dem sicheren Tod bewahrten und die vorrückenden Truppen der Roten Armee auf einige schwach verteidigte Punkte im südöstlichen Seengebiet um Berlin wiesen, wo schließlich auch die Panzerspitzen der 1. Ukrainischen Front zuerst den Autobahnring erreichten.

Damit war die Aufgabe der roten Sophia in Sandberg erfüllt. Sie traf ihre Vorgesetzten im befreiten Berlin, erhielt auf einer Siegesfeier einen Orden (den sie an Feiertagen voller Stolz trug) und erklärte, daß sie bald in ihre Heimat, in die Westukraine, zurückkehren möchte. Doch jener kahlköpfige Hauptmann, der bei Kriegsende als Ortskommandant im Sandberger Gutshaus Quartier bezogen hatte, brauchte sie dringend als Dolmetscherin und setzte sie später als kommissarische Bürgermeisterin für ein halb Dutzend Dörfer des Seengebiets ein. »Die Rote Armee will es so«, sagte sie zu den Bauern und Flüchtlingen, und das ging keineswegs an der Wahrheit vorbei, als sie sich in den Grafenstuhl setzte und zu regieren begann.

Immer wieder äußerte sie, wie gern sie nach Drohobycz zurückgekehrt wäre. Ihre Eltern lebten noch, Briefe gingen hin und her, mehrmals packte sie ihre Sachen und bat um ihre Ablösung. Es zog sie in das *große Land*, nach Lwow, Kiew und Moskau, wohin sie vor dem Krieg, als siebzehnjähriges Mädchen, mit ihrem Bruder Christopher einmal gereist war. Sie wollte studieren, viele Berufe lockten sie, und die Freunde schrieben: »Komm, in der Heimat stehen Dir alle Tore offen!« Aber ihre Rückkehrgesuche wurden vom sowjetischen Garnisonsbezirk abgelehnt, mindestens ein Jahr mußte sie noch im besetzten Deutschland bleiben. Damit fand sie sich schließlich ab, verbiß sich in ihre Arbeit und ging mit Feuereifer daran, diese kleine überschaubare Welt nach ihrem Wunsch und Willen zu formen, als wäre es für alle Zeit ihr Zuhause. Nun klammerte sie sich mit aller Macht, List und Schläue an diesem Sandberg fest, und es gab Stimmen, die ihr nachsagten, sie habe eine tolle Freude daran, hier die erste zu sein und es denen zu zeigen, die früher auf sie herabgesehen hätten. Vielleicht glaubte sie am Ende selbst, ihre Sandberger Mission erst dann voll erfüllt zu haben, wenn sie diese Scalanders, Triebels, Lewkes und wie sie hießen, wirklich besiegt und für sich und ihre Ideen eingenommen hatte.

Das gelang ihr jedoch nie bei Harry Scalander, der bei Kriegsende seine Uniform und Waffen nicht wegwerfen, sondern den Kampf weiterführen wollte. Sie sorgte dafür, daß er in Gefangenschaft geriet, und es erfüllte sie mit Genugtuung, daß er nach der Entlassung aus dem Lager bei Donezk ein anderer Mensch geworden war: still, friedfertig, geduldig, anhänglich. Er tat und billigte alles, was sie wollte, muckte niemals auf und war dabei noch grenzenlos dankbar. Aber sie litt darunter, daß er nur gläubig zu ihr aufblickte und von ihrer Arbeit, ihren Absichten und Zielen gar nichts begriff.

Die rote Sophia hatte in dem ersten Nachkriegsjahr mit Zähigkeit und unermüdlicher Hingabe ihr Amt ausgeübt, doch im zweiten Nachkriegssommer, als die Ernte auf den Feldern zu reifen begann, schien sie der Unruhe, des Streites und des Kampfes müde geworden zu sein. Sie hatte bisher ihre Meinung schroff und unduldsam durchgesetzt, Befehle erteilt und durch ihre anmaßende, starre Haltung überall Widerspruch herausgefordert, sogar bei Menschen, die zuerst auf ihrer Seite waren. Es umgab sie eisiges, abwartendes Schweigen, nur ein paar Duckmäuser drängten sich noch heran, Bauern, die ihr Ablieferungssoll nicht erfüllt hatten, Leute mit dunkler Vergangenheit, die sie aber durchschaute und zum Teufel jagte. Und so war sie fast allein, weit und breit verhaßt, als sie sich entschied, in das einsame, neuerbaute Haus am Waldrand zu ziehen, wo sie nichts vom Dorf und nur einen Zipfel vom Berg sehen konnte. Ihr Herz hing vor allem an dem Kind, und sie sann über ihr weiteres Leben nach. Harry Scalander saß demütig bei ihr, starrte sie an, und sie nickte ihm zu, schwieg und schwieg. Nur mit dem Kind sprach sie, ihm redete sie ein: »Du wirst es besser haben, du wirst glücklich sein, dich wird niemand hassen. Dich werden alle lieben!« Das war es vor allem, was Frau Triebel an diesem Nachmittag von der roten Sophia zu sagen gewußt hatte: »Ihr Kind hat sie über alles geliebt, mehr als sich selbst. Es lebt, ich weiß es.«

Und wieder sah ich das komische Gesicht, das mich an Ruth, meine Frau, Anja, unsere Tochter, und ihre bunten Bilder mit den gestrichelten Sonnenstrahlen erinnerte. Der Vorführer hatte die Leinwand vom Gerüst entfernt, nun rief er mir zu: »Feierabend! Ein verrückter Film, was?«

28 Ich ging in den Dorfkrug, bestellte gleich an der Theke einen Kognak und war ernüchtert, nachdem ich den dritten getrunken hatte. Die Malerin Alexis nickte freundlich, als ich fragte, ob ich mich zu ihr setzen dürfe. Wir redeten ein bißchen über unsere Arbeit, doch ich hatte wenig zu berichten; ich gab kaum noch Unterricht in Kunsterziehung, und jetzt waren Ferien. »Ich suche ein Kind«, sagte ich, »heute eine Dame von siebenundzwanzig Jahren, eine gewisse Sonja Scalander.« Die Malerin zuckte mit den Schultern und riet mir, mich nicht allzusehr gehenzulassen. »Liebeskummer?« fragte sie teilnahmsvoll. »Trotzdem muß man etwas essen, ehe man sich betrinkt.«

Das tat ich dann. Spät in der Nacht fühlte ich mich frei von allen lästigen Grübeleien und merkte, daß ich mich im turmartigen Haus der Malerin Alexis befand. Mir war ein bißchen schwindlig, und ich brauchte eine Zeitlang, um gefaßt an den vielen Bildern vorbei und auf die Baumschatten zu sehen, die unterm Atelierfenster hin- und herschaukelten. Es war ziemlich der höchste Punkt auf dem Berg, wo sich die Malerin niedergelassen hatte, und viele Bilder wiederholten den nächtlichen Blick aus dem Fenster, verstärkten also den Eindruck, daß man sich in der Schwebe befand und das Dorf, der See und der Wald da unten in eine bodenlose finstere Tiefe und Vergangenheit weggerutscht waren wie meine Phantasiegebilde.

Desto gegenwärtiger war die gute »Fee«, die Malerin Felicitas Alexis. Sie hatte mir Kaffee eingeflößt, ruhig auf mich eingeredet, mich wohl auch eine Weile vor mich hindämmern lassen, ohne es übelzunehmen. Diese fast fünfzigjährige Frau war klein, zierlich, lebhaft, man konnte sie für jünger halten. Jedenfalls für die verschollene Tochter der roten Sophia, die mir trotz Alkohol nicht aus dem Kopf ging, hielt ich sie keinen Augenblick. Das sagte ich ein paarmal, auch als sie mir ein Kinderbild zeigte, einen Mädchenkopf mit krausem blondem Lockenhaar und verträumtem Blick. »Nein«, behauptete ich störrisch, »das ist sie nicht!«

Mir gefielen die Bilder der Fee, sie malte genau, ein bißchen altmeisterlich, Lasurtechnik, sie hatte mir's ein paarmal erklärt. Auf diesem Porträt leuchteten die Farben besonders lebhaft, schimmerten in stark abgestuften Tönen, rückten das Gemalte plastisch in verschiedene Ebenen, Kopf, Körper des Kindes, Kleid, die großen Augen unter hochgewölbten Wimpern, ein sattgrüner Wiesenhintergrund, der sich in düstere Wälder verlor und ganz oben in einen schmalen, orangefarbenen, wolkenverhangenen Himmel überging.

»Die rote Sophia hat mich damals gepeinigt, daß ich ihre Tochter porträtiere«, sagte die Malerin und warf einen prüfenden Blick auf das Bild und gab es mir in die Hand. »Ich sollte Kartoffeln dafür bekommen, für Kartoffeln hab' ich mich angestrengt. Ich hab' das Kind wohl hübscher gemalt, als es war, um ein paar Pfund Kartoffeln mehr herauszuschinden.«

Nun glaubte ich zu träumen, denn das Kindergesicht schien mir zuzulächeln, die deutlich gestrichelten Wimpern umkränzten die komisch runden Augen. Und ich entdeckte immer mehr Einzelheiten auf dem liebevoll gemalten Bild:

Blumen aller Art auf der Wiese, Sträucher und blühende Obstbäume vor dem düsteren Wald, ein Fachwerkhaus mit Strohdach, das dem einsamen Haus am Walde glich, das jetzt ziegelgedeckt war, daneben im Gatter ein paar Kühe, eine Ziege, im Hof ein gut Dutzend Hühner. »Sie hätte dir auch noch Wurst, Butter und Eier geben müssen«, frohlockte ich, weil es keinen Zweifel gab, daß es jenes Anwesen war, wo sich die rote Sophia mit ihrem Kind zuletzt so behaglich eingerichtet hatte. »Du hast ja ihre ganze Wirtschaft dargestellt, ihr letztes Glück!«

»Ihr Glück im Winkel«, entgegnete die Malerin lachend, doch dann schüttelte sie den Kopf und erinnerte sich: »Nein, auf das Drumherum kam's ihr nicht an. Ihr Kind sollte ich malen, ein Porträt hatte sie bestellt.« Der düstere Wald, der Himmel und das Getümmel der Tiere auf dem Bild hatten ihr nicht gefallen. Das Kind war ihr ein und alles, sie redete von nichts anderem, als sie damals zusammensaßen. »Sie bat mich, das Bild noch einmal zu malen«, sagte die Fee, »aber ehe ich mich dazu entschließen konnte, war sie mit dem Kind auf und davon. Keine einzige Kartoffel hat's mir eingebracht.«

Ich starrte auf das Bild, und nun war es kein Gaukelspiel mehr, kein Spuk ohne Gesicht und nichts, was ich mir nur einbildete, genarrt von ungefährem Gerede und vorschnellen Deutungen, die ich in diesem Moment zu vergessen beschloß. Die Bäume wippten gegen das Fenster, den See da unten hatte die Nacht verschluckt. Vom Dorf blinkten ein paar Lichter der Frühaufsteher herauf, und ein Motorradfahrer kurvte um das Atelier am Berg, hupte ein paarmal, und plötzlich war es still.

»Bleib doch«, sagte die Malerin. Sie kam mir jetzt sehr jung vor, beinahe so jung wie das Gesicht auf diesem Bild, das froh und erwartungsvoll in die Welt und auf mich blickte, als wären wir uns schon vor einer Ewigkeit von achtundzwanzig Jahren begegnet. So ließ ich mich hinhalten und rührte mich nicht von der Stelle, als im Flur des Turmhauses Licht aufflammte, auch in dem Zimmer, wo wir uns gegenübersaßen, und ein fremder Mann mit Lederjacke und Sturzhelm eintrat, mit eisiger Miene an der Tür stehenblieb, bis ich mich erhob und verabschiedete.

»Was ist denn los?« fragte er. »Gibst du das Bild weg?«

»Ja«, antwortete die Malerin. »Du wolltest doch immer, daß ich's verbrenne, und ich hab's bloß aus Pietät nicht getan.«

29 War die Zeit stehengeblieben, träumte ich wieder, fiel ich in die Trunkenheit zurück, sobald ich ins Freie stolperte und das Bild eilig wegtrug? Oder war es das fremde, dennoch vertraute Kindergesicht, das allzuviel Lebendiges und Verlorenes aus der Ferne holte? Sah und hörte ich richtig, umarmten sich da oben am offenen Turmfenster zwei Menschen und rechneten sich dabei Stunden, Tage und Nächte auf, die Jahrzehnte zurücklagen? Bohrten sich Leidenschaft und Eifersucht so tief in die Vergangenheit? Oder war das nüchterner Alltag, Morgendämmerung, Haß und Liebe, durch nichts auslöschbar, unbeeindruckt von meiner Gegenwart, zufälliges Ausplaudern von Tatsachen, denen ich, verwirrt und zu neuen Phantastereien neigend, hoffnungsvoll nachjagte? Hatte der alte Lewke mir wirklich von einem Motorradfahrer erzählt, der, Sand aufwühlend, hupend und rufend, hier oben auf dem Berg herumgekurvt war? Ein Mann in einer Lederjacke, der einmal Flaksoldat gewesen und dann hiergeblieben war, nun mit Sturzhelm auf dem Kopf, fünfzigjährig, für mich ein Fremder, der einzige Mensch vielleicht, der mehr als jeder andere wußte?

Die rote Sophia war vom Himmel gefallen, ich hatte das Sophia-S auf der Türschwelle und den Fallschirm entdeckt, ich hielt das Bild ihres Kindes in den Händen – alles andere war Legende, Gerede, widersprüchliche Deutung. Doch ich sah jetzt deutlich, unverwischbar, nicht mehr gesichtslos, was ich vor Tagen, Jahren und Stunden für ein wirres Hirngespinst gehalten hatte: Es war Nacht und Eis auf dem Luchsee, eine dünne Schicht, die sofort brach, als sie darauf fiel. Sie stieß gegen die Eisstücke, geriet zwischen sie, trieb im Wasser, riß sich Gesicht und Hände blutig, versuchte, sich von dem Fallschirm zu befreien, der sie weiterzog, rutschte, platschte und ruderte umher, geriet unter Eisschollen, drohte zu ersticken, raffte sich im letzten Moment auf und fühlte, daß nicht mehr der Wind den Fallschirm ruckte und zerrte, sah einen Taschenlampenschein und einen deutschen Soldaten, der mit schnellen Sprüngen bei ihr war, sie herauszog, vom Gewirr der Leinen befreite, das Eis krachend beiseite stieß und sie in seine Arme nahm.

»Kommst du von den Russen?« fragte er sie, nachdem er sie ans Ufer, in ein dichtes Gestrüpp, getragen hatte. Als sie nicht antwortete, herrschte er sie an: »Zieh die nassen Klamotten aus!« Und als sie auch da noch schwieg, erstarrt vor Schreck und Kälte, schrie er: »Wenigstens soviel mußt du doch Deutsch verstehen, daß du geliefert bist, wenn du nicht tust, was ich sage!« Er warf seinen Uniformmantel hin und kam nach einer Weile mit dem verschlammten Fallschirm zurück. »Wir verstehen uns, denk' ich«, sagte er und lächelte. Denn sie stand nun in seinem Mantel vor ihm, und sie nickte, als er ihr erklärte, daß sie sich gedulden müsse, weil es hell zu werden begann. Erst am Abend könne er sie mit seinem Motorrad ins Dorf bringen, ins leerstehende Turmatelier der Malerin Alexis, wo sie sich aufwärmen und von Kopf bis Fuß einkleiden könne. »Ich werde dafür sorgen, daß der Ofen gut geheizt ist«, versprach er, ehe er ging. »Und Wein wird auch dasein, du sollst nicht sagen können, daß wir Deutschen ungastlich sind.«

Er nahm ihren Overall mit, auch die übrige durchnäßte

Kleidung, doch den Fallschirm ließ er liegen. Sie versuchte, ein Loch in den gefrorenen Boden zu scharren, um wenigstens dieses Beweisstück loszuwerden. Die Fingernägel brachen ihr ab, kratzten nur ein bißchen Dreck weg, auch die nassen Stiefel, mit denen sie im Erdboden herumhackte, richteten nichts aus. Erschöpft kniete sie nieder, weinte, schluchzte, nun kam sie erst zur Besinnung und begriff, in welch entsetzliche, ausweglose Lage sie geraten war.

Sie sprang auf und lief ein paar Meter, bis ans Ende des Gestrüpps. Hier, vor einer Wiese, blieb sie stehen, sie wußte, daß sie in diesem Soldatenmantel nicht weit kommen würde. Der Soldat hatte sie in der Hand. Sie war ihm ausgeliefert, seine Gefangene, er konnte sie hier hocken lassen, bis sie erfroren und verhungert war, oder die nächste Streife alarmieren, tun oder lassen, was er wollte, kein Hahn krähte danach.

Sie sah den Sandberg zwischen den Büschen und Bäumen, ein paar Häuser, Rauchwölkchen an Schornsteinen und auf einem nahen Feldweg Frauen auf Fahrrädern – ein friedliches Bild. Dann hörte sie Axtschläge, Hämmern, Kinderstimmen, das Gekreisch einer Säge, Motorenlärm, wußte nicht, ob sie davonlaufen oder bleiben sollte, als sich ein Wehrmachtslastwagen dem See näherte, aber seitwärts in einen Waldweg bog, der anscheinend zum Dorf am gegenüberliegenden Ufer führte, von dem sie ein paar Dachspitzen sah.

Als es zu dämmern begann und still wurde, dachte sie abermals an Flucht. Doch je mehr Zeit verging, in der Kälte und Dunkelheit, desto verlassener, hilfloser und ausgelieferter kam sie sich vor. Zitternd kroch sie eine Weile unter den nassen Fallschirm, sprang auf, wenn sie irgendein entferntes Motorengeräusch zu hören glaubte, hockte sich schließlich zähneklappernd an den Wiesenrand, wo sie wenigstens auf die Umrisse des Berges und die verdunkelten Häuser vor dem düsteren Himmel blicken konnte. Ihre ursprüngliche Angst vor der Rückkehr des Soldaten schlug allmählich um, die einzige Hoffnung, die ihr blieb, die Entscheidung jedenfalls über ihr weiteres Schicksal, die sie nun immer ungeduldiger erwartete.

Spät in der Nacht, allzu spät, hörte sie deutlich ein näherkommendes Brummen, sah dann einen winzigen Lichtschein, lief ihm entgegen, hielt sich für gerettet, als das Motorrad bremste und der junge Soldat sie anschrie: »Wo rennst du hin? Zurück!« Und sie lief hinter ihm her, als er gleich weiterraste, ins Gebüsch, wo er nur kurz anhielt und ihr einen Kohlensack zuwarf, in den sie den Fallschirm hineinstopfen sollte. Dann sagte er: »So, du hast Glück, daß Sonntag ist, sonntags ist es halb so schlimm.«

Sie fuhren über die holprige Wiese und einen von Panzern zerwühlten Weg, am Feldrand vorbei zur gewundenen Pflasterstraße am Dorfrand, wo aber niemand zu sehen war. Die rote Sophia saß auf dem Rücksitz und hielt mit beiden Armen den Sack umklammert, fürchtete nichts anderes, als den Fallschirm zu verlieren oder selbst herabzustürzen; denn es war eine halsbrecherische Raserei, zuletzt ein wüstes Kurven und Holpern über Wurzeln und Steine, durch Gesträuch und Gräben, ein Hin- und Herschleudern bei völlig ausgeschaltetem Scheinwerferlicht, bis das Motorrad endlich vor der Tür des turmartigen Hauses am Berghang stoppte. Der junge Soldat schob das Motorrad zwischen niedrige Tannen, riß den Sack an sich und zog die rote Sophia hinter sich her. Beim Betreten des Hauses sagte er: »Ich konnte erst abends heizen, bald wird's warm.« In der oberen Etage, im Atelierraum, zündete er eine Kerze an, warf den Sack mit dem Fallschirm vor den Ofen, legte Kohlen nach und deutete dann auf einen Kleiderschrank. »Darin ist alles, was du brauchst, sogar Schminkzeug und Lockenwickel«, erklärte er und blieb ganz ernst dabei. »Gib mir den Mantel, ich muß jetzt gehen.« Er wandte sich etwas zur Seite, trat an den Tisch, wo eine Flasche Rotwein stand, die er öffnete. Auch Butter, Brot und Wurst lagen da, er schnitt sich etwas ab und aß, goß Wein in ein Glas und trank. »Wird's bald?« fragte er.

Die rote Sophia zog den Uniformmantel aus, warf ihn dem Soldaten vor die Füße und sagte: »Wie der deutsche Herr befiehlt!« Sie trat nackt vor ihn hin, erwartete mit zusammengepreßten Lippen, daß er sie in seine Arme nahm, doch er aß weiter, blickte sie nicht einmal an, bemerkte gleichgültig: »Die Kleider hängen am Ofen, sind längst trocken. Ich komm' vielleicht morgen mal vorbei.« Er schob sie zur Seite und ging zur Tür, lief grußlos und poltrig davon.

Nackt stand sie am Fenster, das mit Verdunklungspapier beklebt und mit Wolldecken verhängt war, sah ihn nicht, hörte aber deutlich die Stiefelschritte, das Knacken der Tannenzweige, als er sein Motorrad hervorholte, zum Weg schob und anließ. Das Motorgebrumm war erst erschreckend laut, doch allzu schnell verlor es sich, und sie wußte, daß sie darauf warten würde, bis es sich wieder diesem Berg näherte, morgen, übermorgen, Wochen, Monate und noch Jahre später.

30 Ich hätte viel darum gegeben, wenn jetzt der alte Lewke aus dem Morgennebel gekommen und mit mir ein bißchen um den Berg spaziert wäre. Früher lud er mich manchmal dazu ein, oft hatte ich abgewinkt, ich hielt damals sein Gerätsel um die rote Sophia für sinnlos vertane Zeit. Aber manchmal hatte er mir keine Chance gelassen, seinen Geschichten und Sprüchen zu entrinnen. »Liebe zerbricht wie Glas, wenn man sich darin verbeißt«, sagte er einmal, packte mich am Arm und beschwor mich: »Merk dir's, glaub mir's, ein Mann, dem sie mit Haut und Haaren verfallen war, hat sie auf dem Gewissen.« Und nun fragte ich mich: War Harry Scalander oder der Flaksoldat dieser Mann?

Ich trug das Bild des Kindes unterm Arm, das wohl nur

dem Namen nach Harry Scalanders Tochter war und steuerte auf die Triebelschen Lauben zu, wo die Türen offenstanden, zögerte kurz, trat dann ein, brauchte nicht zu reden, sah sofort am Gesicht der beiden Frauen, daß Felicitas Alexis in aller Deutlichkeit die Richtige gemalt hatte. Die Erregung, Tränen, Fragen, flehentlichen Bitten, das Bild herzugeben – alles war verständlich, doch ich schüttelte den Kopf und ging, ohne mehr zu sagen als »Guten Morgen!« und »Auf Wiedersehen!«

Den alten Lewke, wäre er jetzt an meiner Seite gewesen, hätte ich gefragt: »Wer war der Vater des Kindes?« Ich wußte, daß ich erst einmal ein Kichern zu hören bekommen hätte, dann seine Sprüche: »Wer dem Kind die Nase wischt, küßt der Mutter den Mund.« Und: »Wem die Jacke paßt, der zieht sie sich an.« Und zuletzt noch, von Lachen erstickt: »Das Wetter erkennt man am Wind, den Vater am Kind.« Ich ging schneller, wollte nach Hause, endlich wieder Ruhe finden, an nichts denken oder meine Sachen zusammenpakken. Oft hatte ich den Alten verwünscht, wenn er sich an meine Fersen heftete, die Brille abnahm, die Augen zusammenkniff und mir mit eisigem Blick, gerecht oder ungerecht, Gleichgültigkeit vorwarf, weil ich überhaupt noch etwas anderes tat und dachte, als seine Sprüche zu deuten. Der höchste Grad seines Unmuts war ein schrilles Gelächter und sein bitterster Spruch: »Wer weiß, was Liebe ist, der hat nie geliebt.«

In meinen vier Wänden war ich jedoch ganz und gar dem Bildnis der kleinen Sonja Scalander und allen Fragen und neuen Verwirrungen ausgesetzt. Ich brauchte nicht einmal hinzusehen, das Gesicht war da, keine Spur Fremdheit, die Kluft zur Vergangenheit war jäh überbrückt. Hier, in diesem Haus, war die rote Sophia ein und aus gegangen, hierher hatte sie manchmal das Kind gebracht, und Frau Scalander hatte es an der Hand genommen, weil es vor der steilen

Treppe und dem Brandzeichen zurückgeschreckt war. In der Ferne und Vergangenheit brauchte ich nicht unterzutauchen, hier bei mir in diesem Haus hatte alles seinen Anfang und sein Ende, hier mußte ich mich diesem Bild und der Gegenwart stellen, hier hielt mich der dreißigjährige Frieden in Atem, der mein Leben geprägt hatte. Was waren dagegen die Historien vom Dreißigjährigen Krieg und die alten Bücher und Chroniken wert, die ich zu Beginn der Ferien hierhergeschleppt hatte, um mich darin zu vergraben und an nichts anderes zu denken?

Ich weiß nicht, wie lange ich dasaß, bestürzt innehielt und mir jedes Weiterdenken verbot. Dann sprang ich auf, lief eilends zum Bus und fuhr in die Kreisstadt, um mir endgültig Gewißheit zu verschaffen. Dort waren jedoch nur wenige Akten aus der Zeit von 1933 bis 1945 erhalten geblieben; die damaligen Machthaber hatten das meiste vernichtet und den Rest bei ihrer Flucht weggeschleppt. Nur einige Polizeiberichte (Protokolle über kleinere Diebstähle, Verkehrsunfälle, Trunkenheitsdelikte und Lebensmittelkartenfälschungen) waren zurückgelassen worden, doch darin fand sich kein Hinweis auf die Sandberger Geschehnisse während der letzten Wochen und Monate des Krieges, nichts über die Herkunft, den Fallschirmabsprung und den illegalen Aufenthalt der roten Sophia, keine Anzeige oder Denunziation, obwohl es zahlreiche Beobachter, Mitwisser oder Mithelfer gegeben hatte.

Der Ratsvorsitzende, der auch die Akten über die erste Nachkriegszeit verwahrte, zuckte bedauernd mit den Schultern. »Nichts zu machen«, sagte er, »dieser Name ist hier unbekannt, taucht nirgendwo auf.« Er reichte mir ein paar Flugblätter über den Tisch, Aufrufe des Kommandos der 1. Ukrainischen Front der Roten Armee, erste Bekanntmachungen des Landrats, die mit Ährenornamenten umrahmten Urkunden der Bodenreform, Kindersuchanzeigen, Bezugsscheine für Igelitschuhe, Versammlungsplakate der KPD und ein paar rotumränderte Artikel aus der Zeitung »Volkswille«, darunter eine kleine Notiz mit der Überschrift »Ziegenmilch für Kinder«: »Auf Anregung der komm. Bürgermeisterin von Sandberg erklären sich die Ziegenhalter des Dorfes bereit, in den Schulferien pro Tag 1/4 Liter Milch für bedürftige Kinder abzugeben, um so einen Ausgleich für die während der Schulferien wegfallende Schulspeisung zu schaffen, was allen anderen Gemeinden zur Nachahmung empfohlen wird.«

Ich sagte: »Das ist sie!« Der Ratsvorsitzende blieb skeptisch und meinte: »In der Partei war sie nicht, ich hab' damals Parteiarbeit gemacht.« Er war etwa fünfzig Jahre, gedrungen von Gestalt, sein graues Haar lag straff an dem eckigen Kopf; er erzählte ein bißchen von den wirren Jahren, beklagte, daß ihn die Erinnerung im Stich ließ. »In Sandberg, jawohl, paarmal bin ich dort gewesen. Aber was da war, welche Leute bei dem dauernden Wechsel? Schlag mich tot, ich weiß bloß, daß dort mein Fahrrad immer im Sand steckenblieb.«

Er lachte still in sich hinein und wurde ein bißchen zugänglicher. »An manches darf man sich gar nicht erinnern«, bemerkte er mit hochgezogenen Augenbrauen, und da glich er ein bißchen dem alten Lewke und flüchtete sich in andere Geschichten aus jener Zeit, ohne Ort und Namen zu nennen. Zuletzt riet er mir, den Namen Sophia zu vergessen oder das einfachste zu tun, das in solchen Fällen zu tun war. »Man darf nicht das Schlimmste denken, das hab' ich mir in meiner Arbeit abgewöhnt. Also nimm an, sie ist mit ihrem Kind in die Heimat zurückgekehrt«, meinte er schmunzelnd, »schreib ihr einen Brief, und stell dir vor, wie sie sich freut, nach so vielen Jahren aus diesem Winkel ein paar Zeilen zu erhalten.«

Am Abend wieder in Sandberg, sah ich sofort in Atlas und Lewkes hinterlassenem Lexikon nach: Drohobycz, auch

Drogobitsch geschrieben, war eine Stadt mit 50 000 Einwohnern im Westen der Ukrainischen Sowjetrepublik, früher Galizien, während des Krieges Generalgouvernement, südöstlich der Karpaten, nahe dem Fluß Dnestr und dem Erdöl- und Erdgasgebiet von Borislaw und Daschawa. Die nächstgrößere Stadt war Lwow, Verkehrsknotenpunkt, Tausende Kilometer von Sandberg entfernt. Wenn die rote Sophia noch lebte, würde sie bald meinen Brief in den Händen halten, und ich schrieb, als hätte ich sie gekannt: »Antworten Sie, geben Sie ein Lebenszeichen, wir grüßen Sie freundschaftlich und würden uns alle über ein Wiedersehen freuen!«

31 Und da erschien, verwünscht, halb vergessen, nochmals Frau Scalander im Haus auf dem Berg. Sie kam am nächsten Morgen, um sich das Kinderporträt anzusehen. »Wie sie leibt und lebt, genauso!« rief sie aus und blieb wie angewurzelt davor stehen. »Ich bin hergekommen, sie zu finden, wenigstens etwas zu erfahren«, sagte sie, wischte sich mit dem Taschentuch übers gepuderte Gesicht, starrte auf das Bild und fragte unvermittelt: »Sie kaufen das Haus, nicht wahr?« Als ich nicht antwortete, sprach sie sofort wieder von dem Kind der roten Sophia, das sie für ihre Enkeltochter hielt, beschwor mich, ihr bei der Suche zu helfen. »Wir müssen sie finden«, wiederholte sie mehrmals, »eher hab' ich keine Ruhe.« Jeder Schritt fiel ihr schwer, nicht nur das Erklimmen der Treppenstufen am Haus, sogar das Hinsetzen, der kurze Moment des Ausruhens und Schweigens, als sie das Bein ausstreckte, das Gesicht schmerzverzerrt, die Augen geschlossen. Ich begriff, daß diese Frau am Ende ihrer Kräfte war, kein zweitesmal auf eine Reise und Suche gehen würde, daß es vielleicht das letzte und wichtigste Anliegen ihres Lebens war, vor dem Tod noch einmal das Kind zu sehen, das Mädchen, die junge Frau, die da vor vielen Jahren auf ein Stück Leinwand gemalt worden war.

»Es wird ihr schon gutgehen, ich weiß«, beteuerte sie und lächelte verkrampft. Plötzlich glaubte sie, mir einreden zu müssen, daß sie ohne Sorge sei und nie daran gezweifelt habe, ihre Enkeltochter wiederzufinden. »Hier geht ein junger Mensch nicht unter, auch ohne Eltern nicht, das ist anders als bei uns. Unsere Sonja hat bestimmt eine gute Erziehung gehabt, Schulbildung, sicher hat sie einen schönen Beruf und ist auf meine Hilfe gar nicht angewiesen.« Sie betastete ihr rechtes Bein, rieb daran, doch ihre Hand zitterte, sank kraftlos herab. »Nur weil sie der einzige Nachkömmling ist, will ich's regeln, ihr hinterlassen, was ihr nun einmal zusteht«, sagte sie. »Und wenn Sie das Haus nicht kaufen möchten, schenk' ich's ihr, dann kann sie darüber verfügen oder hier wohnen und die Genugtuung haben, daß sie von ihrer Familie, wenigstens von mir, nicht vergessen worden ist.«

Da stand ich auf und ging unter dem Vorwand in die Küche, Kaffee zu kochen. Ich wollte nicht widersprechen, auch nicht von den vielen Tatsachen reden, die den Plänen und der rührseligen Fürsorge der alten Frau im Wege waren. Manches sah ich jetzt mit anderem Auge, ratlos stand ich vor dem Elektroherd und wartete, bis das Wasser sprudelte. Als ich mit dem Kaffee ins Wohnzimmer trat, sprach sie von den Eltern der roten Sophia, die nach dem Krieg noch gelebt und manchmal geschrieben hatten. »Vielleicht wissen sie etwas«, sagte sie und wies auf den Brief mit der Drohobyczer Anschrift, den sie auf dem Tisch erspäht hatte. »Ich merke doch, Ihnen läßt diese Geschichte auch keine Ruhe mehr.« Sie trank Kaffee, lehnte sich zurück und schloß wie ermüdet oder aller weiteren Erörterungen überdrüssig für ein paar Sekunden die Augen.

Ich brachte es nicht fertig, mir einzugestehen, was mir in Wahrheit die Ruhe raubte. Denn ich war unsicher geworden, mich beeindruckten die Unbeirrbarkeit und Hartnäckigkeit, mit der hier ein letztes, verständliches Lebensziel verfolgt wurde. Vielleicht wußte diese Frau mehr als ich, auch als ich überhaupt wissen wollte. War ich denn sicher, daß sie mich im nächsten Moment nicht mit irgend etwas überraschen würde, worauf ich nicht gefaßt war?

Doch sie empörte sich nur wieder über die rote Sophia, als das kurze Dahindämmern vorbei war. »Warum hat sie uns so heimtückisch zugesetzt? Warum hat sie alles darangesetzt, daß mein Sohn in Gefangenschaft kam, ihn zurückgeholt, geheiratet, mir entfremdet, in dem protzigen Haus ein Kind zur Welt gebracht; ein Kind, das gerade laufen und die ersten Worte sprechen konnte, als sie es nahm und spurlos mit ihm verschwand, so unheimlich spurlos, wie sie gekommen war?« Mit einem Seufzer richtete sich Frau Scalander auf und griff nach dem Bild. »Nichts hab' ich mehr erfahren, nichts.« Auch ihr Sohn wußte nichts von dem Kind oder wollte nichts wissen. Er schlug sich in North Carolina recht und schlecht durch, hatte nicht wieder geheiratet, schrieb regelmäßig der Mutter in Westberlin, Jungfernheide, schickte manchmal ein Päckchen, bemühte sich offenbar, alles zu vergessen, was damals in Sandberg geschehen war. Nicht einmal auf die formelle Ehescheidung von der verschollenen Sophia schien er Wert zu legen, kündigte in seinem letzten Brief an, daß er genug Geld habe, um sich ein Haus zu bauen, einen Bungalow in hügliger Landschaft, so daß er gern bereit sei, auf alle seine Ansprüche am Sandberger Haus zu verzichten. »Er weiß nicht, daß ich hierhergefahren bin«, sagte sie, »er hätte es nicht geduldet.«

Ich blickte ihr nach, als sie das Haus verließ; sie hatte meine Hilfe beim Herabsteigen der Treppenstufen schroff abgelehnt, nachdem ich ihr das Bild abgenommen hatte, mit dem sie schon zur Tür hinaus wollte. Es kostete sie große Mühe, ihren trotzigen Willen und Tatendrang hervorzukehren, aber für die wenigen Minuten, bis ich sie aus den Augen verlor, gelang es ihr.

32 War es so, wie es die Fee erzählte, bei der ich dann noch einen Tag saß und auf Bilder starrte, Landschaften, Traumgesichte, aus denen immer neue Fragen kamen oder nur die alten Ängste vor der nüchternen Wahrheit?

Eines Morgens, Ende März 1945, noch in der Dämmerung, hatte die rote Sophia ein Geräusch gehört und sich aus der Umarmung des Mannes gelöst, der sie in das Turmhaus der Malerin Alexis gebracht hatte. In diesem Moment stand alles auf dem Spiel; eine Anzeige wegen Einbruchs, Diebstahls, illegalen Aufenthalts hätte genügt, um das Räderwerk der Verfolgung in Gang zu bringen – eine tödliche Gefahr. Die Malerin Felicitas Alexis stand unten vor der Tür, versuchte mit dem Schlüssel das Schloß zu öffnen, das der Soldat mit Nägeln verstopft hatte, betrachtete verwirrt das eigene, unzugänglich gewordene Haus, hämmerte gegen ein Fenster, sah ein Motorrad zwischen den Tannen, ließ ihre beiden Koffer stehen und lief verwirrt zu den Nachbarn, um Hilfe zu holen.

Als die Fee mit dem alten Triebel und seiner Tochter zurückkehrte, pendelte die Turmtür im Wind, das Motorrad brummte entfernt, die beiden Koffer waren verschwunden, doch vom Inhalt fehlte nichts; die Habseligkeiten lagen auf dem Bett verstreut, in dem noch vor wenigen Minuten zwei Menschen gelegen hatten. »Ist schon gut«, sagte die Malerin zu dem alten Triebel, der mit Kennerblick das Schloß untersuchte und leicht dahinterkam, daß hier mit Dietrich und Nägeln herumgepfuscht worden war. Es lohne nicht, meinte sie, in diesen wirren Zeiten viel Aufhebens darum zu machen. In Berlin war ihr Haus von einer Bombe getroffen worden, sieben Bewohner lagen tot unter den Trümmern, auch ihre Eltern. Ein Wunder, daß dieses Turmatelier nicht vom Erdboden verschwunden war, wenn schon alles zugrunde ging. »Danke, danke!« sagte sie und drängte die Triebels zur Tür hinaus. Die paar Kleinigkeiten, die im Kleiderschrank fehlten, hätte sie niemals vermißt, wenn ihr nicht Wochen später, bei einer zufälligen Begegnung, die Schuhe an den Füßen der roten Sophia so bekannt vorgekommen wären.

Erst einmal lebte sie wie in einem Dämmerzustand dahin. Sie hatte gerade mit Auszeichnung die Hochschule beendet, einige ihrer Bilder waren schon in Galerien ausgestellt gewesen: Stilleben, Landschaften, Ostseestudien, Kinderporträts, eine Welt voller Harmlosigkeiten. Das zählte nun alles nicht mehr, das bisherige wohlbehütete Leben war zu Ende, dieses Haus auf dem Berg, die Hinterlassenschaft ihrer Eltern, bot ihr Zuflucht, sie grub den Garten um, säte und pflanzte etwas, verbrachte die Nachmittage und Abende untätig; denn zum Zeichnen oder Malen hatte sie keine Lust, keine ruhige Hand mehr.

Sie kannte hier nur die Triebels, und manchmal kam die Tochter, die Käte, zu ihr, saß da, aber redete kaum. »Ich bin mit einem Soldaten verlobt«, sagte sie nach langem Schweigen. »Ich warte jeden Abend auf ihn.« Manchmal gingen sie gemeinsam ins Dorf und erbettelten bei einem Bauern ein paar Extralebensmittel. Die Fee bekam eher etwas, sie war hübsch, doch sie gab von dem, was sie bekam, auch der Käte, die schwanger war. Eines Abends hörte sie ganz nah Motorradgeknatter und sagte zur Käte: »Heut krieg ich Besuch.« Das Geräusch war ihr noch vom Ankunftstag im Ohr, sie hatte darauf gewartet, daß es zurückkam und irgend etwas geschah, damit die ruhelose Einsamkeit ein Ende nahm. Als die Käte weghuschte, stand vor dem Haus, zwischen den Tannen, ein junger Soldat. »Wer war das?« fragte er, als er ins Haus trat. »Meine Freundin«, antwortete die Fee und beruhigte ihn. »Von ihr wird niemand etwas erfahren.« Es war klar, daß der Mann, der ohne weiteres den Weg zur oberen Atelierstube fand, ein Geheimnis aus seinem Besuch machen würde. Er sagte dann auch: »Wenn's jemand erfährt, sind wir beide geliefert.«

Es ging ihm um zwei Dinge: Zivilkleidung für alle Fälle

und Lackfarbe für sein Motorrad, weil der Wehrmachtsanstrich überpinselt werden sollte. Beides brauchte er nicht sofort, aber es sollte bereitstehen, am besten morgen, übermorgen, sobald als möglich. »Ein Anzug hängt ja da im Schrank«, sagte er, ohne seine früheren Besuche weiter zu erwähnen. »Und als Malerin werden Sie schon ein bißchen Farbe besorgen können.« Sie nickte, setzte ihm etwas zu essen vor und tauschte schon am nächsten Tag in der Kreisstadt einen Fuchspelz gegen einige Büchsen roter Lackfarbe ein.

Wieder wartete sie, lauschte auf den Kanonendonner, der näher und näher kam. Sie wünschte ihn schneller herbei, stand am Turmfenster und starrte auf den östlichen Horizont, lauschte auch nachts auf jeden Laut, schlief kaum noch und war fahrig, nervös, wenn es für kurze Zeit still war oder der Frontlärm abzuebben oder dem Sandberg auszuweichen drohte. Voller Ungeduld eilte sie mehrmals am Tag zum Gartentor, war wie verwandelt, gereizt, ging auch nicht mehr hinunter ins Dorf, um Lebensmittel oder Milch für die Freundin zu betteln. Schon diese kurze Abwesenheit und Kätes Andeutung, daß ihr Soldat auch Zivilsachen haben wollte, störte sie in ihrem Warten, Lauschen und Hoffen.

Dann schlugen ein paar Granaten dicht neben dem Haus ein, das große Atelierfenster zersplitterte, wo die Fee stand. Sie rührte sich nicht vom Fleck, bis sie die Panzer am Horizont sah. Nun wußte sie, daß es wirklich soweit war, beeilte sich beim Wegfegen der Scherben, vernagelte das Fenster mit Zeichenkarton, legte den Anzug bereit, auch Wäsche ihres Vaters, stellte die Farbbüchsen auf den Tisch, wählte geeignete Pinsel aus, stand unten an der Tür, als er kam und vom Motorrad sprang.

Das war der glücklichste Moment ihres Lebens, und der Geruch von Lack, vermischt mit dem Geruch von Motorradöl, war nun für sie der Geruch vom Glück. Der Soldat schob das Motorrad über Bretter ins Atelier, lackierte es und ließ es dort stehen, bis es getrocknet war. Solange blieb er bei ihr, redete, aß, trank und schlief mit ihr. Die Uniform, bekleckst mit Lack und Öl, verbrannte er am dritten Tag. In der folgenden Nacht stand er auf, als es unten klopfte, zog den Zivilanzug an und schob das Motorrad die Turmstiege hinab. Die rote Sophia stand unten und rief der Malerin zu: »Nun ist die Gefahr vorbei. Dank für die Hilfe!«

Die Fee sah ihn davonfahren, die rote Sophia saß auf dem Rücksitz. Es blinkte rot zwischen den Kiefernstämmen, in der Kreisstadt war nur roter Lack zu beschaffen gewesen. »Eine blöde Farbe, knallrot wie die Feuerwehr«, hatte der Soldat gesagt, sich aber damit abgefunden. Die Sonne schien, eine Staubwolke hüllte unten am Berg das Motorrad ein; es war Mai, ein sonniger Tag, der Frost längst aus der Erde gewichen, das Gras noch spärlich und der sandige Hang von den Lastwagen- und Panzerkolonnen arg zerwühlt.

33 Die rote Sophia hatte also bis zur Rückkehr des Bräutigams die wartende Braut gespielt. Dann sagte sie: »Nein, es wird keine Hochzeit geben, ich hab' was Besseres vor.« Sie hatte ihren Auftrag erfüllt, alle Gefahren glücklich überstanden und lachte nur, als Harry Scalander bat und bettelte, zum Gewehr griff, weil er sich nicht mit Tatsachen abfinden wollte. Als er vor ihren Augen von den Rotarmisten abgeführt wurde, empfand sie weder Haß noch Liebe, kaum Mitleid, blieb keine Minute länger im Haus der Frau Scalander und fuhr mit Roland Glöckner, der seine Soldatenuniform längst verbrannt hatte, auf dem rotlackierten Motorrad davon.

»Fahr zu!« rief sie. »Wohin?« fragte der junge Mann. Sie schlang die Arme noch fester um ihn und sagte: »Zu dir! Ich bleibe bei dir.« Doch in Berlin, wo er zu Hause war, wurde noch gekämpft. Er hatte keine Bleibe, besaß nichts als das

Motorrad und den Anzug, den er auf dem Leibe trug, hielt nun an und zuckte ratlos mit den Schultern. Auch die rote Sophia hatte nichts mitgenommen; ihre beiden Koffer mit den wenigen Habseligkeiten und der Fallschirm waren in Frau Scalanders Haus geblieben. Doch sie wollte nicht zurück, am liebsten das Dorf nie wiedersehen, wo sie als Fremde verachtet, beargwöhnt und herumgestoßen worden war. Noch war sie weder Dolmetscherin, Gehilfin des Kommandanten oder Bürgermeisterin.

Sie fühlte sich frei, aller Pflichten ledig, dachte nicht an Siegesfeiern, Ordensverleihungen, Gespräche mit Vorgesetzten, die sie verpflichten konnten, dahin zu gehen oder dort zu bleiben, in Sandberg, diesem deutschen Winkel, dem sie gerade entkommen war.

Es war ein sonniger Tag. Am Horizont sah man ein paar Rauchsäulen, ab und zu war Geschützdonner zu hören, Panzerrasseln, doch allmählich verlor sich der Lärm. Sein letztes fernes Aufzucken war wie ein Spuk, der hier niemand mehr schreckte. Auf der Straße zogen Flüchtlinge vorüber, verwundete deutsche Soldaten mit apathischen Gesichtern, hin und wieder raste ein Lastwagen mit Rotarmisten vorbei. Im Chausseegraben lagen ausgebrannte Autowracks, Munitionskisten, Granathülsen, Gasmaskenbehälter, Uniformen und fliegenumschwirrte Pferdeleichen. Neben einem zusammengebrochenen Fuhrwerk türmte sich Hausrat: eine Kiste mit Büchern, Geschirr, Tisch und Stuhl, ein aufgeschlitztes Bett, dessen Federn wie Schnee umherflatterten.

»Was meinst du, was braucht der Mensch vor allem?« fragte die rote Sophia. Roland Glöckner hielt das Motorrad mit einer Hand und wies mit der anderen auf das Dorf, das vor ihnen lag. »Das ist alles, was wir brauchen. Ich habe Hunger, du nicht?« Sie nickte. Es war Mittagszeit, und früh hatten sie nichts gegessen. »Jetzt ist Frieden«, sagte sie. »Du hast recht, wir können endlich an uns denken, wir sind die Sieger.«

Doch er schüttelte den Kopf und entgegnete: »Nein, ich gehör' nicht dazu, höchstens zu dir, solange dir's gefällt.«

Er kniff die Augen zusammen und schwang sich aufs Motorrad, trat den Anlasser und gab so sehr Gas, daß er gar nicht verstand, was sie noch sagte, als sie wieder hinter ihm saß und das Dorf auf sie zuflog, ein Rotarmist am Ortsschild, der den Arm ausstreckte, Kinder, die beiseite sprangen, Häuser mit verschlossenen Fensterläden und flatternden weißen Fahnen, Hühner, Enten und kläffende Hunde. Ein alter Mann stand auf einer Leiter und befestigte eine rote Fahne am Gasthof, eine Hakenkreuzfahne, von der Kreis und Kreuz abgetrennt waren.

Dort endete die Fahrt, der Benzintank war fast leer. »Daran wird's nicht scheitern«, sagte die rote Sophia. »Hallo! Aufmachen!« rief Roland und rüttelte schon an der Gasthoftür, ohne den Alten zu beachten, der »Geschlossen!« und »Keine Ware!« rief, während es im Haus polterte und klirrte, als zerschlüge jemand Geschirr. Nun war auch der Rotarmist zur Stelle, der es am Dorfrand mit seinem Haltzeichen ernst gemeint hatte. Er schimpfte und fuchtelte mit seiner Maschinenpistole herum, bis die rote Sophia ein paar Worte russisch sprach, ihm die Hand reichte und es lachend geschehen ließ, daß er sie in die Arme schloß.

»Hier nix Nazi, niemand«, stammelte der alte Mann und stieg noch höher die Leiter hinauf. Es klirrte und polterte weiter im Haus. Durch die Tür roch es nach Schnaps, Wein, Essen, Gastwirtschaft. »Ich brauche Sprit«, sagte Roland Glöckner, »aufmachen, los!«

Der Rotarmist stieß mit den Stiefeln gegen die Leiter, schrie sehr laut, schoß in die Luft. Das wirkte Wunder – der Alte kam geschwind herab und schloß die Tür auf. Im Flur sah man einen Wäschekorb voller leerer Flaschen mit abgeschlagenen Hälsen, im Ausguß noch Rotwein, der langsam wegsickerte. »He!« rief die rote Sophia. »Sind Sie verrückt.

Herr Wirt?« Roland Glöckner tippte mit dem Finger in den Wein, schnupperte daran und schüttelte den Kopf. »So eine Sünde! Ein Verbrechen ist das!« Der Rotarmist schrie: »Faschist! Alle kaputt! Wino kaputt.«

Der Alte war verschwunden, doch gleich darauf erschien eine dicke, quicklebendige Frau, deren rechte Hand und rechter Kleiderärmel blutig waren. Sie tänzelte vor dem Rotarmisten umher, versuchte, ihn von der Gaststube fernzuhalten, flüsterte der roten Sophia zu: »Lieber zerschlag ich alles, lieber laß ich mich totschlagen.« Und den Roland Glöckner zupfte sie am Jackett. »Geben Sie ihm das Motorrad, geben Sie's, dann haut er ab.«

Neben der Theke stand noch eine Kiste mit Kognakflaschen, die der Vernichtung entgangen waren. Die Frau postierte sich davor, doch der Rotarmist hatte sie erspäht und griff danach. »Nein, nein, nix gut!« rief der Alte, der wieder zur Stelle war. Die rote Sophia lachte und setzte sich mit Roland Glöckner an einen Tisch, bestellte Mittagessen und Kognak. »Und Musik!« rief sie. »Schafft ein Radio her! Sonst schlag' ich hier alles kaputt, was ihr nicht kaputtgeschlagen habt.«

Bis spät in die Nacht aßen, tranken und sangen sie. Das Radio plärrte dazwischen, die Wirtin eilte hin und her, tat alles, was die rote Sophia befahl, und bat immer wieder: »Bleiben Sie, Fräulein, bleiben Sie, sonst ist's aus.« Sie sah eine Weile mit offenem Mund zu, als die rote Sophia mit Roland Glöckner und dann mit dem sehr ausgelassenen Rotarmisten tanzte. »Tanzen Sie, Fräulein«, flüsterte sie, »bitte, tanzen Sie.« Dann nahm sie die übriggebliebenen Flaschen, huschte damit in den Flur und zerschlug sie im Ausguß. »Nein!« rief die rote Sophia, doch es war zu spät.

Der Rotarmist griff nach seiner Maschinenpistole, schoß in die Stubendecke, lachte, trank sein Glas aus und schlief am Tisch ein. Sein Käppi rutschte vom Kopf, die rote Sophia nahm's und setzte es Roland Glöckner auf. »Steht dir gut!« sagte sie und rückte dicht an ihn heran. »Fräulein, bleiben Sie«, flüsterte die Wirtin: »Sie können so lange bleiben, wie Sie wollen. Ohne Sie hätt' ich's nicht überlebt.«

Noch ein unverständliches Flüstern, Schritte, Geklirr, Radiomusik, dann Stille. »Endlich«, sagte Roland Glöckner. Die Wirtsleute schienen zu Bett oder weggegangen zu sein, und der Rotarmist schlief fest. Sie gingen Arm in Arm durchs Haus, öffneten da und dort eine Tür, blickten in die ausgeräumte Vorratskammer, stiegen eine Treppe hoch und standen dann in einem Schlafzimmer mit weißlackierten Möbeln und einem kissenüberhäuften Ehebett. Die rote Sophia warf sich hinein und rief glückstrahlend: »Roland, unser Hochzeitsbett!« Als er näher trat, zog sie ihn zu sich in die Kissen und flüsterte: »Wir bleiben hier!«

Am nächsten Morgen waren sie allein in dem Haus. Die Wirtsleute hatten die anderen Zimmer vollends ausgeräumt und das Weite gesucht; an der Tür hing ein Schild: »Keine Ware. Bis auf weiteres geschlossen.« Auch der Rotarmist war verschwunden; eine halbe Wurst und ein halbes Brot lagen auf dem Tisch, wo er zuletzt gesessen, gelacht und geschlafen hatte. Und eine Flasche mit abgeschlagenem Hals stand da, ein letzter Rest Wein.

34 Zaubersprüche der Fee, Sprüche des alten Lewke. Und der Wahrsager Waru mit seinem stechenden Blick immer noch auf den Plakaten im Dorf! Ich kehrte dem Sandberg den Rücken, ging baden, ließ das Ufer weit zurück, sah undeutlich schaukelnde Boote, Enten, ein Flugzeug zwischen Wolkenfetzen. Mich behelligte nicht mehr, was hinter mir lag, Worte blieben Worte, ich wollte sie nicht prüfen und wägen. Der heutige Tag zählte und was vom Vergangenen geblieben war, Tatsächliches, sonst nichts. Ein paar Stunden sonnte ich mich

auf einer Landzunge, mitten im Schilf, schlief ein, erwachte. Die Fee hatte zu mir gesagt: »Ich habe die rote Sophia gehaßt, ich habe diesen Mann über alles geliebt, ich liebe ihn trotz allem noch heute. Gehen Sie, er kommt!«

Als die rote Sophia vom Himmel fiel, hatte sich Roland Glöckner aus der Flakbaracke weggestohlen, am Seeufer das Eis aufgehackt und eine Angel ausgeworfen. Das öde Soldatenleben, das Schanzen und Exerzieren am Sandberg haßte er; jede Gelegenheit war ihm recht, dem Kriegsspiel für ein paar Stunden zu entkommen. In der klaren Winternacht sah er den Fallschirm herabschweben und hinterm Schilf niedersinken, kaum hundert Meter von seinem Eisloch entfernt. Noch als er die rote Sophia aus dem Wasser zog, ihr seinen Mantel hinwarf und sie nackt sah, war er unschlüssig, was er tun sollte. Mit der Angelei war's vorbei; er konnte dem Unteroffizier, der ihm zu seinen Ausflügen verhalf, keine Fische bringen. Doch das war die kleinste Unannehmlichkeit, ein Nichts gegen die tödliche Gefahr, der er ausgeliefert war, wenn er blieb oder wiederkam, keine Anzeige erstattete und dieser Fremden half. Erst am Abend, bei der Fahrt mit dem Motorrad den Sandberg hinauf, als sie den Fallschirm und seinen Arm umklammerte, begriff er, daß es kein Zurück mehr gab und sein Leben eine folgenreiche Wendung genommen hatte.

»Fahren wir weg«, schlug er ihr tags darauf vor. »Das Warten macht mich verrückt.« Er hatte als Melder der Flakbatterie das Motorrad zur Verfügung, er kannte die Gegend, die Wege, wo keine Posten standen, die Wälder und entlegenen Dörfer, die Bootsschuppen und leerstehenden Wochenendhäuser, die er schon ausgekundschaftet hatte, um dort vielleicht unterzutauchen. »Noch nicht«, entgegnete sie und bat ihn um Geduld. »Wenn der Krieg vorbei ist, in ein paar Wochen, steht uns die ganze Welt offen. Wir sind die Sieger!«

Und dann, Anfang Mai 1945, waren sie auf ihrer Fahrt bis

zum Dorf Klein-Eichholz gekommen, trieben ihre Späße mit dem Käppi, das der Rotarmist zurückgelassen hatte, spazierten damit im Dorf herum; die rote Sophia oder Roland Glöckner, wer's auf dem Kopf trug, bekam bei den Bauern, was er wollte – Lebensmittel, Wein, Kleidung, auch Benzin fürs Motorrad, es hätte für die Fahrt nach Berlin gereicht, wo nun auch die Kämpfe vorüber waren. Aber die rote Sophia sagte zu Roland Glöckner: »Ich muß mich auf unserer Kommandantur melden, das muß ich schon tun. Du kannst ja einstweilen hier wohnen bleiben.« Er fragte: »Willst du doch nach Sandberg zurück?« Sie schüttelte den Kopf und entgegnete: »Was denkst du! Ich will dort bloß ein paar Rechnungen begleichen und meine Sachen holen. Dann geht's los!«

Das rotlackierte Motorrad, vollgetankt, auf Hochglanz poliert und mit neuen Reifen versehen, stand hinter Bierkästen und Körben mit Flaschenscherben im einstigen Tanzsaal, der von einem Hund bewacht wurde, den die geflüchteten Wirtsleute zurückgelassen hatten. An manchen Abenden setzte sich Roland Glöckner das Rotarmistenkäppi auf, holte das Motorrad hervor, band den Hund los und ließ ihn nebenher traben, wenn er gemächlich nach Sandberg fuhr. »Was wird nun?« fragte er die rote Sophia, die der kahlköpfige Hauptmann sofort in die Ortskammandantur geholt hatte. »Ein bißchen wird es noch dauern«, antwortete sie ausweichend, »bis ein Dolmetscher kommt, muß ich aushelfen.« Es beunruhigte sie, daß Roland Glöckner mit dem Rotarmistenkäppi großtat und lachend zusah, wenn der Hund sie ansprang und beinahe umriß. »Verdirb jetzt nicht alles«, bat sie. »Bald können wir an uns selber denken.«

Die Ereignisse überstürzten sich in Sandberg: Rotarmisten, Kriegsgefangene, Fremdarbeiter, Umsiedler und Bauern bedrängten die rote Sophia mit Fragen, Beschwerden, Hilferufen und Bitten, um in dem Sprachgewirr zu vermitteln. Der kahlköpfige Hauptmann vertraute ihr, sie kannte fast alle

Dorfbewohner und viele Flüchtlinge, die es hierher verschlagen hatte. Er beriet sich mit ihr, entschied bald nichts mehr ohne sie, schickte sie mit Weisungen und Vollmachten in die umliegenden Dörfer, bekräftigte und unterstützte ihre Vorschläge und Eigenmächtigkeiten, so daß sich diese kleine Welt bald mehr und mehr nach ihrem Wunsch und Willen zu fügen begann.

Bei den abendlichen Begegnungen mit Roland Glöckner blieb meist nur Zeit für einen kurzen Wortwechsel, neue Vertröstungen, einen Händedruck und eine flüchtige Umarmung, irgendein Auto stand schon bereit, um sie zur Kreisstadt, in irgendein Dorf oder nach Berlin zu bringen, wo ein paar Leute darauf warteten, daß sie sich zu ihnen setzte, mit ihnen aß, trank, redete und für Verständigung und gute Laune sorgte. Oder eine fröhliche Runde war in der Kommandantur versammelt, dort war sie sowieso der Mittelpunkt, von allen geschätzt und hofiert, unentbehrlich, ein sprühendes Temperament im Wirbel der Gespräche, dienstlichen Aufgaben oder zahlreichen Siegesfeiern. Sie lief dann manchmal, erhitzt von Wein und Tanz, den Sandberg hinauf und fand ihren Spaß daran, den kahlköpfigen Hauptmann oder andere Rotarmisten zu narren, die sie begleiten wollten. Irgendwo zwischen Kiefern blieb sie stehen, hörte, wie man nach ihr rief, Pistolen abfeuerte und sogar Leuchtkugeln schräg über den Hang schoß – ein Extrasalut für die rote Sophia.

Wenn der Lärm verstummt war, brachte sie es fertig, lange allein auf dem Berg zu stehen, in die Runde zu blicken, die sie wohl schon für sich absteckte: das Dorf da unten und noch ein Dutzend Dörfer ringsum, die Felder und Wälder, kaum mehr als tausend Menschen, die hier wohnten und arbeiteten, die Straßen, die sich überallhin verzweigten und diese kleine Welt mit der großen verknüpften. »Ich bin schwanger«, gestand sie Roland Glöckner, als er immer ungeduldiger zum Aufbruch drängte.

Seitdem sie es wußte, war sie wie verwandelt, schien alle Pläne und Versprechen vergessen zu haben, sprach von Sandberg, als wäre sie seit eh und je gern hier zu Hause gewesen, widersprach auch dem kahlköpfigen Hauptmann nicht mehr, wenn er sagte: »Wer den Krieg gewonnen hat, darf den Frieden nicht verlieren und muß auf seinem Posten bleiben, als hinge alles nur davon ab.« Sie sah sich die leerstehenden und beschlagnahmten Häuser der Umgebung an, nirgendwo gefiel es ihr, obwohl sie emsig Möbel, Teppiche und Hausrat herbeischaffte, die Zimmer nach ihrem Geschmack einrichtete, ein paar Monate darin wohnte, bis sie etwas Neues entdeckte. Sie wollte bis zur Geburt des Kindes die richtige Bleibe gefunden haben, ein Dach überm Kopf, Ruhe, keine neuen Verwirrungen und gleich gar nicht neue Unruhe, wie sie von Roland Glöckner ausging.

Sie fuhr nur noch selten mit ihm umher, war schockiert, wenn er das Käppi mit dem Sowjetstern aufsetzte, das sie an halbvergessene Nächte und an Träumereien im Klein-Eichholzer Gasthof erinnerte, Träumereien waren es gewesen, nicht mehr. »Wirf das weg, die verrückten Zeiten sind vorbei«, bat sie. Doch er lachte nur, und manchmal radebrechte er an einer Tankstelle oder in einem Wirtshaus russisch, wenn man ihm nicht gleich geben wollte, was er verlangte. »Man lebt nur einmal«, meinte er und drückte das Käppi übers Ohr. »Seit ich dich kenne, lebe ich endlich unterm richtigen Stern.«

Er hielt sie fest, als sie weglaufen wollte. Das Motorrad kippte um, sein linkes Bein geriet darunter, die Hose zerriß, weil er sofort wieder aufsprang. Er verzog keine Miene, obwohl sein Schienbein blutete, und stieß sie von sich fort. »Du bist was, hast was, tust was!« schrie er sie an. »Und ich?«

Sie lebte in ständiger Furcht, daß er etwas Unsinniges tun oder ohne Abschied davonfahren könne, verwünschte das

Motorrad und das Käppi, das sie ihm damals im Scherz auf den Kopf gesetzt hatte. Bei einer Razzia nach Wehrmachtsgut, die Unmengen von Zeltplanen, Tornistern, Tarnanzügen, Autoreifen, Fernsprechgeräten und sogar Waffen zutage brachte, war sie mit einigen Rotarmisten schon auf dem Weg zu dem Klein-Eichholzer Gasthof. Im letzten Moment besann sie sich und sagte: »Nein, hier ist nichts zu holen, hier wohnt ein Antifaschist. Er hat mir damals geholfen, als ich so gut wie verloren war.«

Sie verfiel statt dessen auf die Idee, ihn zu nützlichen Fahrten zu ermuntern, damit er auf andere Gedanken kam und sich die Unrast abschliff. In der Kommandantur ließ sie Dienstaufträge für ihn ausfertigen, gab ihm Vollmachten und schickte ihn umher, in ihrem Namen allerlei zu erledigen. Sie sorgte dafür, daß auch für ihn etwas dabei heraussprang: Lebensmittel, Zigaretten, Ersatzteile und Zubehör für sein Motorrad, was ihm das Wichtigste war. Er murrte und schimpfte zwar, nur ihr Dienstbote zu sein, doch da er sich langweilte und keine Lust verspürte, bei Aufräumungsarbeiten zu helfen oder gar die Klein-Eichholzer Äcker zu bestellen, ließ er sich immer wieder zu solchen Fahrten überreden. Außerdem merkte er, wie respekteinflößend es war, wenn er im Auftrag der roten Sophia in einem Dorf erschien und die gestempelten Papiere vorwies. Das bereitete ihm Vergnügen, lockte ihn aus seiner Reserve, bald trat er auch ohne Käppi forsch und selbstbewußt auf, spickte seine Rede mit russischen Brocken und umgab seine Person mit geheimnisvollen Andeutungen, was nie ohne Wirkung blieb.

Viele Bauern katzbuckelten vor ihm, versuchten sich einzuschmeicheln, steckten ihm etwas aus der Räucherkammer zu und nannten ihn: »Genosse« oder »Genosse von der Kommandantur« oder gar »Towaristsch Offizier«. Einmal geriet er in ein Hochzeitsfest, ließ es sich nicht zweimal sagen, als man ihn zur Tafel lud, aß und trank, trank viel zuviel, redete den tollsten Unsinn und gebärdete sich wie wild, wenn ihm jemand ins Wort fiel. »Was glaubt ihr wohl, wen ihr vor euch habt?« schrie er das Brautpaar und die Gäste an. »Wißt ihr denn nicht, daß ich bloß einen Wink zu geben brauche, und hier steht alles kopf? Warum steht hier nicht alles kopf, wenn ich's befehle? Ich befehl's! Ich!«

Das sprach sich herum, und wenn der hübsche junge Mann sein Rotarmistenkäppi aufsetzte, erstarrten manche vor Ehrfurcht, andere blickten besorgt und skeptisch drein, nur die rote Sophia schüttelte den Kopf und sagte: »Towaristsch Roland, wer sich von uns schrecken läßt, hat's nicht anders verdient!«

Die Fee sah es, sie lauerte Roland Glöckner auf, wenn er mit dem Motorrad umherfuhr, stellte sich ihm in den Weg, auch spätnachts nach seinen Besuchen bei der roten Sophia, die freilich immer seltener wurden. Und sie wartete und hoffte wieder Wochen und Monate, bangte um ihn. Sein Lachen erschreckte sie, sein Geschrei, ehe er weiterraste. »Laß mich in Frieden, ich brauche diesen gottverdammten Frieden nicht!«

35 Die Malerin kam an diesem Abend zu mir, diese Fee mit ihren unerschöpflichen Bilderkünsten. Sie wollte das Porträt der kleinen Sophia zurückholen und versprach mir goldene Berge. Ich wurde mit Bildern überschüttet, eines schöner als das andere: Bäume wie Fabelwesen, tanzende Kinder unter Lampions, ein durch die Luft schwebender Junge im Matrosenanzug, Liebespaare im Laternenschein, ein Sonnenblumenfeld, Hochzeitskutschen, Angler am See, ein Dampfer mit Nixen und überall glühende Sonnen oder Monde, nirgends ein Wölkchen am Himmel. »Nimm, was dir gefällt«, sagte sie. »Aber gib mir das Kinderbild zurück, bitte. Ich hab' viel zuviel erzählt.«

Ich dachte zuerst, Frau Scalander stecke dahinter, doch die Malerin fragte, als ich den Namen nannte: »Wer ist das?« Sie heuchelte nicht, sie erinnerte sich nicht an die Schwiegermutter der roten Sophia, wußte gar nicht oder hatte vergessen, daß die Frau hier wieder aufgetaucht war, brauchte eine Weile, ehe sie ein paar Zusammenhänge erriet. »Deshalb«, sagte sie, griff nach dem Porträt und wollte gehen, »ja, deshalb will er's wohl zurückhaben.«

»Wer?« fragte ich und vertrat ihr den Weg.

Sie sah mich an, die Augenbrauen hochgezogen, und schwieg. Ihre Lippen waren grellrot geschminkt, die Haare rötlich gefärbt. In dem kurzen Rock und dem engen Pullover wirkte sie mädchenhaft, rosig im Gesicht vor Verlegenheit oder Aufregung.

»Du weißt doch«, sagte sie, »wir wollen heiraten, wenn nicht wieder was dazwischenkommt.«

Dann erzählte sie, Roland Glöckner arbeite in der Kreisstadt, in einer Motorradwerkstatt, wo man ihm die kniffligsten Reparaturen anvertraute. Oft holte ihn auch jemand nach Feierabend gegen Extrabezahlung, um eine Panne zu beheben, Reifen zu wechseln oder einen kleinen Defekt zu finden. So kam er meist sehr spät nach Sandberg, raste durchs dunkle Dorf und querfeldein den Hang hinauf. Von Freundschaften oder Bekanntschaften im Dorf hielt er nichts, er verließ kaum das Haus der Malerin und verschwand im Schuppen, wenn Besuch kam. Halbe Nächte tüftelte er dort an Motoren, Getrieben, Vergasern und Auspuffrohren, bastelte sich mehrere Motorräder zusammen, auf denen er abwechselnd fuhr. Er schwärmte vom Motorsport, doch wegen seines Alters hatte er keine Chance mehr, an Rennen teilzunehmen. Trotzdem zog es ihn an den Wochenenden zu Rennpisten und Querfeldeinfahrten, ins Fahrerlager, wo er als Fachmann galt, weil er immer Rat wußte, auch zugriff, wenn Not am Mann war. »Aber keiner kennt ihn hier«, sagte die Malerin.

»Er kommt, geht, doch sobald man ihm zu nahe tritt, verkriecht er sich in ein Mauseloch.«

Auch für mich war er ein Fremder, obwohl ich die meisten Sandberger kannte, sogar die Urlauber, die regelmäßig wiederkamen. Wir mußten uns oft begegnet sein, so weitläufig war der Berghang nicht und so dunkel keine Nacht, daß man einen Motorradfahrer hätte übersehen können, der bei der Fee, in nächster Nachbarschaft, wie zu Hause war. Aber niemand sprach von ihm, keinem fiel er auf, und mit der Malerin hatte ich mich in all den Jahren über alles mögliche unterhalten, nur nicht über diesen scheuen, eigenbrötlerischen Mann.

»Ich möchte mit ihm sprechen«, sagte ich, als sie darauf bestand, das Kinderbild mitzunehmen. »Ich geb's ihm selbst.« Doch sie schüttelte den Kopf. »Laß ihn in Ruhe, laß ihn«, bat sie, »er hat genug Schweres hinter sich, er hat's endlich halb vergessen. Jetzt hat er bloß den einen Wunsch, daß niemand danach fragt.«

Einen Augenblick hatte ich das Gefühl, daß dieser Mann auch für die Fee ein Fremdling geblieben war. Denn sie hatte gestern und heute geredet und geredet, als müsse sie sich selbst Gewißheit verschaffen. »Zwanzig Jahre sind wir getrennt gewesen«, sagte sie noch, ehe sie ging. »Jetzt fürchte ich immer, die Tür schlägt wieder zu, noch einmal für zwanzig Jahre. Was bliebe dann noch?«

Ich hielt sie nicht zurück. Ihre Bilder lagen auf meinem Schreibtisch, und mir fiel beim genauen Betrachten auf, daß sich ihre Malerei immer weiter von ihrem Leben entfernt hatte. Meist waren es Phantasiegestalten, keine Menschen, Landschaften und Dinge, die sie hier umgaben. Ein Junge im Matrosenanzug schwebte vom Geäst eines Baumes den kahlen grünbraunen Hügeln entgegen, hinter denen eine glühende Sonne versank. So etwa schwebte, taumelte, träumte sie dahin, gehemmt durch die Furcht, daß sie jäh auf die Erde herabstürzen könne, wo sie sich wiederum, von ihren Nächsten allein gelassen, in geträumte, sorglose, unwirkliche Bilder flüchten würde.

36 Doch damals war sie dabeigewesen, beteiligt und betroffen, sie erzählte und erzählte, es gab nichts in ihrem Leben, was wichtiger und beunruhigender war. Und ich sah alles deutlicher, greller, Bilder, die nicht die Phantasie geboren hatte, sondern eine ungeheuerliche Wirklichkeit, die unabweisbar nahegerückt war, nun begreifbar bis ins Letzte.

Die Fee war hinzugekommen, als der kahlköpfige Hauptmann die rote Sophia auf die Kutsche gehoben hatte, auf den Platz, wo die Bürgermeisterin am liebsten thronte, befahl, schimpfte, lachte, regierte, wenn sie gerade am Berghang, Feldrand oder mitten im Dorf die Pferde gezügelt hatte, um ein paar Männer und Frauen zusammenzurufen. »Genossin Sophia«, sagte er, »du bist Bürgermeisterin!« Der alte Lewke hatte abgelehnt, das Amt zu übernehmen, auch Triebel und noch zwei, drei. Nun standen sie abseits, tuschelten, zuckten mit den Schultern, sie hatten es kommen sehen, vielleicht so gewollt. »Wer einen Stein nicht tragen kann, soll ihn lieber liegenlassen«, brummelte Lewke, paffte seine Pfeife und umwölkte sich mit Rauch, als wolle er sich unsichtbar machen.

Die rote Sophia saß wie erstarrt auf der Kutsche und sagte kein Wort, als alle wirr durcheinander redeten. Das Dorf war eine Einöde, das Land verwüstet, kaum ein Acker bestellt, und die Dorfbewohner warteten ab oder lästerten oder flohen – keiner reichte ihr die Hand und sagte: »Du bist ja nicht allein.« Die Rotarmisten kletterten schon auf die Lastwagen, die Motoren brummten, Abschiedsrufe in russischer Sprache, Umarmungen, die Kutsche blieb zurück, die kommissarische Bürgermeisterin. Ein weißhaariger Sergeant verneigte sich vor ihr, bekreuzigte sich und flüsterte: »Sankta

Sophia.« Und sie lachte schrill, der Kommandant stieß den Sergeanten zur Seite und rief ihr zu: »Krassnaja Armija! Krassnaja Sophia!«

Sie sah die Lastwagen davonfahren, dahinter ein paar Panjewagen. Die letzten Worte klangen ihr im Ohr: Heilige Sophia, rote Sophia – und sie dachte: Unheilig müßte man sein, hart, kalt, blaß, schmallippig, gefühllos, ohne Liebe oder Haß, um hier die Mauern einzureißen, die Ruinen, Gutsscheunen, das Gutsherrndenken, alles, was war. Noch begriff sie selbst nicht, warum sie sich auf die Kutsche hatte heben lassen und auf diesem Sandberg geblieben war, der für sie einst nur ein winziger Fleck auf der Generalstabskarte gewesen war, strategischer Punkt im Feindesland, Absprungort, Illegalität, Wartestellung, bis der Tag des Sieges gekommen war. Sie hatte ihren Teil getan, es hingenommen, daß sie fürs erste bleiben und dem Kommandanten beistehen mußte. Doch jetzt ließ er sie zurück, zum zweitenmal blieb sie hier auf verlorenem Posten, beargwöhnt, verhaßt, von Feinden oder Gleichgültigen umlauert, ein Fremdling in einer Welt, die sie nochmals, aber friedlich, gründlich und dauernd erobern sollte.

In der Kutsche, unterm Sitz, auf dem sie thronte, lag eine Maschinenpistole, die sie am liebsten herausgeholt und abgefeuert hätte, um die gaffenden Dörfler wegzuscheuchen, die sich nicht von der Stelle rührten und schon neue Gerüchte ausstreuten, daß nun die Amerikaner kämen und sowieso alles anders würde.

Der Kommandant hatte ernst und feierlich zu ihr gesagt: »Du vertrittst hier unsere Rote Armee, Frieden und Sozialismus.« Die Waffe war nur für den äußersten Fall, für den Kampf Auge in Auge, der sie viel weniger schreckte als Versteckspiel und hinterhältiges Geraune, das schon begonnen hatte. Sie hörte die spöttischen Sprüche des alten Lewke: »Wenn die Maus satt ist, schmeckt das Mehl bitter.«

Sie beherrschte sich mühsam, wollte dreinschlagen und losbrüllen, die Pferde antreiben, die an der Kutsche ruckten und Grasbüschel aus dem Sand zupften, aus dem elenden Sandberg, den sie samt einem Häuflein stumpfer Gesichter gegen all ihre Pläne und Träume eingetauscht hatte. Sie klammerte sich an die Zügel, starrte in die Richtung, wo die Armeekolonne noch zwischen Bäumen zu sehen war, senkte aber den Blick, um sich nicht hinreißen und im letzten Moment zur Kapitulation verlocken zu lassen. Denn Kapitulation wäre es, wenn sie den anderen jetzt hinterdreinjagte und nicht diesen Platz behauptete, sich hier nicht einnistete und festkrallte, so schwer es auch fiel, in dem rieselnden, öden Sand.

Die Räder der Kutsche waren tief eingesunken, die Hufe der Pferde stemmten und stampften staubaufwirbelnd den Sand. Jede Bewegung, jeder Schritt, sogar das Stillstehen fiel hier schwer, jeder Getreidehalm, jede Futterrübe und Kartoffel mußte mühsam dem Boden abgerungen werden. Die Bäume brauchten Jahrzehnte, ehe sie ein paar Meter Höhe erreichten; der Wald, in Menschengenerationen gewachsen, war kilometerweit gelichtet, von Geschossen kahlgemäht, niedergebrannt, verwüstet. Keine Hand rührte sich, das Chaos zu ordnen, niemand glaubte, daß es Sinn hätte. Gut, ein paar Wege waren geebnet worden, die Granattrichter im Dorf zugeschüttet und die Panzersperren weggeräumt. Irgendwo klirrte ein Spaten, ein alter Mann grub seinen Garten um. Da und dort stieg Rauch aus den Schornsteinen, man sammelte halbverkohltes Holz, kochte, lebte, das Dorf war nicht tot. Ein paar Frauen sahen aus dem Fenster zu ihr herüber oder zu den Männern, die sich um den alten Lewke scharten, redeten, verstummten. Sie mußte etwas sagen, erinnerte sich an die großen Worte des Kommandanten, der nun mit seiner Kolonne schon ganz und gar den Augen entschwunden war. »Du mußt die Feinde in Freunde verwandeln«, hatte er gesagt. »Sie sind besiegt, jetzt mußt du sie zu Siegern machen.«

Aber sie bekam den Mund nicht auf. Steif, schmallippig, blaß, die Hände um die Zügel verkrampft, so saß sie da. In der Ferne glaubte sie Motorgeräusch zu hören, nicht die Rotarmistenkolonne, sondern ein einzelnes Motorrad, das irgendwo in der Nachbarschaft oder auf dem Berg umherkurvte. Ein Gedanke, eine Ahnung – sie riß die Zügel zurück, und die Pferde trabten los, ziellos, Tränen liefen ihr übers Gesicht, sie sah, hörte nichts, hielt an, rief: »Roland!« Sie war allein; kein Laut mehr, keine Hoffnung. Jäh war sie aus dem Himmel ihrer Träume in eine eisige Fremde gefallen, nur diesmal zog sie niemand heraus, niemand eilte herbei, niemand bot ihr Hilfe an.

Sie lenkte die Kutsche ins Dorf zurück, gemächlicher, ruhiger jetzt. Es würde Jahre und Jahrzehnte dauern, das wußte sie, bis sich die Träume in Wirklichkeit verwandelten, und vielleicht blieb sie lange damit allein. Aber von diesem Dorf verzweigten sich die Wege und Straßen in viele Richtungen, und sie sah noch die Spuren der Rotarmistenkolonne im Sand, die immer erreichbar blieb. Es galt, hier eine bessere Welt in den Sand zu bauen, wenigstens ein winziges Stück davon, und dafür lebte, liebte und haßte sie, schon damals, als sie einer aus dem eisigen Wasser gezogen und gefragt hatte: »Kommst du von den Russen?« Und nun war es ihr sogar recht, daß sie diesmal ganz allein begann. »Wir müssen anfangen«, sagte sie zu den Dörflern, die noch herumstanden. Und als sie sich nicht rührten und keine Miene verzogen, rief sie ihnen mit herausforderndem Lachen zu: »Ich bin ledig, hab' fünf Hektar, ein verwahrlostes Dorf und brauch' einen Mann. Erst mal einen!«

37 Aber ehe die rote Sophia zu einem Mann und einem neuen Anfang kam, gab es in Sandberg einen Kartoffelkrieg. Die rote Sophia schickte Späher, Wachtposten und Kampftruppen aus. Um jedes Pfund, jede Tasche und jeden Sack Kartoffeln entbrannte ein bitterer Kampf. Es gab endlose Wortgefechte, Tobsuchtsanfälle, Schlägereien, Straßenschlachten. Eine Weile sah es so aus, als müsse sie wegen ein paar lumpiger Zentner Saatkartoffeln doch besiegt das Feld verlassen.

Die Busse und Züge verkehrten unregelmäßig, aber die Städter kamen in Scharen und schleppten allerlei Hausrat herbei. Schon auf dem Bahnhof, an den Bushaltestellen und der Straßenecke begann der Handel: »Tausche Tischdecke gegen Eier, Silberbesteck gegen Brot, zwei Oberhemden gegen zehn Pfund Kartoffeln.« Morgens, mittags, abends wie nachts rückten Männer, Frauen und Kinder mit Taschen und Rucksäcken ins Dorf, Hungrige mit ihrem letzten Bettuch, bettelnde, humpelnde Kriegskrüppel und Greise, gewitzte Schieber, die nicht an alle Hoftore zu klopfen und vor kläffenden Hunden zu flüchten brauchten, sondern ihre Kunden kannten. Die Schränke und Truhen der Bauern füllten sich, die Keller, Scheunen und Räucherkammern wurden nach und nach leer. Weil man selber nicht hungern wollte, vergriff man sich am Ablieferungssoll, am Futter- und Saatgetreide, erzählte der roten Sophia von Milchschwund, Wetterschäden, undichten Scheunendächern und notgeschlachtetem Vieh. Die Saatkartoffeln hielt man noch zurück. Doch mitten im Winter, bei strengem Frost, öffneten einige Bauern auch die Mieten, weil ihnen für einen Zentner Kartoffeln mittlerweile dreihundert Mark und mehr geboten wurden.

Da begann der Kartoffelkrieg. Die rote Sophia holte den alten Lewke, Triebel und noch ein paar andere halbwegs verläßliche Männer herbei und rief ihnen zu: »Es geht um Leben oder Tod! Sorgt dafür, daß keine einzige Kartoffel mehr aus dem Dorf geschleppt wird, oder wir haben im nächsten Jahr nur Steine in der Erde – Steine für uns und die Stadt.« Gutes Zureden half freilich wenig, die Bauern spielten die Unschuldsengel, nur die Kartoffelmieten schwanden dahin. Der alte Lewke postierte sich an der Bushaltestelle, Triebel am Bahnhof, sie versuchten, die Städter zu überzeugen, daß sie sich mit diesen Hamsterfahrten selber schädigten: »Jetzt bringt ihr einen Rucksack heim, aber im nächsten Winter wären's zwei Zentner, wenn die Kartoffeln in den Acker kämen.« Man zuckte mit den Schultern, fuhr mit vollen Taschen und Säcken bepackt davon, kam wieder, tauschte, kaufte für Hundertmarkscheine, lamentierte, spielte notfalls eine mitleiderregende Szene vor, brachte die hungrigen Kinder sogar mit, klammerte sich an den Kartoffelsack und schrie: »Habt ihr kein Mitleid?« Der alte Lewke wandte sich ab, ging zur roten Sophia und gestand ihr: »Ich bring's nicht fertig, kann's nicht. Lieber verrecke ich, als daß ich so einem armen Schlucker zehn Pfund Kartoffeln wegnehme.«

Einen halben Tag lang versuchte die rote Sophia selbst, ein Beispiel zu geben und rücksichtslos den Kartoffelkrieg zu führen. Aber es gelang ihr nicht, die Bitten, Betteleien und Beschwörungen völlig zu überhören, sie war machtlos, wenn sich ein Mann lamentierend, schimpfend, drohend an seinen Rucksack klammerte oder eine alte Frau weinend ihre Arme darum schlang. »Laßt sie«, sagte sie, »wir müssen's anders machen.« Sie sah, daß der Bus an der Haltestelle vorbeiraste, Kartoffelsäcke hoch bis zu den Fenstern gestapelt. Irgendwo zwischen den Feldern hatten ihn ein paar Schieber gestoppt und beladen: wenn es noch ein paar Tage so weiterging, waren alle Mieten leer.

Die rote Sophia telefonierte mit dem ehemaligen Kommandanten, der jetzt im Garnisonsbezirk, fünf Autostunden entfernt, eingesetzt war. »Schick Hilfe, laß mich jetzt nicht im Stich«, bat sie, »ich schaff's nicht allein.« Er fragte: »Hast du denn dort niemand, auf den du dich verlassen kannst? Keinen Genossen, keinen Freund?« Da schwieg sie betroffen, dann sagte sie: »Doch, wir werden's selber schaffen.« Sie fuhr sofort nach Klein-Eichholz zu Roland Glöckner, den sie fast aus den Augen verloren hatte. »Du bist der einzige Mann, der in Frage kommt«, sagte sie und fiel ihm um den Hals. »Bin ich dir ein paar Zentner Kartoffeln wert?«

Am nächsten Morgen hielt sich Roland Glöckner mit seinem rotlackierten Motorrad in Sandberg bereit. Als der Bus wieder vollbeladen an der Haltestelle vorbeiraste, fuhr er ihm nach, überholte ihn und stellte sich quer mit dem Motorrad auf die Chaussee. Der Busfahrer bremste, ein Mann versuchte, mit einem Zentnersack zu entkommen, ein anderer drängte, weiterzufahren und den jungen Mann mit dem Motorrad notfalls zur Strecke zu bringen. »Raus, dawai!« schrie Roland Glöckner, setzte das Rotarmistenkäppi auf und öffnete die Bustür. Da kullerten die Kartoffeln aus dem Sack, den der eine Schieber entsetzt fallen ließ. Der andere hob die Hände und stammelte: »Nur Kartoffeln, nix schießen!«

Damit war der Kartoffelkrieg vorbei – kein Keller, keine Scheune, keine Miete wurde mehr vor der Saatzeit angerührt, kein Männlein, Weiblein oder Kind wagte sich noch mit einem Rucksack nach Sandberg und Umgebung. Roland Glöckner, der mit der roten Sophia und ein paar Freunden in dem Klein-Eichholzer Gasthof ausgelassen diesen Sieg feierte, hieß fortan *roter Roland*, und manche in den umliegenden Dörfern hielten ihn nun für gefährlicher und unheimlicher als die rote Sophia. Andere aber versagten ihm nicht Lob und Anerkennung, und gern sprach man bei einem Gläschen von dem tollen Husarenstück, von den zehn, zwanzig und sogar hundert Zentnern, die angeblich aus dem Bus gekullert waren, und von den angstschlotternden Sündern mit den erhobenen Händen, die der rote Roland durch Sandberg getrieben hatte.

38 Die rote Sophia saß im gräflichen Stuhl mit den Löwenköpfen und Löwentatzen, verbat sich, daß man sie »gnädige Frau« titulierte und rechnete das abgelieferte Getreide zusammen. Sie hörte kaum, was die Bauern daherredeten, sie haßte diese Unterwürfigkeit, die nicht herauszubringen war. Bindegarn, na schön, ohne Bindegarn ging's nicht, ohne Hafer für die Pferde ging's nicht und auch nicht ohne Dreschmaschine. »Der Triebel soll's in die Hand nehmen«, sagte sie, »und vielleicht hilft der alte Lewke mit.«

Man sah's ihr kaum an, daß sie schwanger war, doch sie war viel ruhiger geworden, nicht mehr darauf versessen, alles selbst in die Hand zu nehmen. An manchen Tagen stand die Kutsche ungenutzt herum, oder sie schickte den Kutscher Schulte allein los, widmete sich dem »Papierkram«, den sie früher gehaßt hatte, oder saß nur da und gab kurze Ratschläge und Anweisungen, wenn jemand kam. Mittags ging sie in den Dorfkrug und aß an einem Ecktisch, der für sie reserviert war. Wenn sich jemand zu ihr setzte und sie in ein Gespräch verwickelte, antwortete sie einsilbig und verwies darauf, daß sie Pause habe und außer Dienst sei. »Mal wird man ja ausspannen dürfen«, sagte sie und ignorierte die Zurufe von anderen Tischen und der Theke, das »Guten Tag«, »Mahlzeit« und »Na, wie geht's, Bürgermeisterin?« Sie zündete sich noch eine Zigarette an und stand auf. Einer trat ihr in den Weg, irgendein Anliegen gab's immer: Eine Kuh kalbte, der Tierarzt mußte geholt werden, am besten mit der Kutsche und sofort. »Fahr los«, rief sie dem alten Schulte zu, der schon gelaufen kam. Doch als die Kutsche davonfuhr, hätte sie am liebsten »Halt!« gerufen, sie wollte nach Klein-Eichholz zu Roland Glöckner, plötzlich war's ihr eingefallen.

Sie lief schräg über die Wiese und das Stoppelfeld zum See, ein Stück durch den Wald und dann zur Chaussee, die geradewegs nach Klein-Eichholz führte. Sie lief ein paar

Kilometer in der Hitze, dann nahm sie ein Lastwagen der Roten Armee mit. Die Soldaten waren erstaunt, wie gut sie russich sprach; sie wollten ihr Gesellschaft leisten, als sie beim Gasthof anhalten ließ und ausstieg. »Genossen, laßt's gut sein«, bat sie. »Hier wohnt mein Mann.«

Zögernd trat sie ins Haus und rief seinen Namen. Es regte sich nichts, roch immer noch nach Schnaps und Bier. Der Geruch würde wohl nie herauszukriegen sein, dachte sie, öffnete die Gaststube, die öde und verwahrlost wirkte. Stühle auf den Tischen, einige herabgestürzt, dort ein Fensterladen geschlossen, da einer offen, klappernd und der Vorhang halb zugezogen. Wie erstarrt blieb sie stehen, als sie hinter sich Schritte hörte, schwere und taumelnde Schritte, dann Roland Glöckner sah, der sich durch den dunklen Flur tastete und unflätig schimpfte, weil er im Schlaf gestört worden war.

»Du bist betrunken«, sagte sie und wich vor ihm zurück. Er lehnte sich an die Tür zur Gaststube, gab sich einen Ruck und ging auf sie zu. »Red nicht so mit mir, du! Du hast mich hierher verfrachtet, du!« Dann wandte er sich um, ging hinüber zum Tanzsaal, wo das Motorrad stand, griff schon danach, taumelte aber plötzlich in die Arme der roten Sophia, die ihm gefolgt war.

»Du kannst jetzt nicht fahren«, sagte sie und hielt ihn fest, als er sich losmachen wollte. Schweiß stand ihm auf der Stirn; er war kaum imstande, die wenigen Schritte zurückzugehen, die paar Treppenstufen hinauf in das unaufgeräumte Zimmer mit dem altmodischen Ehebett. »Jetzt ist's besser«, sagte er, als er dalag und die rote Sophia bei ihm saß. Später versuchte er ihr zu erklären, warum er trank. Zuerst lachte sie. Warum sollte er nur auf ihre Befehle warten und nicht selbst ein bißchen auftrumpfen, wenn er bei säumigen Bauern das Milch-, Eier-, Getreide- und Fleischsoll eintrieb? Gut, er war auch ohne ihr Wissen, ohne einen Schein des Kommandanten unterwegs gewesen und manchmal zu weit gegangen. Ein paar russische Worte, die er sich eingeprägt hatte, genügten meist, diesen Herrschaften und ihren Ausreden beizukommen. Er hatte Räucherwürste, Schinken, frischgeschlachtete Schweine aus Kellern, Ställen, Holzstapeln und sogar aus Jauchegruben geholt. Wenn er, das Käppi mit dem Sowjetstern auf dem Kopf, sein Motorrad ans Hoftor lehnte, ein Kosakenlied pfiff, sich eine Zigarette mit strunkigem Tabak drehte und »Dawai, dawai!« rief, sprangen die Leute mit schlechtem Gewissen, verhedderten sich in ihren Lügen, gestanden halb, verrieten sich ganz. Auf langes Gerede ließ er sich nicht ein, und Bestechungsversuche beantwortete er mit der Faust. »Richtig«, stimmte ihm die rote Sophia zu, »mit Samthandschuhen faßt man dieses Pack nicht an.«

»Mich ekelt's«, sagte er. »Ohne das Käppi, glaub mir's, wäre ich für sie Dreck wie eh und je.« Der Schnaps vernebelte sein Denken, er wurde sentimental und begann plötzlich von seiner Schulzeit zu erzählen, von dem Lehrer, der ihn verhöhnte, weil sein Vater, ein Invalide des ersten Weltkrieges, Nachtwächter war. »Nachtwächter!« hieß auch er in der Klasse, und der Rohrstock pfiff herab, wenn bei ihm ein Wort im Schreibheft oder eine Zuckertüte im Malheft mißlungen war und er sich schämte und die Hand darauf deckte, um nicht wieder der »Nachtwächter« zu sein. Noch in der Lehre und als Geselle bei einem Berliner Autoschlosser hing ihm dieser Name an, verleidete ihm fast die Lust an dem Beruf, an kniffligen Basteleien und Tüfteleien, die er gern übernahm, am liebsten allein, ohne daß ihn jemand drängte oder verspottete, wenn's nicht gleich gelang. »Nachtwächter, du schläfst ein, sobald ich dir nicht auf die Finger seh«, höhnte der Meister. »Beim Militär werden sie dich schon munter machen, und es kostet nicht mein Geld.« Und bei der Hitlerjugend, beim Arbeitsdienst und als Soldat war er dann nicht der einzige »Nachtwächter«. »Ihr seid doch alle Nachtwächter!« brüllten die Vorgesetzten, und nur, wenn man ihnen die Stiefel putzte, ihrer Braut ein Lebensmittelpaket auf dem Motorrad mitnahm oder ein paar geangelte Fische in die Unteroffiziersstube brachte, fiel ihnen der richtige Name ein: »Glöckner, ein aufgeweckter Kerl!«

Die rote Sophia ließ ihn reden, schimpfen. Er hatte nie von seinem früheren Leben erzählt, und sie war bestürzt, daß sie so wenig davon wußte, auch nie danach gefragt hatte. Sie kannte ihn ja kaum, obwohl sie damals so schnell zu ihm Vertrauen gefaßt hatte, schon am See, erst recht im Haus der Malerin, als er immer wiedergekommen war, ohne von der Gefahr zu reden, in die sie ihn gebracht hatte. Nicht einmal über seine jetzige Lage hatte sie sich viel Gedanken gemacht, ihn hier in diesem verwahrlosten Gasthof sitzenlassen, gerufen oder weggeschickt, wie es ihr paßte, ihn zum Dienstboten und Retter in der Not gemacht, geschulmeistert und bei jeder Entgleisung verwünscht. »Roland«, sagte sie, »das neue Haus ist bald fertig, bald hol' ich dich!«

Er richtete sich auf, er war noch immer betrunken, packte sie an beiden Armen und schob sie von sich weg. »Dein dikker Bauch«, sagte er und wies darauf. »Wenn's nicht so wäre, hättest du mich doch längst zum Teufel gejagt. Bin dir wohl nicht mehr gut genug, Frau Bürgermeister?«

39 Das spukte in meinem Kopf, reihte sich zu einer unendlichen Kette von Bildern, Dialogen, Szenen aneinander, war Legende oder Wahrheit, schon wie ein Stück meines Lebens, das ich nicht mehr korrigieren wollte oder konnte. Ich nahm es mit fort, brachte es ohne Verlust zurück, sah und hörte weiter, auch ohne dem Sandberg und all den verwehten, verwitterten Spuren ausgesetzt zu sein. Nur einen halben Tag war ich unterwegs, in Berlin, um Anja, unsere Tochter, vom Bahnhof abzuholen, doch wie eine Ewigkeit kam's mir vor. Anja war drei Wochen im Ückeritzer Kinderferien-

lager gewesen, nun plapperte sie mißmutig: »Sandberg, olles Sandberg, Zwerghaus, Drecksee. An der Ostsee war's viel schöner!«

Ich hatte Mühe, sie widerstandslos ans Ziel zu bringen, ans Ziel meiner bohrenden Gedanken, von denen ich mir bei ihrer Abreise nichts hatte träumen lassen. »Das Bild gefällt mir überhaupt nicht«, sagte Anja, als sie das Bild der kleinen Sonja Scalander erblickte. Und den rostigen, durchschossenen Stahlhelm, den ich im Wald gefunden hatte, wollte sie sogar gleich in die Müllgrube werfen. »Sieh her, was ich gefunden habe!« rief sie strahlend, holte Muscheln und immer mehr Muscheln aus Tüten und Taschen, schüttete sie auf meinen Schreibtisch, und Sand, Ostseesand rieselte auf die liegengebliebenen Notizen vom Dreißigjährigen Krieg. Es war Sand wie von diesem Sandberg, nur heller, sauberer, als wäre er von einem Ort, wo die Geschichte nicht so farbige, blutige, schweißige und schmutzige Spuren in den Boden gedrückt hatte.

Anja lief aus dem Haus, hinüber zu Frau Triebel, ohne sich umzusehen, als ich nach ihr rief. Die Hühner, Katzen und Obstbäume, auch die winkligen Brettergehäuse da drüben waren für sie anziehender als das, was ich ihr zu bieten, zu zeigen oder zu erzählen hatte. Die Nachbarin schickte sie nie weg, beschäftigte sich mit ihr oder ließ sie im Garten tun, was sie wollte. Ihr Sohn war in Berlin verheiratet, kam nur noch selten mit Frau und Kind hierher, deshalb stand das Gartentor allen Kindern offen, und niemand hinderte sie daran, nach Herzenslust die Obstbäume zu plündern. »Anja!« rief ich, als ich sie im Geäst eines Pflaumenbaums sah. »Höher kletterst du nicht! Hörst du?«

Doch sie hörte nicht; ich stand unruhig am Fenster und wartete, bis sie vom Baum herunter war. Frau Triebel und Frau Scalander hatten sich auf eine Bank vorm Haus gesetzt, und Anja gesellte sich hinzu, bekam Kuchen, Limonade, vielleicht auch Schokolade aus Jungfernheide, Westberlin. Ich wandte mich ab, sammelte Anjas Muscheln vom Schreibtisch auf und konnte mir denken, was sie jetzt den beiden Frauen vom Ostseestrand und Kinderferienlager vorschwärmen würde. Die alten Chroniken über den Dreißigjährigen Krieg fielen mir in die Hände, ich legte sie rasch wieder beiseite und griff nach den Büchern, die ich aus Berlin mitgebracht hatte, heutigere Biografien und Romane, die mir jetzt wichtiger waren. Aber auch darin fand ich nichts, was mit dem Schicksal der roten Sophia und den Wirren des Dorfes Sandberg vergleichbar war, nicht einmal in den Abenteuern fernster Städte und Kontinente, wohin diese Frau, meines Wissens, nie gekommen war. Mit einem Seitenblick auf den Zaun vorm Haus, den Wald, das Triebelsche Laubengrundstück und den Sand, der überall die Wege und Pfade zeichnete, erschien mir das Leben der Sophia Scalander im Dorf Sandberg plötzlich unerträglich eng und begrenzt. War es nicht möglich, fragte ich mich, daß sie hier nur eine Zeit verweilte, ihre Kräfte erprobt und im Kleinen begonnen hatte, was sie an anderen Orten viel weitreichender verwirklichen wollte? Ihr Tatendrang war überschäumend, ihr Kopf voller Ideen, Wünsche, Hoffnungen und ihre Unrast zügellos bis zur Gefährlichkeit gewesen. Warum sollte sie geduldig wie ein Lamm gewartet haben, bis ihr in dem öden Waldwinkel das brennende Strohdach auf den Kopf fiel? Es gab keinen Beweis für ihr Versagen, kein Anzeichen von Ermüdung oder Resignation, kein Motiv zur Flucht, nichts in ihrem Charakter, was sie zum Aufgeben oder gar in den Tod getrieben hätte. Im Gegenteil, alles, was ich bisher erfahren hatte, widersprach der Legende, daß dieses Leben im ersten oder zweiten Ansturm gescheitert und zerbrochen war. Ihre Spuren verloren sich zwar hier im Sand, doch was sie geschaffen und in Bewegung gebracht hatte, war noch heute zu erkennen und wirkte weiter. Und überall sah ich die Umrisse ihrer Träume und ihrer Gestalt, deutlich und immer deutlicher auch ihr Gesicht: die großen Augen, komisch und strahlend, wie Kinder Sonnen in alle Landschaften stricheln.

Am Abend, in der Dämmerung, war Anja noch nicht zurück. Ich legte die Bücher beiseite, versuchte die Gedanken abzustreifen, die mir neue Unruhe gebracht hatten, und ging hinüber zum Triebelschen Bretterlabyrinth. »Herr Lehrer, setzen Sie sich zu uns!« rief Frau Scalander und redete gleich auf mich ein. Aus den Guckkastenfenstern fiel Lampenlicht auf die Gartenbank, wo Anja zwischen den beiden Frauen saß und eine Katze im Arm hielt. »Es wird Zeit«, sagte ich und ging nicht darauf ein, als Frau Scalander nach Ruth, meiner Frau, zu fragen begann, die ja dauernd unterwegs sei und sich endlich auch einmal Urlaub gönnen müsse, schon der Tochter zuliebe. Widerstrebend riß sich Anja von der Dämmerstunde, der Katze und den Näschereien los, die vor ihr aufgetafelt waren. »Hier gefällt mir's viel besser«, sagte sie, als wir zum Gartentor gingen. »Du erzählst mir nie Märchengeschichten.«

Diesen Vorwurf wollte ich nicht auf mir sitzen lassen, ich setzte mich zu ihr, als sie mit einer Stoffkatze ins Bett kroch und weinerlich ihre Mutti und alles mögliche, auch die lebendige Katze und die beiden Frauen von nebenan, herbeiwünschte. »Hör mal zu, Anja«, sagte ich und erzählte von der roten Sophia. Meine Phantasie trieb mich weit: Sandberg und Frau Scalander und dieses Haus hier spielten gar keine Rolle mehr, ich wollte es ihr nicht unheimlich machen und verstreute auch meine Unruhe in einer märchenhaften Ferne. Den Fallschirm verwandelte ich in einen Fesselballon, bunt bemalt und beflaggt, heftiger Wind trug ihn weit übers Land, bis hin zum Meer und darüber hinweg, zu anderen Kontinenten, wo Menschen lebten, die fremde Sprachen sprachen. Aber die rote Sophia sah mit ihren großen Augen aus der Höhe jede Ungerechtigkeit und Untat, und sie hörte auch alle

Lügen und Gemeinheiten, weil sie die fremden Sprachen verstand. Sie steuerte den Fesselballon sofort zur Erde, wenn etwas Böses geschah, und stand allen guten Menschen bei und belohnte sie. Und als Anja schon schlief, erzählte ich weiter, weil ich's gar nicht bemerkte: Legenden, die ich gehört hatte oder mir nun selber ausdachte, ja, sogar schon das. Alles, was seit Wochen in meinem Kopf spukte, war nun wieder von fremden, weit entfernten Ufern und Bergen in die nächste Umgebung dieses Hauses gerückt.

40 Das rote Motorrad kurvte am Sandberg: der rote Roland mit der roten Sophia. Er hatte sie am schmiedeeisernen Tor vorm alten Gutshaus erwartet, und sie sagte: »Komm, ich zeig' dir unser Haus.« Doch er tat so, als sei's ihm gleichgültig, steuerte in eine andere Richtung, hielt am See, wo sie damals vom Himmel gefallen war. Er lehnte das Motorrad an einen Baum und sagte: »Hier hättest du bauen müssen.«

Sie verstand ihn, er sprach nie von jenem Morgen, doch sie wußte, daß er oft daran dachte. Damals hatten sie beide keinen Plan für die Zukunft gehabt, höchstens fürs Überleben bis zur nächsten Stunde und zum nächsten Tag. Als sie zum Nachdenken kamen, begriffen sie beide, daß sie tot oder lebendig einander ausgeliefert waren. Ein Augenblick, dieser Winkel, ihr erschrockenes Gesicht, die Haltung seines Kopfes, als er auf dem Motorrad zurückkam, seine knappen, bestimmten Worte – das war schon Vertrauen, Hoffnung, Liebe. »Komm«, bat sie, und sie meinte das Haus, wo sie mit ihm für immer leben wollte. Sie umfaßte seine Schultern, preßte sich an ihn und flüsterte: »Ich will dich, will dich, nur dich ...«

Im Haus am Wald lief er schnell durch die Räume, blickte sich nur flüchtig um. Dann lehnte er am Fenster und wies hinüber nach Klein-Eichholz, wo man deutlich seine Bleibe, das Gasthaus am Dorfteich, erkannte. »Dort läßt sich's auch leben«, bemerkte er. »Hättest mich öfter besuchen sollen. Aber du willst ganz hoch hinaus.«

In dem neuen Haus waren die Wände noch unverputzt, die Ziegel von überallher zusammengesucht, geschwärzte Trümmersteine trotzdem geschickt zwischen die Fachwerkbalken gefügt, so daß das große, noch ungedeckte Haus in der Einöde fast protzig wirkte. »Mir gefällt's nicht«, sagte er. »Als du damals vom Himmel gefallen bist, hast du bestimmt nicht an so was gedacht.«

Sie sah ihn mit großen Augen an, war betroffen und verlegen, nickte, es hieß ja oder nein, sie wußte keine Antwort. »Du wirst dich bestimmt hier wohl fühlen«, sagte sie ausweichend, wollte Vergangenes nicht am Gegenwärtigen aufrechnen und auch die Freude nicht schädigen, mit der sie dieser Stunde entgegengesehen hatte. Keine List war ihr zu gewagt gewesen, keine Mühe hatte sie gescheut, um Steine aus alten Ziegeleien und Berliner Ruinengrundstücken herbeizuschaffen, oft selbst mit der Kutsche von entlegenen Lagerplätzen; bei jedem Sack Zement, jedem Balken, hatte sie nur der Gedanke beherrscht, schneller diese Stunde zu erzwingen, und von ihm die Worte zu hören: »Ja, ich fühl' mich hier wohl.«

Doch er sagte nichts, verzog keine Miene, ging aus dem Haus und machte sich an seinem Motorrad zu schaffen. Sie stand an der Tür, sah ihn und den wüsten Kahlschlag, Stubben, Baumstämme, den provisorischen Weg, das Gasthaus drüben am Dorfteich, schmutzige Kühe und Enten in der Ferne, Schlamm. Denn es hatte tagelang geregnet, und die Maurer, die das Haus verputzen wollten, waren nicht gekommen; statt dessen hatten Unbekannte geplündert und zerstört, was gerade bereitgestellt und hergerichtet worden war. »Und du hast keinen Finger gerührt, nichts!« schrie sie ihn an. Die Fensterrahmen lehnten zerbrochen an den hakenkreuzbeschmierten Wänden; die meisten Glasscheiben waren zerschlagen, mit Steinen beworfen worden, Zielscheiben des Neids und Hasses, sobald sie den Rücken wandte. Impulsiv, voller Zorn auf den Mann, dem all das gleichgültig war, griff sie nach einem Glasstück und schleuderte es hinaus, schloß die Augen, hörte Geklirr, Fluchen, näher kommende Schritte, blickte auf und bemerkte erleichtert, daß er unverletzt war. »Verzeih«, sagte sie und eilte ihm entgegen. »Das Haus, du weißt's, ist mir einerlei.«

Ihre Freude war dahin, sie verschwendete keinen Gedanken mehr an die Eindringlinge und Hakenkreuzschmierer, die vor kurzem einen Stapel Dachziegel kurz und klein geschlagen hatten. »Dann kommt Stroh darauf«, hatte sie gesagt. Und nun war das Schilfrohr, eine Lastwagenladung, in der letzten Nacht mit Benzin übergossen und abgebrannt worden. Sie schaute nicht einmal zu Boden, als sie in die Asche trat, die trotz des Schlamms ringsum trocken, noch etwas warm war. »Fahren wir zu dir«, sagte sie und dachte nur an den Rest dieses Tages und die Nacht, an die Stunden, die sie mit ihm zusammen sein konnte.

Gelächter und Gebrüll empfing sie in dem Klein-Eichholzer Gasthof, lauter junge Burschen, die an der Theke standen und selbstgebrannten Schnaps aus Biergläsern tranken. »Bürgermeisterin, wann gibt's wieder Krieg?« fragte einer und reichte ihr sein Glas. Die anderen amüsierte es, daß sie nicht gleich die Anspielung auf den Kartoffelkrieg verstand, bei dem sich der rote Roland mit seinem Husarenstück bei ihnen Respekt erworben hatte. »Kartoffeln, Kartoffeln!« brüllte die Runde, sie alle wären gern dabeigewesen und mit den Schiebern noch weniger zimperlich umgesprungen. »Sonst ist hier nichts los«, sagte ein Lockenkopf und stieß mit der roten Sophia an. »Mach doch wieder mal ein Faß auf, Bürgermeisterin!«

Sie rückten Tische zusammen; der rote Roland schaffte Brot und Wurst herbei und versicherte: »Hab' genug rangeschafft, greift zu, eßt euch satt.« Zur roten Sophia sagte er: »Mein Gasthaus hat Gäste. Warum soll ich hier ’raus?« Der selbstgebrannte Schnaps wurde aus Weinballons nachgeschenkt, immer lauter, wüster, ging das sinnlose Gerede hin und her. »Langweilig«, brüllte einer. »Scheißarbeit.« Die meisten halfen ihren Eltern auf dem Feld, fünf Hektar Bodenreformland, kaum Vieh. Andere arbeiteten in kleinen Handwerksbetrieben oder in der Stadt, einige waren gerade aus der Gefangenschaft zurückgekehrt und wußten nicht, was sie mit sich anfangen sollten. »Nichts los«, wiederholte der Lokkenkopf, der noch Uniformhosen und Soldatenstiefel trug. »’raus müßte man, was unternehmen.« Die Dörfer waren ihnen zu eng geworden, die Tage auf den Sandfeldern, vor den Pflug gespannt, öde und mühselig, nur an den Abenden spielten sie manchmal verrückt, meist hier im Gasthof. »Du hast uns direkt gefehlt«, lallte ein Betrunkener und lehnte sich an die rote Sophia. »Tanz mal, komm, tanzen wir!« Der rote Roland gab ihm einen Stoß und herrschte einen andern an: »Quatsch nicht!« Der hatte etwas von dem brennenden Schilfstapel drüben beim neuen Haus gesagt, doch im Gebrüll ging es unter, aber plötzlich war’s still am Tisch.

Die rote Sophia lehnte sich steif, wie angewidert, auf dem Stuhl zurück, ließ die Hand vom Glas und schloß die Augen. Ihr war’s schwindlig geworden, sie wußte einen Moment nicht, wo sie war und wer auf sie einsprach. Wie lange saß sie schon hier, und warum brannte das Dach, ehe es überhaupt auf dem Haus war? Wo war der Fallschirm versteckt, lag er sicher, und warum tat sie nichts, um zu retten, was noch zu retten war? »Komm«, sagte sie und wandte sich dem roten Roland zu, der sie aus dem eisigen See und unter ein Dach gebracht hatte, gestern erst, vor wenigen Minuten, so kam’s ihr vor. Das Kind regte sich, es schien sich gegen alles aufzubäumen, was sie jetzt umgab. »Ich möchte nach Hause, bitte«, flüsterte sie und blickte wieder in die Runde, lehnte sich gegen die Verwirrung auf, die Zeiten und Gesichter durcheinanderbrachte. »Ins Gutshaus, hab' noch zu tun!«

Der rote Roland legte seinen Arm um ihre Schultern und führte sie zum Motorrad. »Geht's denn?« fragte er. »Warum bleibst du nicht hier?« Sie lehnte sich an einen Baum, erbrach sich. »Schon gut«, sagte sie, vermied es, ihn zu berühren, als sie aufs Motorrad stieg. Schnell, sicher fuhr er querfeldein, schneller und schneller, ohne Schlaglöchern, Steinen oder Wurzeln auszuweichen. Er schien eine grimmige Freude daran zu haben, mutwillig und rücksichtlos die schlimmsten Wege zu wählen, im Sand schlitternd umherzukurven und einen Sturz zu riskieren. Doch sie spürte seine Haut, seine Wärme, seine Sicherheit, nahm seine Bosheit wie selbstverständlich hin und klammerte sich an ihn: »Wir heiraten«, sagte sie. »Sofort, wenn das Dach auf dem Haus ist, ziehst du zu mir!«

41 Nun lachte wieder die rote Sophia; ihr Lachen, so sagte der alte Lewke, springe über alle Zeiten. »Das Lachen macht ihr niemand nach, doch zuletzt hat sie sich hinter ihrem Lachen versteckt.«

Sie lachte, als ihr der rote Roland erzählte, wie die Bauern sprangen und Getreide, Kartoffeln, Milch, Butter und Fleisch herbeischleppten, das längst fällige Ablieferungssoll. Er brauchte keinen Schein, keine Vollmacht mehr vorzuweisen, ein paar russische Worte genügten, ein forsches: »Dawai, dawai!« Jetzt beschlagnahmte er verlassene Sommervillen, Gartengrundstücke und brachliegende Felder, stellte Bodenreformurkunden mit seiner Unterschrift aus und kassierte dafür von den Enteigneten noch Geld. Immerhin begriff er soviel von Politik, daß es vor allem die Leute mit schlechtem Gewissen waren, Nazis, Großbauern, Schieber und Schwarzschlächter, denen der rote Sowjetstern am Käppi Angst und Schrecken einjagte. Bei ihnen trumpfte er hemmungslos auf, nahm manchmal seine Freunde mit, spielte Theater, und alle schüttelten sich vor Lachen, wenn sie mit guter Beute auf und davon waren.

Der alte Lewke wunderte sich damals, daß es die rote Sophia von der heiteren Seite nahm, wenn sich Bauern aus umliegenden Dörfern über angeblich unrechtmäßige Enteignungen und Beschlagnahmen beschwerten und sogar Urkunden mit Rolands Unterschrift vorlegten. »Die Bodenreform überlaßt mir«, sagte sie, »lieber einen Schritt zu weit, als zu kurz!« Sie glaubte sicher zu sein, daß der rote Roland, obwohl allzu kräftig, in ihre eigenen Fußtapfen trat; er tauchte überall dort auf, wo sie nicht hinkam, seit sie als Bürgermeisterin mit Verwaltungskram überhäuft war. Sollte er getrost etwas über die Stränge schlagen, was er tat, mußte getan werden, ob rote Sophia oder roter Roland, mit Zartgefühl und Träumereien war die Welt nicht umzukrempeln.

Manchmal sah sie ihn aufs Motorrad steigen und mit dem Käppi auf dem Kopf davonfahren. Sie ahnte nicht, daß er bei einer dieser Fahrten (es war ein sonniger Tag, der zu zielloser Raserei verlockte) in einem Waldwinkel geriet, wo sein Leben abermals eine jähe Wendung nahm, nun jedoch all ihren Plänen, Wünschen und Hoffnungen gänzlich entgegengesetzt: Er hörte laute Radiomusik, russische Lieder, ließ das Motorrad im Wald stehen und ging zu Fuß weiter, bis er ein einsames Gehöft vor sich sah, aus dessen Schornstein Rauch stieg. Es war eine ehemalige Försterei an einem Feldweg, von schmalen Wiesen und Äckern umgeben, vom nächsten Dorf durch einen kilometerbreiten Waldgürtel getrennt. Hier hatten noch im vorigen Mai heftige Kämpfe mit versprengten SS-Truppen getobt. Die Erde war von Panzern, Granattrichtern, Gräben und Geschützstellungen zerwühlt, im Obstgarten und am nahen Waldrand waren die Bäume chaotisch geknickt, niedergebrochen und entwurzelt. Auch das Anwesen war eine halbe Ruine, doch aus dem Schornstein stieg

Rauch, und auf einer Wäscheleine hingen Hosen, Blusen, Mäntel, Fußlappen und Zeltplanen von Rotarmisten. Im Hof stand ein Lastkraftwagen voller Drahtrollen, außerdem waren Dutzende Kisten aufgestapelt, Stiefel neben der Haustür aneinandergereiht und darüber eine rote Fahne mit Hammer und Sichel gehißt. Grelle Lautsprechermusik tönte aus dem Haus, aber weit und breit war kein Mensch zu hören oder zu sehen. Die Hühner flatterten gackernd beiseite, als der rote Roland an ein Fenster trat, in ein leeres Zimmer spähte, Sekunden oder Minuten wartete, bis er nach zwei, drei Stiefelpaaren griff und dann auch die Hosen, Blusen, Hemden, Fußlappen und Zeltplanen von der Leine riß. Alles war triefend naß, er schleppte es jedoch aus dem Gehöft, ließ einen Teil hinter der Mauer liegen, lief mehrmals von dort zum Motorrad, schlang eine Zeltplane darum und fuhr schon davon, als jäh die Lautsprechermusik verstummte und er hinter sich Geschrei und das Rattern einer Maschinenpistole hörte.

Die nächsten beiden Tage waren trüb, neblig. Der rote Roland heizte den Kachelofen in der ungemütlichen Gaststube, zog eine Wäscheleine und hing die Uniformen zum Trocknen auf. Eine Zeltplane nahm er mit zur Fee nach Sandberg, die ihm ein Dutzend Käppis daraus nähen sollte. »Das kann ich nicht«, sagte sie. Er drückte ihr Schere und Nähzeug in die Hand und herrschte sie an: »Du hast mir damals Zivilzeug verschafft, jetzt brauch ich wieder Uniform.« Auch Farbe mußte sie in der Kreisstadt besorgen, diesmal eine Mischung von Grün und Braun, damit überpinselte er das Motorrad zum zweitenmal.

Als die Uniformen und der Lack trocken und die Käppis fertig waren, lud er seine Freunde ein und präsentierte sich als Offizier der Roten Armee mit Orden und Schulterstücken. Ein russisches Lehrbuch, das er sich besorgt hatte lag aufgeblättert auf dem Tisch, daraus hatte er sich seinen Begrüßungsspruch zusammengesucht: »Wodka ili wino? Wi goworitje pa russki? Schiroka moja strana rodnaja . . .« Er wiederholte es mehrmals, von Gelächter und Bravorufen angefeuert, laut, rauh und lässig, brüllte und lachte mit, wenn er glaubte, daß es echt klang, tobte sich mit den andern, die auch in Uniform schlüpften, vor dem Garderobenspiegel des Tanzsaals aus, sprang vor Freude in die Höhe, tanzte Kassatschok, wie er's Rotarmisten abgeguckt hatte, daß die Dielen des alten Gemäuers krachten. »Der Kartoffelkrieg«, brüllte einer, »war gegen das ein Witz, was jetzt losgeht!«

Fröhlich und sorglos unternahm der rote Roland am nächsten Morgen mit einem seiner Freunde in dieser Maskerade die erste Ausfahrt auf dem neulackierten Motorrad. Sie hatten auch gleich ihren Spaß, als ein paar Frauen, die Reisig sammelten, wie aufgescheucht vor ihnen flüchteten, ehe sie überhaupt etwas Russisches schreien konnten. Eine Gruppe Rotarmisten, die ein Telefonkabel legte, grüßte sie, als er vorüberfuhr. Der Wirt eines Restaurants, in dem sie einkehrten, stellte ihnen sofort Essen, Bier und besten Kognak auf den Tisch. Übermütig geworden, besuchten sie auch einige Bauernhöfe, danach eine Gärtnerei, wo sie ein paar Gläser Einlegegurken bekamen. Zuletzt gingen sie in einen neueröffneten Lebensmittelladen am Rande der Kreisstadt und nahmen so viele Flaschen Obstwein mit, wie sie wegschleppen konnten. »Wir brauchen einen Beiwagen«, rief der rote Roland lachend. Er war so berauscht von der Macht, die er nun in der Uniform ausübte, daß er sogar mitten in die Stadt fuhr und ein paar Autofahrer anhielt, die ihm in die Quere kamen. »Dawai, Dokumenti!« schrie er sie an. »Sonst Auto dawai!«

Wenn seine Freunde zur Arbeit gingen, fuhr er ziellos mit seinem Motorrad umher, allein machten ihm diese Auftritte keinen Spaß. Ein kurzer Besuch in einem Dorf, der Triumph über Duckmäuser, versetzte ihn zwar für kurze Zeit in etwas bessere Laune, doch sobald er den Rücken wandte, hungerte er schon nach dem nächsten, größeren Triumph. Abends zog er meist Zivilkleidung an und traf sich mit der Fee, immer seltener mit der roten Sophia. Manchmal ging er vom Bett der einen ins Bett der anderen, und wenn er dann nach Hause fuhr, war ihm die Nacht noch zu lang, eh' alles, was er bis zum Überdruß ausgekostet hatte, wieder von vorn begann.

»Was ist mit dir?« fragte die rote Sophia, die nichts davon wußte, jedoch spürte, wie gehetzt und unstet es ihn umhertrieb. Der erste Nachkriegswinter war vorbei, das Dorf aus dem Gröbsten heraus, das neue Haus mit Schilf gedeckt – die Fischer hatten es zum zweitenmal auf dem vereisten Luchsee geschnitten – und Lewke mit den letzten Tischlerarbeiten beschäftigt: Türen, Fenster, Wandverschalungen und Möbel nach ihrem Wunsch. »Lange genug haben wir nicht an uns selber gedacht, jetzt ist's Zeit«, sagte sie, »jetzt brauchen wir uns vor niemandem mehr zu verstecken, jetzt zeigen wir's dem Pack!« Sie gab ihm die anonymen Briefe zu lesen, die wie die Wände ihres Hauses mit Hakenkreuzen bekritzelt waren, mit Morddrohungen, unflätigen Beschimpfungen. Lachend zerriß sie ein Bündel Beschwerden und Anklagen, giftige oder unterwürfige Litaneien von Bauern und Geschäftsleuten, daß sie gesetzwidrige Enteignungen und Beschlagnahmen dulde und mit Angehörigen der Roten Armee die umliegenden Dörfer terrorisiere. »Nazis, Kleinbürger, Kulaken!« rief sie wütend aus. Dann sah sie ihn nachdenklich an, merkte, daß er den Blick senkte, und sagte nur noch: »Ich geb' nichts drauf, aber wirf das Käppi weg, sonst kostet's den Kopf.«

42 »Warum gibst du nicht das Kinderbild zurück?« fragte mich die Fee. Sie kam mit Anja, ging mit ihr; ohne mein Zutun hatten sie sich getroffen, nun waren sie unzertrennlich.

Ein paarmal unternahmen sie eine Rundfahrt mit dem Dampfer, auch bei Regen. Sobald die Sonne schien, spazierten sie umher oder ließen sich irgendwo am See nieder, malten nach der Natur, breiteten abends ihre bunte Märchenwelt vor mir aus. »Ich weiß schon, das Leben ist kein Märchen, doch ein Kind sieht's so, und manchmal ist's auch für uns Ältere gut.« Sie sprach von dem Kind der roten Sophia, als wäre es ihr eigenes Kind. Aber ehe es geboren war, zitterte sie um Roland Glöckner, lief oft von der Staffelei weg, paßte ihn irgendwo an der Landstraße ab, wenn er in Uniform umherfuhr, und versuchte, ihn aufzuhalten. »Das geht schlimm aus, gib's auf und trenn dich von ihr«, bat sie ihn. »Sie versteht keinen Spaß, wenn sie's erfährt.« Aber er lachte nur, für ihn war's Spaß, ein doppelter sogar, wenn Gefahr dabei war. Ihm ging's viel zu glatt, keine Streife, kein Rotarmist, niemand gebot ihm Einhalt, so sehr er auch auftrumpfte. Die rote Sophia, die sonst alles sah, ließ ihn gewähren, schien blind zu sein, ohne jeden Argwohn, und keine Spur eifersüchtig, obwohl sie ihn hin und wieder mit der Fee zusammen sah.

Bald wagte kein Mensch in den abgelegenen Dörfern und Vororten aufzumucken, wenn er erschien, sondern floh und verbarg sich vor ihm. Die Tore wurden verriegelt, abends die Lampen gelöscht oder wie in Kriegszeiten die Fenster verdunkelt. Man getraute sich kaum noch allein aus dem Haus, ließ die Felder unbestellt, und einige Familien flohen bei Nacht und Nebel, weil sie sich ihres Lebens nicht mehr sicher glaubten. Längst hatte sich das Schreckbild verdoppelt und vervielfacht, man sprach von Dutzenden Uniformierten, die das Land in Angst und Schrecken hielten, von der ganzen Armee der Sieger, denen die Besiegten gnadenlos ausgeliefert seien.

»So ein Unfug! Schauermärchen!« sagte die rote Sophia, wenn ihr etwas davon zu Ohren kam. Sie jagte weiterhin jeden zur Tür hinaus, der sich darüber bei ihr beklagte. In Sandberg, auf einer Einwohnerversammlung, wo erneut bewegte Klagen kamen, rief sie in den Saal: »Das ist faschistische Greuelpropaganda, üble Hetze, böswillige Sabotage! Wir dulden niemals, daß die heldenhafte Rote Armee, die uns aus Krieg und Knechtschaft befreit hat, auf so gemeine, hinterhältige Weise verleumdet wird!« Sie deutete die skeptischen, scheuen Blicke der Bauern falsch. »Es sind Nazis, das Gift der Nazipropaganda wirkt immer noch.« Als das Gerede trotzdem nicht verstummte, meinte sie aufgebracht: »Dann eben anders, wenn ihr mich so nicht versteht!«

Sie ließ die Türen schließen, keiner durfte den Saal verlassen. Der alte Lewke fragte: »Was soll das? Willst du wieder Kriegsrecht einführen?« – »Friedensrecht!« antwortete sie und beauftragte ihn, mit dem Schlosser Triebel dafür zu sorgen, daß niemand aus den Fenstern stieg. »Nichts ausschenken!« rief sie der Wirtin zu und setzte sich, mitten im Saal, auf einen Tisch, ohne auf Proteste und empörte Zurufe zu reagieren. Als man sich etwas beruhigt hatte, erklärte sie schwungvoll: »Es gibt in Nürnberg einen Nürnberger Prozeß, jetzt machen wir einen Sandberger Prozeß. Los geht's!« Sie verschränkte die Arme, blickte in die Runde, von einem zum anderen, ihre wirren oder trägen Lebensläufe kannte sie allesamt.

»Ihr beklagt euch, also zählt auf, Punkt für Punkt, möglichst bezeugt und bewiesen, was ihr uns vorzuwerfen habt«, sagte sie mit leiser Stimme, doch verständlich bis in den letzten Winkel. »Ich werde euch dann aufzählen, was ich euch vorzuwerfen habe. Ehe hier einer den Saal verläßt, wird klargestellt sein, auf wen die Schandtaten kommen.«

Noch einmal erhob sich Tumult, Stimmen schrien durcheinander, einige Männer eilten zur Tür und verlangten, hinausgelassen zu werden; sie hätten sich nie etwas zuschulden kommen lassen, nie etwas mit Politik zu tun gehabt. Der alte

Lewke rief: »Ruhe!« und brachte einen alten Bauern zur Räson, der mit seinen Fäusten umherfuchtelte, tobte, schimpfte, aufschluchzte und schließlich wie ein reuiger Sünder vor die rote Sophia trat und um Verzeihung bat. »Weshalb?« fragte sie. Der Alte neigte seinen schlohweißen Kopf und flüsterte: »Mein Sohn war bei der SS, er liegt in Rußland begraben.«

Da war es atemlos still. Die rote Sophia rutschte vom Tisch herunter, ihre verschlungenen Arme lösten sich, ein Geldschein flatterte aus ihrer Hand. »Fünf Mark Schmerzensgeld, falls ich hier jemandem mal wehgetan habe.« Sie ging zur Tür, ließ sie öffnen, verschwand, ohne sich noch einmal umzusehen. Verdutzt blieben alle sitzen, bis der alte Triebel hundert Mark zu dem Fünfmarkschein legte und erklärte: »Ich hab' auch Fehler gemacht, größere.« Nun ging ein Aufatmen durch den Saal, Geraune; die Gastwirtin meinte: »Geld, bitte, das ist wenigstens ein Wort.« Sie holte ein paar Scheine aus der Kasse und gab sie dem alten Lewke. Der nahm sie und legte sie zu den andern, suchte nach seinem Portemonnaie, fand es nicht, sah die zahllosen Hände, die sich ihm von allen Seiten entgegenstreckten, verlegene, hastige oder angeberische Gesten, Fünfzigmarkscheine, Hundertmarkscheine, Zettel mit der eidesstattlichen Versicherung, soundsoviel Mark Wiedergutmachung zu zahlen. Insgesamt war es eine Summe von siebeneinhalbtausend Mark, die er zusammenrechnete, nachdem fast alle gezahlt und eilig den Saal verlassen hatten. »Geiziges Pack«, sagte die rote Sophia, die plötzlich wieder hinter ihm stand und nach dem Geld griff. »Ich hab' gedacht, für ihr schlechtes Gewissen zahlen sie mindestens so viel, daß wir ein neues Dorf bauen können.« Und als der alte Lewke verlegen in seinen Taschen kramte und noch etwas dazulegte, bemerkte sie lachend: »Na, gib her, damit es wenigstens für die Schule, den Kindergarten und mein Haus reicht!«

Der Schock und die Verwirrung über diesen »Sandberger Prozeß« waren groß – einige Bauern fühlten sich übertölpelt, andere beschämt, aber die meisten gingen in dem treuherzigen Glauben nach Hause, ein für allemal ihre Schuldigkeit getan zu haben. Der alte Lewke lachte wie närrisch, als er begriff, daß er seine gesamte Barschaft hingegeben hatte. Er sagte der roten Sophia: »Das Geld ist weg, der neue Mensch ist da!« Aber mit einem Witz wollte er es nicht bewenden lassen, er hielt ihr vor, sie habe es sich und allen zu leicht gemacht. »Und was uns jetzt passiert, kannst du nicht mehr aufrechnen, nicht die läppischsten Kleinigkeiten, die wir uns zuschulden kommen lassen, ich oder du, irgend jemand von uns.«

Die Fee hatte im Saal gesessen und die rote Sophia bestaunt, zuerst Äußerliches: ihr dunkles Kostüm, das die Schwangerschaft verbarg; den Goldschmuck, das rote glattgekämmte Haar mit dem herabgerutschten Spitzentuch. Dann war sie gebannt von der Rede, dem blitzschnellen Umschwung des Tons, der Haltung der unerbittlichen Richterin, gefährlich und verführerisch zugleich, als sie fünf Mark hinwarf und dann lachend mit Tausenden davonging. Dennoch war die Fee nicht von dem Gedanken losgekommen, daß dies alles nur geschah, um vom roten Roland abzulenken, von den Gerüchten und Anklagen, die auch hier zur Sprache gekommen waren. »Weiß sie's?« fragte sie am selben Abend. »Du bist verrückt«, antwortete er aufgebracht. »Und was geht's dich an? Was zwischen ihr und mir ist, geht niemand was an.«

Da er sie im unklaren ließ, was ihn an die Nebenbuhlerin fesselte, verspürte sie desto mehr den Wunsch, so wie diese Frau zu sein, kleidete sich elegant und sorgfältig wie die rote Sophia, färbte sich das Haar rötlich, gab sich selbstbewußter, heiterer, stellte Wein für ihn bereit, doch fügte sie sich nach kurzem Aufbegehren seinem Willen und fuhr auf dem Motorrad mit, wenn er abends in der Rotarmistenuniform die Umgebung heimsuchte. Und sie erlernte sogar die russische

Sprache, als er eines Tages sagte: »Ich brauche eine Dolmetscherin, dich oder eine andere.« Die Besuche der benachbarten Dörfer langweilten ihn längst, er plante Ausflüge in die Kreisstadt, in Autowerkstätten und Eisenwarenläden, um sich Motorradteile und endlich auch einen Beiwagen zu beschaffen. »Aber das läßt sich nicht mit ein bißchen Kauderwelsch machen. Hast du's kapiert?«

Damals war schon alles bereit für den Einzug der roten Sophia ins Fachwerkhaus mit dem Schilfdach am Waldrand, auch der rote Roland sprach bisweilen davon. »Sieh mal zu, daß du schneller Russisch lernst«, sagte er zur Fee, »sonst komme ich eher zu einem Kinderwagen als zu einem Beiwagen.« Im Garten vor Sophias Haus grünte und blühte es, drei Pappeln und Rosenstöcke waren gepflanzt. Ein paar Wochen vergaß der rote Roland seine Uniform, erschien kaum noch bei der Fee, besorgte Erdbeer- und Salatpflanzen, grub und pflanzte, befestigte Gardinen, lag in der Frühlingssonne und sah der roten Sophia zu, die hilflos und unbeweglich geworden war.

»Wenn's doch bald soweit wäre«, sagte sie zu ihm. »Manchmal denk' ich, ich überleb's nicht. Bleib hier!«

43 Die rote Sophia lag im Fieber, das Neugeborene schrie. Zwei Ärzte aus der Kreisstadt kamen abwechselnd, doch der kahlköpfige Kommandant, nun Chef des Garnisonsbezirks, schickte einen sowjetischen Militärarzt, einen Ukrainer, der leise auf die Fiebernde einsprach. Aber sie antwortete nicht. Bei der Geburt hatte sie nur einmal wie wahnsinnig geschrien, dann war sie verstummt, die Zähne hatten die Lippen blutig gebissen. Nun hielt sie den Mund offen, atmete tief und ruhig, wie befreit.

Es tat ihr wohl, die ukrainische Sprache zu hören, ihre Mutter hatte oft die schwermütigen ukrainischen Lieder gesungen. Sie glaubte zu Hause zu sein, in der Drohobyczer Vorstadt, in dem Haus, wo sie geboren war. Einen Flur sah sie vor sich, eine Stiege, eine Wendeltreppe, die immer höher führte, bis zu einem Dachkämmerchen voller Schränke, Kanapees, blasser Spiegel und künstlicher Schundpalmen. Die Fenster waren fast blind, seit einer Ewigkeit nicht geputzt worden. Sie ließen sich auch nicht öffnen, es war alles viel zu verwahrlost und wirr, die Augen, so sehr sie sich anstrengten, nahmen das große, weite Land, nach dem sie sich sehnte, nur in undeutlichen, riesenhaften Umrissen wahr.

»Wir sind Deutsche, wir müssen Ordnung halten«, sagte der Vater. Doch die Mutter schüttelte den Kopf und flüsterte: »Verdunkeln, nicht auffallen. Sie lassen sowieso keinen Stein auf dem andern.« Da war unterm Dach noch ein Zimmer, wo sie über Bücher und Schubfächer stolperte, die aus den Schränken herausgerissen worden waren. Ein Offizier stand da und sagte etwas, ein dunkler, gedrungener Deutscher mit Brille, der etwas von Büchern verstand. »Sprichst du deutsch?« fragte er, fragte immer weiter, herrschte ihren Vater an, weil so viele deutsche Bücher auf dem Fußboden lagen, aber niemand antwortete, nicht einmal die Mutter, die sonst nur deutsch sprach, sogar ihre liebsten Bibelworte: »So tief man auch das Feuer vergräbt, der Rauch schlägt doch heraus!«

Voller Rauch und Nebel war alles, kein Durchkommen, ringsum brannte es: Die Eindringlinge tummelten sich, grell und deutlich, vom Feuer angestrahlt, das sie entfacht hatten. Noch näher und deutlicher war aber das Pferdegetrappel, das Klappern und Knarren, als die Droschkenkutsche auf den Hof rollte, wie ein Wunder den Flammen entkommen. »Brrr!« schrie es, die Peitsche knallte, Hufe klapperten, dann stand Christopher da, ihr Bruder: blond, fröhlich, weil er's geschafft hatte, erstaunt über den Aufruhr. »Wir sind doch Deutsche«, sagte er, fand als einziger sogleich die Sprache, wurde gepackt, hinausgezerrt und weggebracht. »Der ist es«, sagte der Offizier, »den haben wir gesucht.«

Es ging nicht höher, die Zimmerdecke mit der trüben Glaskugellampe war das höchste, der einzige feste Punkt noch, ehe das Schweben und Rauschen wieder begann, der unvergeßliche Sprung aus dem Flugzeug, das Fallen in bodenlose Tiefe: Sie trieb schräg dahin, verlor Ziel und Richtung, sank herab, nur hinab – wohin sonst. »An die Wand mit dem Partisanenpack!« schrie es. Das Grün der Erde erwies sich als Täuschung, zerbrach wie Glas, Eis. Und vom Ufer kam der Bruder geeilt, der rote Roland, mein Gott!

Das Kind schrie nicht mehr. Es war trostlos still, das Bett rutschte herab und war wie ein Fallschirm oder Leichentuch ausgebreitet, in dem ein Haus und noch viel mehr Platz gehabt hätte. Aus den Nebelwolken, die gegen Eis oder Fenster stießen, rieselte es weiß, grau, naß, ohne daß ein Ende abzusehen war. Die Füße vereisten, nach und nach kroch die Kälte ins Herz, ins Hirn, wo noch etwas Hoffnung war, der Baumhang mit den kahlen Bäumen darüber, der blonde, runde Jungenkopf aus Drohobycz. Ihre Hände versuchten, sich irgendwo festzuklammern, am brechenden Eis, Fallschirm, Bettuch, am Arzt, der sich über sie beugte.

»Wo sind deine Orden, deine Papiere?« fragte der Arzt, zweimal, dreimal, weil sie's nicht begriff. Er ging zum Schrank, fand alles, nichts fehlte, kein Vorwurf, keine weitere Frage. Sie war Bürgermeisterin, brauchte sich auf nichts anderes zu berufen, zehrte nicht vom Ruhm der Vergangenheit und heftete nur an den Feiertagen den Orden an. Höchstens, daß sie einmal zum Telefon griff, ihr Russisch mißbrauchte und ein paar Rotarmisten herbeirief, wenn der Autobus aus der Kreisstadt am Berg vorbeifuhr, ohne zu halten. Dann, ja dann ließ sie ein paar Maschinenpistolen losdonnern und hielt dem Chauffeur, der schreckensbleich stoppte, eine Strafpredigt: »Denk nicht, wir sind der letzte

Dreck!« Denn sie war stolz auf das Dorf, ihr Amt und jedes Schock Eier, das sie übers Soll lieferte, fütterte selbst ein Dutzend Hühner, zwei Schweine und eine Kuh, die sie morgens zur Weide trieb.

Der fremde Arzt rauchte, Machorka, in Zeitungsfetzen gewickelt, redete wieder leise und friedlich, nebelte das Krankenzimmer ein, versuchte die Fenster zu öffnen, die aber festgeklebt waren, weil der Maler sie erst kurz zuvor lackiert hatte. Deshalb wandte die rote Sophia den Kopf zur Seite, der tröstende Zuspruch riß ab. Der Ukrainer wurde noch einmal ernst, ihm war's so aufgetragen worden: »In einem Tag wären wir in Drohobycz, der Major stellt ein Auto zur Verfügung.« Einen Moment sah sie sich durch die Straßen von Drohobycz gehen, bis sie am Ring die Pferdedroschke ihres Vaters entdeckte, die nicht im Schlamm oder Rauch verkommen war. Der Bruder, der Partisan, fuhr auf dem Motorrad hinterdrein, raste nicht gegen die Todeswand, lachte, freute sich, ihr Kind zu sehen. »Mein Kind«, sagte der rote Roland und nahm es in seine Arme. Aber das war alles nur ein Traum.

44 Und wie war die Wirklichkeit? Drohte sie ihr nun zu entgleiten? Sah sie noch einen Sinn in ihrem Leben, hielt sie an der unbegrenzten Vollmacht fest und gedachte sie ein letztes Gericht zu halten, auch über sich selbst? Oder lachte sie jetzt dem Tod ins Gesicht, verlachte sie ihn? Nichts ist bezeugt, die Erinnerungen sind verwischt, die Warnungen, Drohungen, Flüche, Verwünschungen und Bitten blieben ungehört. Immer weiter entfernte sich der rote Roland von ihr, immer undeutlicher verloren sich Drohobycz und die Hoffnung, die sie von dorther mitgebracht hatte, zuletzt Christophers, ihres Bruders Gesicht.

Aber einmal, vor einer Ewigkeit, soll sie heiter gesagt

haben: »Dem Tod schlage ich ein Schnippchen.« Da waren der Drohobyczer Marktplatz und die Vorstadt im Schlamm versunken, das Bahngleis von Explosionen zerstückelt und der nahe Wald vermint, so daß die Wehrmachtskolonnen, Artilleriegespanne und Panzer die engen Straßen verstopften und nicht weiter ostwärts kamen. Der Tod schlug auf sie zurück und drang auch leichtfüßig in die Kinos, Restaurants und Hotels, wo die Schilder hingen: »Zutritt nur Deutschen gestattet.« Die rote Sophia sprach lächelnd mit den Posten und Gendarmen, wenn sie, unterm Kleid versteckt, das Dynamit hereintrug. »Ich bin die Braut von Leutnant Scalander«, brauchte sie nur akzentfrei zu sagen, und dann hielt sie höchstens ein anzügliches Gerede auf, dem sie rasch ein Ende setzte: »Bin verabredet, wie gesagt.« Und sie konnte in Ruhe mit Harry Scalander Abendbrot essen, etwas Wein trinken oder einen Film ansehen, bis es Zeit war, der todgeweihten Stätte den Rücken zuzukehren.

Die Detonation hörte sie noch auf der Straße, schon in der Nähe der protzigen Villa an der Sobieskastraße, die jetzt deutschen Luftwaffenoffizieren vorbehalten war. »Mein Schutzengel«, sagte Harry Scalander, umarmte sie, zog sie zur Haustür und konnte nicht genug die glückliche Fügung preisen, wieder einmal davongekommen zu sein. »Und wenn ich dein Todesengel wäre?« entgegnete sie in dem waffenstarrenden Chaos, das kaum noch Freund und Feind unterschied. Männer und Frauen, die sie kannte, wurden aus den Häusern geholt und abgeführt: Polen, Ukrainer, Juden, deutsche Zivilisten, die früheren Strafaktionen entronnen waren. Ein Feuerschein stand über den Dächern, Schüsse peitschten in die Scharen gejagter Menschen hinein, und meist entbrannte in solchen Nächten am Gebirgsrand, südlich der Stadt, ein Kampf mit den näherrückenden Partisanen, der erst am Morgen endete. »Wir müssen sie alle kriegen, sonst kriegen sie uns!« sagte Harry Scalander, wenn er das Verdunklungsrollo hochschnappen ließ und aus dem Turmzimmer der Villa über rauchende Trümmer auf die Berge starrte. »Nein, man muß dem Tod ein Schnippchen schlagen, das ist alles«, erwiderte Sophia und verschwand für Stunden oder Tage.

Bald erregte es Verdacht, daß ein deutsches Offiziersquartier nach dem anderen in die Luft flog, aber die Villa an der Sobieskastraße stehenblieb, der Stab der Nachrichtenleute, die Funkzentrale, der antennenbestückte Turm, wo Sophia fast jede Nacht bei Harry Scalander Unterschlupf fand. Auch die Illegalen drängten, einen Schlag gegen dieses Haus zu führen; ihr Bruder warf ihr sogar vor, sie habe Mitleid mit diesem Deutschen, doch auch nur eine Spur von Mitleid sei so gut wie Verrat. »Man hat mich ausgefragt, ob du mich ausfragst«, gestand ihr Harry Scalander, als sie in seinen Armen lag. »Und nun?« fragte sie lauernd. Er umschlang sie fester und sagte: »Ich bin zur Front abkommandiert, warte in Deutschland auf mich.« Zum erstenmal hörte sie von dem Dorf Sandberg, den Seen und den Wäldern, von dem sandigen Hügel und dem kleinen Haus, das ihr Sicherheit, Ruhe und Frieden geben würde. »Dort treffen wir uns nach dem Sieg«, sagte er, und sie nickte freudig, weil sie wußte, daß der Wettlauf mit dem Tod erst endete, wenn es ihr Sieg und nicht seiner war, also das Dynamit auch noch in diese Villa kam, ehe Harry Scalander sie verließ.

Die Posten ließen sie unbehelligt das Tor passieren, als sie ging. Doch in der Nacht, bei ihrer Rückkehr, half kein Lächeln, kein akzentfreies Deutsch, nicht einmal die Berufung auf den Leutnant Scalander und den nahen Abschied. Ein SS-Soldat holte unter ihrem Rock das Dynamitpaket mit dem Sprengsatz hervor und befahl: »Abführen!« Sie hob noch winkend die Hand, glaubte oben am dunklen Turmfenster Harry Scalander zu sehen, ehe sie in ein Auto gestoßen wurde, das dann in rasender Fahrt die Stadt durchquerte und in einem Hof hielt, wo drei Galgen vor einer Mauer aufgerichtet waren. »Erschrick nicht«, sagte ein junger Mann zu ihr, der nach ihrer Hand griff, als die Tür eines Kellers hinter ihr zuschlug. Seine Zähne waren ausgeschlagen, er stieß krächzende, keuchende Laute hervor, deutsche, polnische und russische Satzbrocken, deren Sinn sie mühsam zu erraten suchte. Unverwandt starrte er durch vergitterte Fenster auf die Galgen und ließ ihre Hand nicht mehr los. »Mir geb' ich drei Stunden«, flüsterte er heiser, »bis es hell wird. Du mußt durchkommen, Sophia.«

Sie zuckte zusammen, als er ihren Namen nannte, fürchtete, es sei eine Falle, und schwieg. Als es zaghaft zu dämmern begann, rückte er von ihr ab und verbarg sein bärtiges, verquollenes Gesicht im dunklen Winkel. Doch sie sah Tränen in seinen Augen und fragte: »Partisan?« Er nickte und erzählte hastig, weil die drei Stunden fast abgelaufen waren, daß General Kowpak mit tausend Ukrainern in der Nähe sein Lager habe, beschrieb ihr den Weg durch die Wälder und Berge und bat sie, sich dorthin durchzuschlagen und den Zettel zu übergeben, den er rasch mit merkwürdigen Zeichen versah und in einen Brotkanten drückte, den er ihr gab. Kurz darauf wurde er aus dem Keller geholt und an der Mauer erhängt, die wie mit Scheinwerfern von der Morgensonne angestrahlt war. Sie sah das entstellte, zerschundene Gesicht nun ganz deutlich, es war Christopher, ihr Bruder, den sie längst totgeglaubt hatte. Wie von Sinnen schrie sie, stieß den Kopf gegen das vergitterte Fenster, schrie seinen Namen und umklammerte das Brotstück in ihrer Hand, als sei es eine Waffe, mit der sie Christophers Tod rückgängig machen könne. Doch der Posten brachte ihr nur ein neues Stück Brot und einen Napf mit Wasser, schüttelte den Kopf und sagte: »Nützt nichts, du kommst auch dahin.« Vor vielen Monaten war Christopher in ihrer Gegenwart verhaftet worden; er hatte ihr noch zugerufen: »Du mußt durchkommen, Sophia!«

Sie hockte wie betäubt in der Gruft, aß und trank nichts,

knetete das Brot, und am dritten Tag hatte sie es unwillkürlich so zusammengepreßt, daß es einer Pistole glich. »Wer war dieser Christopher?« wurde sie immer wieder bei den Verhören gefragt, zu denen man sie früh und abends holte. »Hast du von ihm das Dynamit?« Und sie nickte; denn sie hatte alles von ihm und holte sich jedes seiner Worte ins Gedächtnis zurück, Kindereien, lausbubenhaften Übermut, Ernsteres, tödlich Gefährliches, versteckte Andeutungen, als er trotz der Ausgangssperre nächtelang wegblieb, endlich die Frage: »Willst du uns helfen?«

Am vierten Tag aß sie das zusammengeknetete Brot, so hungrig und gierig war sie, gierig aufs Leben, Weiterleben. Nur ein kleines Stück, worin Christophers Zettel steckte, ließ sie übrig; sie wollte um jeden Preis überleben, sich durchkämpfen und seine Botschaft den Partisanen bringen. Es waren Chiffren, die sie nicht entziffern konnte, als sie das Blatt aus dem Teig krümelte und wieder einbuk, noch einmal hervorholte und darauf starrte, bis ihr plötzlich einfiel, daß ihr nur die Wahl blieb, mit diesem Brot dem Tod ein Schnippchen zu schlagen oder am Galgen zu enden. Sie verwünschte ihre Gier, knetete abermals drei Teigrationen zu einer lächerlichen Pistolenattrappe, kaute halb besinnungslos vor Hunger daran, lauerte zitternd vor Angst, Kälte und Ungeduld auf den Posten, mußte eine weitere Ration hinzufügen, biß sich die Finger wund, so quälend schlich die Hungerzeit dahin. Dann stand sie mit der Pistole aus Brotteig, die sie mit Kellerdreck geschwärzt hatte, vor dem Soldaten, der arglos die Tür öffnete, nutzte die Schrecksekunde, sprang aus der Zelle und schloß ihren Wächter ein.

Sie erreichte noch am selben Tag das Partisanenlager, und Kowpak, der alte Partisanengeneral, der schon während des Bürgerkrieges im Rücken des Feindes gekämpft und sich nun durch die Dnepr-Niederungen und Pripjet-Sümpfe bis zu den Karpaten durchgeschlagen hatte, krümelte Christophers Botschaft aus der Brotpistole und las sie vor: »Ich schick' euch Sophia, meine Schwester, vertraut ihr.« Und nachdem sie ihm alles erzählt hatte, auch von Harry Scalander und dem kleinen Haus in Sandberg, sagte er: »Mit dem nächsten Flugzeug ins Hinterland, und dann nach Deutschland, mitten ins Herz.«

45 Es regnete nachts, am Morgen, den ganzen Tag. Anja lief zur Fee, brachte abends Bilder unterm Regencape mit: Märchen vom Sandberg, glühende Sonnen, Blumen, Käfer, Schmetterlinge, alles erdenkliche Getier. Manchmal war ein lachendes rundes Gesicht dazwischen, struppiges Haar, große Augen, gestrichelte Wimpern – die rote Sophia, ich sah nichts anderes. »Ich schick's Mutti«, sagte Anja und riß mir die Blätter aus der Hand, »damit sie endlich kommt.«

Ruth hatte geschrieben, sie sei noch nicht mit ihrer Arbeit fertig. »Sie wird bald hier sein«, log ich und erzählte von dem kleinen mecklenburgischen Dorf, wo sie war; ich merkte, daß es Sandberg glich, wie ich's mir ausmalte, die sandigen, schlammigen Wege und Felder dehnten sich endlos hin. »Ich habe hier auch eine rote Sophia gefunden«, hatte Ruth mitgeteilt, und nun war ein zweiter Brief gekommen, darin stand der ausführliche Lebenslauf einer dreiundzwanzigjährigen Frau, Bürgermeisterin, verheiratet, ein Kind, jetzt Fernstudentin der Fachschule für Staat und Recht. »Nun habe ich mich entschlossen, über sie zu schreiben«, so schloß der Brief, »und bin dem Historiker wieder einmal voraus: bei der roten Sophia der Gegenwart.«

Diese Bürgermeisterin war die jüngste im Lande, die klügste, tüchtigste. Es gab Wiederauferstehungen, Legenden schon von gestern und vorgestern, sogar von heute. Auch diesmal wollte niemand von den älteren Dorfbewohnern das Amt übernehmen; das Mädchen sagte: »Gut, ich mach's.« Vorher

Schule, Lehre in der LPG, FDJ, Partei, acht Wochen GST-Lager an der Ostsee, kein Partisanenstützpunkt im Wald, kein Fallschirmabsprung, kein roter Roland.

Ein Traktorist heiratete sie, ein fleißiger Mann, der abends müde und wortkarg war. Sie schlich sich weg, ließ sich im Gemeindebüro fast von dem Buchhalter verführen, der sie tagsüber mit seinen blauen Augen anstarrte und ihr bis Mitternacht bei dem verflixten Papierkram half. »Das fehlte mir noch«, schimpfte sie und gab ihm einen sanften Schubs, weil sie ohnehin wie durchgedreht war: vor der ersten Rede und dem ersten Bericht an den Kreis und überhaupt vor allem, was zu tun war. Dem Buchhalter stand der Schweiß auf der Stirn, er mußte Aktenbündel herbeischaffen, denn sie wollte genau wissen, wie es ihre Vorgänger gemacht hatten, am liebsten auswendig lernen: Protokolle, Berichte, Briefe, Festtagsreden. Der verliebte junge Mann zuckte zusammen, wenn sie wie ein Mann losschrie, tief und kraftvoll, die Arme verschränkt, in die Runde blickte – in der elenden Baracke, die als Gemeindebüro, Jugendklub und Eierablieferungsstelle diente. »Jetzt geh' ich erst mal ins Bett«, sagte sie enttäuscht, weil sie bei ihm nicht den erhofften Beifall fand.

Aber der Buchhalter wartete weiter jeden Abend, spät nachts schlief er am Schreibtisch ein, in der Baracke brannte bis zum Morgen das Licht. Die Bürgermeisterin bekam die ersten Beschwerden auf den Tisch: Stromverschwendung, Unmoral, man glaubte genug durch die gardinenlosen Fenster gesehen zu haben. Erst war es ihr, als stürze die Welt zusammen, doch dann klang ihr wohltuend der Trost des Buchhalters im Ohr: Gardinen, Gelassenheit; doch allein die Gardinen kosteten sie ihr erstes Monatsgehalt. »Warum?« fragte der Traktorist, ihr Mann. »Du kannst auch dort dein Bier trinken«, antwortete sie und nahm ihn abends mit ins Gemeindebüro, wo er erst einmal Eierkisten beiseite räumen mußte, um einen Platz für sich zu finden. Sie hatte nun zwei Zuhörer bei ihren Rede-Proben, die bald mit Beifall wetteiferten, ihr stockte nur kurz der Atem, als sie am Republiktag vor zweihundert Männern und Frauen im Gasthofsaal sprach. »Wir bauen eine neue Straße«, verkündete sie überraschend, »und alle helfen mit.«

Davon hatte nichts in den alten Akten gestanden, dafür gab's auch keinen Etat im Finanzplan. »Um Gottes willen«, sagte der Buchhalter, »das wird eine krumme Straße.« Aber ihr war der Schmutz einfach lästig, den man überall hinschleppte, auch ins renovierte Gemeindebüro, und den man ausfegen mußte. Nicht ihre Vorgänger, allesamt Männer, die Frauen verstanden sie, das entschied die Sache: Betonplatten auf Kredit, Zugmaschinen, Hänger, Kräne von der LPG und natürlich der Traktorist und ein halb Dutzend andere Männer waren am nächsten Sonntag zur Stelle. Und ehe das Dorf wieder im winterlichen Schneematsch versank, war die Straße fertig: holprig zwar, etwas krumm, wie vom Buchhalter geweissagt, der mit ein paar Umbuchungen, mit Zollstock, Wasserwaage und Bindfadenmessungen zu retten versucht hatte, was noch zu retten war. »Weil ich dich liebe«, flüsterte er ihr bei der Einweihungsfeier zu, als sie mit der Schere das rote Band zerschnitt und der Traktorist fluchend mit seinem bändergeschmückten, tuckernden Gefährt die erste Betonfuge übersprang. »Bist du jetzt glücklich?«

Sie blickte zur Uhr, gleich begann ihre Sprechstunde, sie mußte ins Büro. Die meisten duzten sie, drucksten aber eine Weile herum, ehe sie mit ihrem Anliegen herausrückten – die Sprechstunden hätten doppelt so lang sein müssen, auch die Tage und Jahre. Ein geschiedener Mann wollte endlich eine Wohnung haben, seine frühere Frau, bei der er wohnte, bekam von irgend jemandem ein Kind. Zwei alte asthmakranke Frauen sollten auf Anweisung des Arztes zur Kur geschickt werden, obwohl die Antragsfrist fürs nächste Jahr schon abgelaufen war. Im Dorfteich glaubte jemand eine Handgranate gesehen zu haben, es mußte sofort gehandelt werden. Und der Kindergarten schickte Hilferufe, weil die Puppenköpfe wacklig, die Spielzeugautos räderlos, die Schaukeln und Wippen reparaturbedürftig waren. »Ein richtiges Klubhaus muß nun auch her!« drängelte der FDJ-Sekretär. »Und einen Sportplatz, wenigstens eine Wiese für Federball oder Volleyball brauchen wir unbedingt!« – »Und ein Schwimmbad, überdacht, ferngeheizt!« erwiderte sie heiter und war nun doch ziemlich glücklich, als sie nach Hause gehen konnte. Nach dem zweistündigen Abendtrubel mit Mann und Kind holte sie die Bücher fürs Fernstudium hervor, las, notierte, lernte ein Gesetzblatt auswendig, schrieb dann noch einen Bericht für den Rat des Kreises, schlief beim letzten Wort ein, erwachte am Tisch, lachte laut und sagte, als ihr Mann verschlafen zur Tür hereinschaute: »Ich glaub', ich hab' geträumt.«

Da war die Frage erlaubt: »Was für ein Traum?« Ruth brach den Bericht unvermittelt mit dieser Frage ab, erwähnte nur kurz noch ein paar Daten: 400 000 Mark lagen jetzt ordnungsgemäß für eine drainierte, asphaltierte und gerade Straße bis zur nächsten Chaussee bereit, und Berliner Studenten waren zur Erntehilfe gekommen, und der Traktorist hatte den Buchhalter verprügelt, weil er dem alten Gerücht, das trotz Gardinen und Gelassenheit weiterkursierte, aufgesessen war. Und daran knüpfte meine Frau, die leidenschaftliche Fragerin, lauter neue Fragen: »Schwebt dieser Sophia von heute ein Ideal vor, eine ideale Liebe, ideale Ordnung oder ein ideales Dorf? Strebt sie ein genaues, festumrissenes Ziel an, privat, gesellschaftlich, auf das sie Schritt für Schritt zugeht? Oder läßt sie sich vom Alltag, von Aufgaben und Anforderungen, somit von Zufällen treiben oder gar zerreiben? Ist sie ehrgeizig oder pflichtbewußt, moralisch oder feige? Hat sie die Kraft, Energie und Lust, alles gegen größere Widerstände bis zum Ende durchzufechten? Wie wird sie mit ihrer Unerfahrenheit fertig, überspielt sie viel oder wenig mit ihrem Charme? Gibt sie sich Rechenschaft über ihre Fehler, Unterlassungen und Husarenstückchen? Und vor allem, was hältst du von der Sache mit dem Buchhalter? Dieser junge Kerl geht kaputt, und sie weiß, daß sie längst alles hingeworfen hätte, wenn er nicht immer mit seinen verliebten Augen um sie wäre! Soll man ihr raten, klare Verhältnisse zu schaffen? Warum ist denn überall ein dunkler Punkt, mein lieber Historiker?«

Ruth jedenfalls wollte so lange bleiben, bis sie etwas von dem dunklen Punkt weggewischt hatte. »Ich hab mich mit ihr angefreundet und bin selbst ratlos«, schrieb sie. »Erklär's Anja, bitte, ich werde hier gebraucht.« Und ich setzte mich zu meiner Tochter ans Bett, die ihre Bildchen in einen Umschlag gesteckt und mit Buntstiften den Sandberg und eine rote Sonne mit dicken Strahlen gemalt hatte. »Ein Brief für Mutti«, sagte sie. »Darüber freut sie sich bestimmt.«

46 Am nächsten Morgen saß ich mit Anja im Turm der Malerin und fröstelte, so herbstlich, trist und diesig war das Wetter, obwohl die Sonne zögernd durchkam und außer ein paar gelben Birkenblättern vorm Fenster noch alles grün war. Die Fee redete von Licht und Schatten, zeigte Bilder, ließ Anja skizzieren, gab sich viel Mühe, ihr die Dimension des Raumes und der Gegenstände zu erklären, Sonneneinfall, Lampenlicht, Helligkeit und Dämmerung. »Einmal wirkt, was uns umgibt, eng, grau und wie zusammengedrückt«, sagte sie, »ein andermal klar und in der Weite verloren, dann wieder unheimlich oder freundlich, immer hat es eine andere, eigene Stimmung. Diese Stimmung wirkt auf uns, und wir drücken sie in unseren Worten, Liedern oder Bildern aus.«

Da sah ich grelles Neonlicht in einem Schuppen, schräg hinterm Turmhaus, versteckt zwischen Tannen und mannshohen Büschen, dicht am hintersten Zaun des weitläufigen Grundstücks. Wortlos ging ich aus dem Atelier, Anja rief mir nach: »Vati, der Brief für Mutti!« Und ich schwankte einen Moment, ob ich ins Dorf gehen und den Brief abgeben sollte, damit er mit der heutigen Post wegkäme, doch das Licht dort hinten zog mich magisch an, die offene Tür, der Mann, den ich hantieren sah.

»Guten Morgen!« grüßte ich und blieb vor dem Holzschuppen stehen. Der Mann, groß, schmal, kaum fünfzig Jahre alt, feilte an einem Metallstück, blickte kurz auf und fragte abweisend: »Sie wünschen?« Dabei hielt er keine Sekunde in der Arbeit inne, feilte noch schneller, neigte den Kopf tiefer über das Werkstück, blies Feilspäne weg und pfiff. Sein Haar war grau, dünn, in der Mitte stark gelichtet. Mit dem linken Arm wischte er sich übers Gesicht, schob seine Brille nach oben und blickte mit seinen hellen Augen lauernd zu mir herüber, als ich fragte: »Wann haben Sie mal Zeit?« Er murmelte etwas, es klang wie: »Was soll's?« oder »Wozu?«, zuckte mit den Schultern und kehrte mir den Rücken zu. Ich war ihm lästig, die Feile kreischte, und fast wäre mir ein Eisenstück auf die Füße gefallen, das er mit dem Ellenbogen von der Werkbank riß.

»Verzeihung«, sagte er ehrlich erschrocken und hielt inne. »Kennen wir uns nicht?«

Ich nickte, nannte meinen Namen und setzte mich auf eine Werkzeugkiste. Er hatte die Hemdsärmel hochgekrempelt, war braungebrannt, muskulös. Um seinen Mund war ein spöttischer, verkniffener Zug, als er fragte: »Soll ich Ihnen das Fahrrad reparieren?« In diesem Schuppen war er nur von Motorrädern und Motorradteilen umgeben, über der Werkbank hingen Urkunden und Dankbriefe von Motorklubs, ein verstaubter Siegerkranz und ein bronzener Pokal lehnten zwischen Reifen und Benzintanks an der Wand. Ich war ihm vielleicht einmal mit dem Fahrrad bei seinen Querfeldeinfahrten begegnet, doch ich erinnerte mich nicht. Und er tat so, als kenne er den Namen Sophia Scalander nicht, als ich ihn nannte, auch nicht den ihrer Tochter, seiner Tochter. »Warum dieses dumme Versteckspiel!« fragte ich aufgebracht. »Nach so vielen Jahren!«

Er feilte schon wieder, entgegnete: »Sie heißt nicht so, das wissen Sie.« Mit einer Handbewegung scheuchte er mich zurück, als ich vor ihn hintrat und Aufklärung verlangte, bückte sich, klappte die Werkzeugkiste auf, nahm einen Gewindeschneider und murmelte: »Paßt!« Und nach einer Weile: »Sie wissen doch alles.« Mit einem Kopfnicken nahm er die Zigarette, die ich ihm anbot, drehte sie zwischen den Lippen, hantierte weiter und fragte schroff: »Was soll ich Ihnen denn noch sagen?«

Er war wie ein Eisblock, Stahlblock, ich kam nicht gegen ihn an. Schon die wenigen Worte, die er sich hatte abringen lassen, schien er zu bereuen. Sein Blick glitt an mir vorbei, die Stirn war straff, gerötet, um seinen Mund zuckte es; dann spuckte er die Zigarette aus und zertrat sie. Ich kam mir aufdringlich, lächerlich und einfallslos vor, wußte nichts zu entgegnen, glaubte trotzdem berechtigt zu sein, nicht von der Stelle zu weichen und weiterzufragen. »Die rote Sophia«, sagte ich, »ist niemand, den man totschweigen kann.«

Aber er reagierte nicht, wandte sich um und suchte etwas, verbarg sein Gesicht. Sein Atem ging schneller, als er in einer Schraubenkiste wühlte und Bleche hin- und herdrehte, in den Regalen ordnete, was schon geordnet war. »Also was wollen Sie?« fragte er noch einmal und richtete sich auf. Seine Stimme klang verändert, hart, fast roh. »Rückgängig läßt sich nichts machen.« Damit schien das Gespräch für ihn endgültig erledigt zu sein, er reichte mir die ölverschmierte Hand und zog sie zurück, weil ich mich nicht rührte. »Nein, Sie machen sich nur schmutzig«, bemerkte er bissig. »Gehen Sie, lassen Sie mich in Ruhe.«

Als ich kopfschüttelnd zurückwich, fiel mein Blick auf einen bedruckten Zettel, ein Kalenderblatt, nein, eine Seite aus einem Reclamheft, die an die Tür gezweckt war. Ich blieb stehen, hörte hinter mir das Gekreisch der Feile, als ich die Strophe las:

Ich entsinne mich nur eines einzigen Tags,
der mir wahrscheinlich niemals bestimmt war,
es war ein nie endender Tag,
ohne Ursprung, Donnerstag.
Ich war ein Mann, vom Zufall hergeführt,
mit einer so aufs Geratewohl aufgelesenen Frau,
wir zogen uns aus,
wie um zu schlafen oder zu schwimmen oder alt zu werden,
und wir drangen ineinander ein,
sie umschloß mich wie eine Höhlung,
ich zerbrach sie, wie einer,
der eine Glocke schlägt . . .

Da war es still, ich spürte den Blick des Mannes, seinen erregten Atem. Er riß das Blatt von der Tür, verbarg es irgendwo, schaltete das Neonlicht aus und sagte: »Schluß.« Er wartete, bis ich den Schuppen verlassen hatte, folgte mir jedoch, wies auf Anja, die mit der Fee zum Turmfenster herausschaute, und fragte: »Ihre Tochter?« Als ich nickte, blieb er stehen, hielt sich die Hand über die Augen; denn die Sonne stand jetzt überm Haus, die Wolken hatten sich verzogen, die Malerin erklärte laut und unbeirrt: »Sieh mal, wie viele Farben an den Tag gekommen sind, eine unendliche Skala von Grün.«

Ich sah ein Lächeln im Gesicht des Mannes, etwas gequält, nicht spöttisch. Er schien mir noch etwas sagen zu wollen, doch er wandte sich nach kurzem Zögern um und ging rasch in den Schuppen zurück.

47 Das Postauto war längst davongefahren, erfuhr ich im Dorf; der Brief an Ruth blieb übers Wochenende hier liegen. Aber der Weg hatte sich gelohnt: aus Drohobycz war Antwort gekommen, ein kurzes Schreiben in russischer Sprache, das ich unterwegs überflog und oben im Haus Wort für Wort übersetzte. Es war die amtliche Mitteilung, daß Franz und Mathilde Gwinner, die Eltern der roten Sophia, vor drei Jahren kurz nacheinander gestorben waren; Christopher, der Bruder, hatte mit seiner Schwester derselben Partisanengruppe angehört; am 20. Juli 1944, kurz vor der Befreiung Drohobyczs, war er im Gefängnis von der Gestapo hingerichtet worden. Das ehemalige Gymnasium an der Sobieskastraße, wo die Geschwister zur Schule gegangen waren, heute ein Technikum, trug seinen Namen: Partisan-Gwinner-Schule. Dorthin war mein Brief gelangt, der Direktor hatte sofort geantwortet. »Sophia Gwinner«, schrieb er abschließend, »ist 1923 in Drohobycz geboren, illegale Kämpferin und Partisanin seit 1942, ausgezeichnet mit dem Rotbannerorden. Seit 1947 gilt sie als vermißt, von einer Tochter ist nichts bekannt. Für Hinweise über ihre Sandberger Tätigkeit wären wir sehr dankbar, da wir hier eine Chronik des Helden Christopher Gwinner und seiner Familie führen.«

Zwei Fotos waren beigelegt: die Ansicht der Schule in der Sobieskastraße mit Namensschild und Ehrentafel und ein Bild des Christopher Gwinner, eines großen, schlanken Jungen von etwa zwanzig Jahren. Ich setzte mich sofort hin und schrieb an den Direktor in Drohobycz, erwähnte den Fallschirm, die Akten des Jahrgangs 1945/46, die Aussagen zahlreicher Dorfbewohner und gab zu, daß ich dennoch vor unlösbaren Rätseln stünde. »Je mehr ich erfahre und nachdenke«, setzte ich hinzu, »desto mehr stelle ich mich selbst als Historiker in Frage: Die Legende vermischt sich mit der Wirklichkeit, als gehöre sie ganz selbstverständlich zu unserem Geschichtswissen, dem sie entstammt und doch widerspricht – obwohl uns alle Fakten und Tatsachen gestohlen bleiben sollten, wenn sie nicht unserer Phantasie und unserem Leben weiterhelfen.«

An diesem Tag traf ich auch Frau Scalander, die mich aufhielt und von einer Schwester des alten Lewke redete, der sie früher hier oft begegnet sei. »Sie soll damals bei ihrem Bruder nach dem Rechten gesehen und für Sophia genäht haben«, sagte Frau Scalander, »sie wohnt in Berlin.«

Die Adresse hatte sie bereits ausgeforscht, morgen früh wollte sie hinfahren, sie schien nicht den geringsten Zweifel zu hegen, daß diese Frau bei ihren kurzen Besuchen mehr als jeder alteingesessene Sandberger über die Verschollene erfahren hatte.

Wieder mußte ich an den alten Lewke denken, der nicht in das Höllenfeuer von Fragen, Zweifeln und halben Gewißheiten geraten wäre, in das ich immer wieder traumwandlerisch lief. Er hätte sich auf nichts eingelassen, kein Gespräch, keine Narretei mit dem Haus, keine Aktenschnüffelei, keinen Briefwechsel mit Drohobycz, kein Hin und Her wegen eines Kindes; er hätte kein Wort mit Frau Scalander gewechselt und auch auf den winzigen Sandberger Wegen gewußt, wo er ihr nicht über den Weg lief. »Was dich nicht brennt, sollst du nicht löschen«, pflegte er zu sagen. Soviel ich wußte, hatte er auf seine alten Tage das Holzhäuschen im Wald nur wegen Ruth ausgebaut, die er nach dem Tode seiner Schwester bei sich aufgenommen hatte. Ruth ging noch zwei Jahre zur Schule, dann studierte sie in Berlin und kam regelmäßig am Wochenende und in den Ferien nach Sandberg. Ich hatte auf den Bücherstapeln des alten Lewke den ersten Flirt mit ihr; er ließ uns allein und meinte augenzwinkernd: »Zwar soll in diesem Land seit tausend Jahren niemand vor Freude gestorben sein, doch ich wäre fast dazu bereit.« Er lebte nicht mehr, als wir heirateten; zuletzt hatte er mir gesagt: »Sie ist ein Findelkind. Und wer gefunden hat, soll nicht suchen.«

Nun stand ich fassungslos vor dem Haus auf dem Berg und starrte auf die steile Treppe, die Ruth bei ihren ersten Besuchen als »Alptraum« und »Kinder- und Altweiberschreck« bezeichnet hatte. »Bin ich betrunken?« fragte sie nach der Hochzeit im Dorfkrug. »Oder immer schon hier heraufgeschwebt?« Ich nahm sie in die Arme, glücklich darüber, wie vertraut ihr alles vorkam, und trug sie die Stufen hoch und ins Haus. Wie aufgescheuchte Wespen umschwirrten mich die Sprüche und Reden des alten Lewke bei diesen Erinnerungen: »Wer die Wahrheit geigt, kriegt sie an den Kopf.« Und: »Fallen ist keine Schande, aber Liegenbleiben.«

Mit dem Fuß stieß ich gegen das Brennholz, das immer noch bei der Treppe herumlag. Bald waren der Sommer und die Ferienzeit vorbei, die Sonne verschwand schon am frühen Nachmittag hinter den Bäumen, bald würde an den Abenden ein Feuerchen guttun. Was sollte ich aber noch hier, warum kehrte ich nicht eilends nach Berlin zurück? Zu verworren, das Nächste und Fernste berührend, waren die Schicksale. Ereignisse und Folgen, denen ich ins Auge zu sehen hatte, wenn ich jetzt blieb und weiter fragte und forschte.

48 Das Kind sah Roland Glöckner überhaupt nicht ähnlich. Es hätte auch Harry Scalanders Tochter sein können, ein Zehn- oder Elfmonatskind, wie ein paar Sandberger boshaft behaupteten. Die rote Sophia sagte: »Es ist mein Kind, das genügt.« Dennoch war sie glücklich, wenn der rote Roland kam und zwei, drei Tage und Nächte in dem neuen Haus blieb. »Wo treibst du dich herum?« rief sie in das Motorradgeknatter, ehe er wieder davonfuhr. »Eines Tages wirst du diese Tür suchen.«

Er war in Sorge, nickte, ahnte wohl auch, wohin es ihn trieb, wenn er nicht innehielt, blieb und sein Doppelleben aufgab. Die Fee, bei der er kurz hereinschaute, drängte ihn, die Uniform zu verbrennen und einer geregelten Arbeit nachzugehen. »Hast du noch mehr solche Ratschläge?« entgegnete er gereizt und kehrte nach Klein-Eichholz zurück, in den Gasthof, wo ihn die Freunde erwarteten. Hier war er Hausherr, hier wurde er freudig begrüßt und nicht mit Ermahnungen behelligt. Was er sagte, galt unwidersprochen, auch sein Schweigen wurde hingenommen, sogar seine tagelange Abwesenheit. »Wir unternehmen nichts«, hatte er nach dem »Sandberger Prozeß« verordnet, »bis sich's hier wieder beruhigt hat.«

Nun schauten alle auf ihn. Sie waren der Ruhe und des Herumsitzens müde. »Endlich«, sagte der Lockenkopf und schlug ihm freudig auf die Schulter. Der Lockenkopf hatte sich zum Anführer aufgeschwungen, doch noch immer respektierte er Roland Glöckner, der vor Jahr und Tag das abenteuerliche Leben begonnen hatte. Man rückte eng um ihn zusammen, schob ihm ein Glas hin, stieß mit ihm an, erwähnte beiläufig, daß einer über die Stränge geschlagen hatte, der Jüngste, ein Siebzehnjähriger. Am Bierhahn hing die Lederjacke, die dem alten Lewke in der letzten Nacht bei einem Einbruch abgenommen worden war. »Auf eigene Faust«, bemerkte der Lockenkopf, »er hat den schlafenden Alten halbtot geschlagen.« Der rote Roland fragte: »Na und?« Keiner aus der Runde wagte sich einzumischen, als er den Jungen vom Stuhl stieß, ohrfeigte, beschimpfte und mit Fußtritten traktierte. Doch als er ihn zur Tür hinausjagte, murrten und fragten einige: »Und wenn er quatscht?«

Diese Frage, einmal ausgesprochen, galt nicht nur dem Jungen, der für seinen Übermut so hart bestraft worden war. Der Lockenkopf sprach aus, was alle dachten: »Die rote Sophia kann uns viel gefährlicher werden.« Die Blicke hefteten sich auf den roten Roland; er kam von ihr, in der letzten Zeit war der Eindruck entstanden, daß ihm diese Besuche mehr als die gemeinsamen Abenteuer bedeuteten. »Ist was?« fragte er und kaute auf seiner Unterlippe. »Noch was in der Richtung?«

Er wäre am liebsten aufgestanden und wieder davongefahren. Das Motorrad war das Beste, was ihm blieb. Einen Beiwagen brauchte er nicht, er kam auf den zwei Rädern weit genug. Es fehlte ihm nur irgendein Ziel oder eine Ziellosigkeit, die ihn wie einst gelockt hätte. Das Gerede ermüdete ihn, der unerwartete Widerstand und die Dreistigkeit des Lockenkopfs ödeten ihn an; er hatte keine Idee, an der er sich berauschen konnte, nicht einmal genug Haß oder Zorn, um loszubrüllen. »Langweilig«, sagte er. Vor einer Ewigkeit war diese Runde aus Langeweile zusammengekommen, nun war es Zeit, sie auseinanderzujagen. Doch er trank nur und lächelte ein bißchen, schwieg vor sich hin und empfand die Genugtuung, daß niemand mehr sprach oder gar fragte. Schließlich bemerkte er: »Wir machen vorläufig Schluß.«

Die anderen saßen verblüfft und unentschlossen am Tisch. Bisher war es immer nach seinem Willen gegangen, er hatte die Uniformen beschafft und die Fahrtrouten bestimmt. Irgendwann hatte er gesagt: »Wir sind zum Äußersten entschlossen.« Die rote Sophia, falls sie ihnen auf die Spur kam, durfte nicht auf Rücksichtnahme rechnen. Oder doch? Der rote Roland stand auf, lachte und schlug mit der Faust auf den Tisch. »Wollt ihr mal meine Meinung hören?« schrie er sie an und hielt sich an der Tischkante fest, weil es ihm so vorkam, als sei er auf dem Eis, das unter ihm brach, und irgendwo der Fallschirm im Schilf. »Ihr seid alle Dreck gegen sie!«

Und er drehte sich um und ging in den Tanzsaal, wo das Motorrad versteckt war. Er setzte sich darauf und gab Gas, fuhr übers Parkett, prallte gegen die Tür, die aufsprang, stürzte irgendwo draußen, raffte sich auf und fuhr weiter, weiter, bis zu dem neuen Haus, das ganz nah war. »Sophia!« rief er. Sie hatte ihm erzählt, daß sich ein weißhaariger Sergeant vor ihr bekreuzigt und »Sankta Sophia« gesagt hatte. Er sagte es auch, und sie zog ihn zur Tür herein und sagte: »Laß das, ich bin verrückt, daß ich dich liebe.«

49 Es war ein ungewöhnlich heißer Sommer, wochenlang kein Regen, ab und zu ein fernes Gewitter, ein paar Wölkchen am Horizont, meist strahlend blauer Himmel. In der Nähe des Sandbergs brannte es in den Wäldern, Rotarmisten rückten an, doch zuerst scheiterten alle Versuche, die Brände einzudämmen, sogar Scheunen und ein halbes Dorf brannten ab. Manche munkelten, es habe sich liegengebliebene Munition aus der Kriegszeit entzündet, andere sprachen von Brandstiftung, von uniformierten Banden, herumstrolchenden Fremdarbeitern, Flüchtlingen, freigelassenen Häftlingen.

Der rote Roland ließ sich nicht mehr in Uniform blicken, die Freunde blieben dem Gasthof fern, nur die Fee kam und war glücklich, wenn er ihr nicht die Tür wies. Als eines Morgens ein Armeelastwagen in Klein-Eichholz hielt, eilte er mit ihr zur Tür und verständigte sich arglos mit den Rotarmisten, die einen Tag und eine Nacht bei Löscharbeiten verbracht hatten und um Wasser baten. Er lud sie ins Haus ein, schleppte für sie Wasser herbei, und die Fee tischte ihnen Brot, Wurst und Wein auf. Einige Soldaten, deren Uniformen zerfetzt und von Brandflecken durchlöchert waren, erhielten neue Unterwäsche, Hemden, Hosen von den früheren Raubzügen. Die erschöpften Männer erfrischten sich, bald schienen alle Strapazen vergessen zu sein. Die Offiziere und Soldaten aßen und tranken, prosteten der Fee und dem roten Roland zu, der hemmungslos russisch kauderwelschte. »Drushba!« rief er. »Towaristschi! Schiroka moja strana rodnaja!« Immer wieder drückte er allen die Hände, ließ sich als Freund und Genosse feiern und sich Komsomol- und Parteiabzeichen, Machorka, Beute-Uhren und Postkarten von Lenin und Stalin schenken. »Wir kommen wieder«, versprachen sie. »Mit Wodka, viel Wodka!«

Als die Soldaten auf den Lastwagen stiegen, hing wieder eine Rauchwolke über dem Wald am Fuße des Sandbergs. Der rote Roland, etwas angetrunken, rief: »Ich komme mit, Genossen!« Er griff nach der Lederjacke, die noch am Bierhahn hing, zog sie an, holte sein braungestrichenes Motorrad aus dem Tanzsaal und fuhr mit der Fee voraus, um den Rotarmisten den kürzesten Weg zur Brandstelle zu zeigen. Er packte mit an, schaufelte Gräben und fällte Bäume, wo schon das Unterholz schwelte, der Wind ins Dickicht blies und mannshohe Flammen entfachte. Ein brennender Baum stürzte aufs Motorrad, das sofort Feuer fing. Blind für jede Gefahr sprang er hinzu, wollte löschen, retten, doch die Rotarmisten zogen ihn zurück, ehe der Benzintank explodierte.

Am frühen Nachmittag war der Brand eingedämmt, ringsum ein Graben gezogen, der Wald kahlgeschlagen, so daß kein Übergreifen des immer noch schwelenden Feuers möglich war. Die rauchgeschwärzten Rotarmisten lagen müde im versengten Gras, zwischen ihnen die Fee und der rote Roland, der seinem Motorrad nachtrauerte. Die Soldaten versuchten, ihn aufzumuntern, sie scherzten und lachten, reichten ihm Machorka und ließen nicht locker, bis er sich eine Zigarette gedreht hatte. Er schlief ein, erwachte Stunden später, als der kahlköpfige Major vom Garnisonsbezirk vor ihm stand und die Fee seine anerkennenden Worte übersetzte. Die Soldaten zogen ihn hoch, nahmen ihn in ihre Mitte, hakten sich bei ihm ein, überschütteten ihn mit Lob und Anerkennung, er war der Held des Tages. »Wenn wir Russen und Deutschen zusammenhalten«, sagte der Major und drückte ihm die Hand, »gibt es in Europa nie wieder Brandstiftung und Krieg.«

Ein deutscher und ein sowjetischer Zeitungsreporter fotografierten die Szene, im Hintergrund den chaotischen Wald mit den verkohlten, umgestürzten Bäumen, Rauch, vorn im Mittelpunkt die Fee und der rote Roland, die Lederjacke über die Schulter gehängt. Verlegen lächelnd, müde, verkatert, schaute er drein, halb abgewandt, beunruhigt, wünschte sich weit fort, wollte unsichtbar sein, den Tag ungeschehen machen, dieser Verbrüderung entgehen. Dämmerte ihm die Gefahr, die sich um ihn zusammenzog?

»Das Motorrad ist futsch«, sagte er, als ihn Rotarmisten mit einem Jeep zurück nach Klein-Eichholz brachten. Er war von der Hitze, dem Schnaps und der Aufregung wie betäubt. Bei der schnellen Fahrt über holprige Wege lehnte er sich an die Fee und ergriff ihre Hand. »Mir ist schlecht«, sagte er. »Ich muß weg. Kommst du mit?« Sie legte den Arm um ihn, schwieg, stieg mit ihm aus und brachte ihn ins Gasthaus. Er sank sofort aufs Bett und schlief ein. In aller Eile packte sie die versengten Blusen zusammen, die einige Rotarmisten liegengelassen hatten, schob sie in den Ofen und zündete sie an. Dann holte sie die sowjetische Leutnantsuniform aus dem Schrank, ging damit zu ihm, weckte ihn und fragte: »Die muß auch weg, ich verbrenn' sie.« Er bekam die Augen kaum auf. Sein Gesicht war rußig, das Haar versengt, er nickte. »Ist jetzt alles egal«, sagte er. »Die Lederjacke muß weg. Ich muß weg!«

Am nächsten Morgen erschien in der Provinzzeitung »Volkwille« ein dramatischer Bericht über die Löschaktion, dazu das Foto, inmitten der Rotarmisten deutlich erkennbar trotz des geschwärzten Gesichts: Roland Glöckner, umwölkt von Rauch, an seinem Arm hing die Fee. Der alte Lewke ging mit dem Zeitungsblatt in die Bürgermeisterei und legte es der roten Sophia auf den Tisch. »Das ist er«, sagte er. »Und die Lederjacke, die mir vom Leib geprügelt worden ist!« Ein paar Bauern drängten zur Tür herein, ereiferten sich, zählten auf, was ihnen von diesem Banditen geraubt worden war. Ihre Stimmen überschlugen sich: »Verhaften, erschießen, so was gehört an die Wand gestellt.« – Die rote Sophia saß wie erstarrt in dem gräflichen Stuhl und sah nur den roten Roland, an seinem Arm die Fee. Und sie sagte nur: »Geht, bitte, geht jetzt!« Dann griff sie zum Telefon, sprach, russisch, wiederholte zuletzt deutlich den Namen und die Adresse: Roland Glöckner, Klein-Eichholz, Gasthof.

50 Die Bürgermeisterei blieb geschlossen, es hing ein Zettel mit dem kaum lesbaren Vermerk an der Tür: »Meine Sprechstunde fällt heute aus.« Es war das erste Mal, daß Sophia aus freiem Willen zu Hause blieb, sie fühlte sich kraftlos und leer, lag lange im Bett, holte das Kind zu sich und sah es an. Als sie aufstand, mied sie die Nähe der Fenster, um nicht zum Klein-Eichholzer Gasthof hinüberzublicken. Weil sie trotzdem beim Aufräumen, Waschen und Saubermachen hinsah, zog sie die Vorhänge zu und empfing die Fee, nach der sie die Kutsche losgeschickt hatte, in einer dämmrigen Stube. »Die Sonne, diese Glut seit Tagen, tut mir weh«, sagte sie und lud zum Kaffee ein. »Auf der Veranda, wenn Sie wollen, auf der Schattenseite.«

Dort war nur Wald, davor der Kahlschlag voller Baumstubben, Wurzeln und Sand. Die beiden Frauen saßen sich gegenüber, konnten nicht aneinander vorbeisehen, redeten über diesen heißen Sommer, das Haus hier, die ruhige Lage, das Kind. »Sonja wird sich bald bemerkbar machen«, sagte die rote Sophia. »Wenn sie aufwacht, ist's mit der Ruhe vorbei.«

Es war auch im Schatten warm, die Fee hatte Schweißperlen auf der Stirn. Sie grübelte, begriff nicht, warum sie hierher geholt worden war. Mit dem Bild von dem Kind, das die rote Sophia gern haben wollte, schien's keine Eile zu haben. Das Zeitungsfoto wurde überhaupt nicht erwähnt, auch nicht die Lederjacke, die Leutnantsuniform und die tödliche Gefahr, die über dem Mann schwebte, den sie beide liebten.

»Sie lieben ihn?« fragte die rote Sophia endlich laut und herausfordernd, als sei sie aus einem Traum erwacht. – »Ja«, antwortete die Fee. – »Und er?« – Die Fee nickte, sie wußte nun, daß nichts anderes für diese Frau zählte, wagte nicht um Hilfe für den roten Roland zu bitten, wollte weg, ihn vor ihr warnen, denn ein lauernder, bohrender Blick traf sie. Aber als sie aufstand und zur Tür gehen wollte, sagte die rote Sophia kühl: »Bleiben Sie doch, malen Sie! Dazu müssen Sie doch meine Tochter sehen.«

Im Haus war es still, das Kind schlief noch. Eine ältere Frau kam mit einem Fahrrad, zwei Einkaufstaschen am Lenker; sie grüßte zur Veranda herauf. Dann ging sie in die Küche, hantierte dort leise, kam auch mal und fragte: Ob sie Gulasch kochen solle oder Makkaroni mit Schinken und geriebenem Käse. Und wann, jetzt schon? Die rote Sophia antwortete nicht, blieb auf der Veranda sitzen, den Kopf in die Hand gestützt, stumm, schien die Fee und die Umwelt gar nicht mehr wahrzunehmen. Aber als die Tochter erwachte und nach ihr rief, sprang sie sofort auf und lief ins Kinderzimmer, plauderte vergnügt, als sie mit der Kleinen auf dem Arm an der Verandatür erschien, und fragte die Fee: »Sie haben keins? Aber ein Kind muß man haben. Glauben Sie mir, auf alles andere kann man verzichten, auf alles.«

Die Fee hielt den Skizzenblock bereit, ihre Hand zitterte, vor ihren Augen verschwamm das Kind, das runde, pausbäckige Gesicht, das sie an den roten Roland erinnerte. »Sie ist sehr lebhaft, quirlig, ein Schreihals«, sagte die rote Sophia, ließ das zappelnde Kind aus den Armen, rückte das Laufgitter an die Verandatür, in dem die Kleine umhertapste, sich hochzog und strahlend, unverständliche Laute lallend, wieder zwei, drei Schritte ging. »Sehen Sie, sie schafft's, obwohl sie noch keine elf Monate ist. Ich hab' ihr immer einen Holzreifen hingehalten, sie hat zugefaßt, sich angestrengt, eine Grimasse geschnitten und die wackligen Beinchen bewegt. Und dann hab' ich ihr nur einen Bauklotz gegeben, sie klammerte sich daran genauso fest, glaubt, einen Halt zu haben und schafft's. Da, jetzt hat sie wieder was in der Hand und hält's verbissen fest! Sonja, mein Liebling!«

Die alte Frau trug das Mittagessen auf, berichtete vom Einkauf, was sie bekommen und nicht bekommen hatte. Sehr aufmerksam ging die rote Sophia nun darauf ein, setzte sich mit dem Kind an den Tisch, forderte die Fee auf, das Skizzenblatt beiseite zu legen, tat so, als hätte sie gar nicht bemerkt, daß es leergeblieben war. »Guten Appetit«, sagte sie und blickte lächelnd in die Runde. »Man müßte öfter einen Tag so verbringen, wie man Lust hat, ohne Hast und Unruhe, nur reden, denken und tun, was wirklich wichtig ist. Was hält uns denn davon ab?«

51 Der Gasthof in Klein-Eichholz war unbewohnt, die Tür vernagelt und versiegelt; nach Roland Glöckner und seinen ehemaligen Freunden wurde gefahndet. Noch verbarrikadierten die Bauern abends ihre Höfe, löschten das Licht und glaubten, hier und da einen der Flüchtigen gesehen zu haben. »Bewaffnet, gefährlich, zu allem entschlossen«, hieß es. »Gehetzter Hund beißt!«

Doch die rote Sophia feierte Hochzeit. Sie hatte Harry Scalander aus der Kriegsgefangenschaft heimgeholt. Niemand wagte, vom roten Roland zu sprechen, der heutige Tag zählte, das Fest, die reichgedeckte Tafel im Sandberger Dorfkrug, an der auch der alte Lewke saß, der sich wohlweislich seine Sprüche verkniff. Die Kutsche mit Braut und Bräutigam hatte sich verspätet, am See, im Schilf, wäre sie fast steckengeblieben. »Wir haben was nachzuholen!« rief die rote Sophia in den Saal, als sie endlich hereingestürmt kam, rot im

Gesicht, das Haar zerzaust, ihr langes Spitzenkleid hochgerafft und die Schuhe schlammverschmiert. Lachend gab sie der Kapelle einen Wink, tanzte mit dem Bräutigam, griff nach einem Glas Sekt, trank es in einem Zug leer und warf es weg.

Wie in einem tollen Rausch trieb es sie an diesem Abend umher, von Tisch zu Tisch und Tanz zu Tanz, alle steckte sie mit ihrer lauten Fröhlichkeit an. »Dieses Leben!« rief sie freudig aus. »Ich möchte es zweimal leben können, dreimal, unendlich!« Sie stand auf der Bühne, hielt eine Rede, es war Überschwang, Übermut – sie sagte zuletzt: »Und wenn es irgendwo noch eine andere Welt gibt, die wir eines Tages bevölkern, soll da auch ein Sandberg sein, wo wir uns niederlassen, Häuser, Wasser und Sand wie hier, Leute wie ihr, und wir werden keinen Tag und keine Nacht auslassen, keinen selbstgebrannten Schnaps, nichts, meine Freunde!«

Spät in der Nacht tanzte sie zur Tür hinaus. Der Bräutigam folgte ihr, doch sie schickte ihn zurück. Die Kutsche stand abseits auf der Wiese, die Pferde waren an eine Pappel gebunden. Sie tätschelte sie und band sie los. »Sophia!« rief eine Stimme, die sie allzugut kannte. Der rote Roland stand vor ihr und sagte: »Hilf mir, du mußt mir jetzt helfen.« Doch sie stieg wortlos auf die Kutsche und ergriff die Zügel. Die Pferde trabten los, er lief nebenher, wollte aufspringen, bettelte: »Nimm mich mit!«

Sie hielt noch einmal an und blickte zum Dorfkrug zurück. Die Musik war laut, die Tür geschlossen. Bedächtig, ohne daß er's wahrnahm, holte sie die Maschinenpistole, die ihr der Kommandant zurückgelassen hatte, unterm Sitz hervor und richtete sie auf Roland Glöckner. »Ich kenne dich nicht«, sagte sie, »hab' dich nie gekannt.« Nun wollte sie abdrücken, schießen, morden, das Leben des Mannes auslöschen, der ihr Leben durchkreuzt hatte; der Lebensretter, Geliebte, Bandit, Todfeind, Vater ihres Kindes. Sie sah nur einen Umriß von ihm, nichts von seinem Gesicht, keine Ähnlichkeit mit ihrem Bruder oder irgendeinem Überbleibsel der allernächsten Erinnerungen. Überm Berg drückte sich ein Streifen Morgenrot herauf, und davor stand er wie vorm brennenden Wald, vor ihrer Welt, die sie erträumt und erzwungen hatte, verdeckte und verdunkelte sie. »Geh weg!« schrie sie ihn an. »Geh mir endlich aus den Augen!«

Aber er blieb stehen, griff ins Halfter der Pferde, rührte sich nicht einmal, als sie auf ihn schoß. Sie traf ihn nicht, wollte ihn jetzt nicht mehr treffen. Die Pferde, die losjagten, rissen ihn um, ein Rad der Kutsche quetschte seine Hand. Eine Weile lag er, betäubt vom Schmerz, auf der Wiese, dann richtete er sich auf und sah die Kutsche wie einen Spuk halbhoch auf dem Berg vor dem Horizont.

Auch andere sahen sie so. Im Dorfkrug waren die Schüsse zu hören, wenigstens zu ahnen gewesen. Die Tanzenden stoben auseinander, eilten zur Tür, die Musik brach ab. »Da ist sie!« rief man und deutete zum Berg. Manche äußerten besorgt, die Pferde seien mit ihr durchgegangen, andere winkten lachend ab, man kannte sie und ihre Kapriolen. »Sogar in der Hochzeitsnacht bleibt sie die rote Sophia«, sagte der alte Lewke. »Immer die Zügel fest in der Hand!«

Doch dieser Eindruck der dahinjagenden Kutsche blieb, der schwache Widerhall der Schüsse, das Durcheinander und der jähe Abbruch des Festes, das so schwelgerisch und ausgelassen begonnen hatte. Vielleicht erschien die rote Sophia danach noch ein paarmal in Sandberg, wenige bekamen sie zu Gesicht, die meisten erkannten sie nicht. Sie war wie ausgewechselt, menschenscheu, kränklich. Triebel und der alte Lewke nahmen ihr die meiste Arbeit ab und suchten sie oft vergebens in ihrem neuen Haus. »Ist sie noch da?« fragten die Leute im Dorf, die sie zu vermissen begannen. »Oder ist sie damals mit der Kutsche ihrem Mann ausgerückt?«

52 Als das Haus der roten Sophia brannte, sah man den Feuerschein in Sandberg, die Rauchsäule, den Funkenflug, doch jede Hilfe kam zu spät. Die Feuerwehren der umliegenden Dörfer und die sofort herbeigeholte Einsatzgruppe der Roten Armee konnten nur das Vieh retten; das Feuer hatte vom Wald her das Haus und die angebauten Ställe erfaßt. Das Strohdach, das im Nu abgebrannt war, stürzte mit dem Gebälk herab; Decken und Zimmerwände hielten der Glut nicht stand; Möbel, Teppiche, Wäsche und Kleidungsstücke, Habseligkeiten wurden restlos vernichtet. Nur ein paar ausgeglühte Töpfe, die Räder des Kinderwagens, Eßbestecke, alte Silbermünzen und goldene Schmuckgegenstände fanden die Feuerwehrleute, als sie sich mit Rauchmasken ins Haus wagten. Trotz emsiger Suche konnte keine Spur von den Bewohnern des Hauses entdeckt werden; im Polizeibericht hieß es lakonisch: »Kein Leichenfund, keine Knochenreste.«

Der alte Lewke war an diesem Tag in Klein-Eichholz in der Nähe des neuen Hauses gesehen worden, nach dem Brand jedoch wie die rote Sophia verschollen. Man fahndete deshalb nach ihm, doch er gab später zu Protokoll, daß er nach Berlin gefahren sei, und zwar zu seiner Schwester, die es, mit ihrer Nachbarin von ihrer zuständigen Polizeibehörde verhört, bestätigte. Weiter sagte er aus, daß die rote Sophia in letzter Zeit einen solchen Anschlag befürchtet und ihr Kind an einem sicheren Ort untergebracht habe. Schon wahrend des Hausbaues sei es zu Sabotageakten, mutwilligen Zerstörungen und Hakenkreuzschmierereien gekommen, jetzt wieder, einen Brand in der Scheune habe sie kürzlich gerade noch rechtzeitig entdeckt und gelöscht. »Wo ist das Kind?« fragte man ihn. Er zuckte mit den Schultern und antwortete erst nach langem Drängen: »Und wenn ich's wüßte, dann ginge es nur sie etwas an.«

Es kam das Gerücht auf, die rote Sophia habe das Haus am Waldrand selbst in Brand gesetzt und sich mit ihrem

Kind das Leben genommen, weil sie die Vernunftehe mit Harry Scalander nicht mehr ertragen habe. Andere glaubten an einen Mord- und Brandanschlag aus Rache, nur die wenigsten hielten ein Übergreifen des Waldbrands auf das strohgedeckte Haus für möglich, obwohl auch eine angrenzende Kiefernschonung in Flammen gestanden hatte.

Harry Scalander war auf dem Feld gewesen und sofort herbeigeeilt, als er das Feuer bemerkte. Er hatte Wasser aus der Regentonne geholt, den Gartenschlauch angeschlossen und als erster zu löschen versucht. Bald erkannte er, daß er nichts ausrichten konnte, lief ins Haus, raffte ein paar Wertgegenstände zusammen, stürzte einmal, zweimal hinein, bis er in einen Wirbel brennenden Strohs geriet und beinahe von herabstürzenden Balken erschlagen worden wäre. Er kam mit leichten Brandwunden davon, gab unsicher und widersprüchlich seine Aussagen zu Protokoll. »Ich habe geglaubt, meine Frau und das Kind seien im Haus«, sagte er, dann behauptete er das Gegenteil: »Nein, ich habe sie an diesem Tag überhaupt nicht gesehen, ich nehme an, daß sie am Morgen wie üblich nach Sandberg gefahren sind.«

Nach mehreren Verhören zerstreute sich jedoch der Verdacht, Harry Scalander habe aus Eifersucht oder anderen persönlichen Motiven einen Racheakt verübt; er wurde aus der Untersuchungshaft entlassen, wohnte noch eine Zeit bei seiner Mutter und flüchtete dann mit ihr nach Westberlin. Dort hatte ihn Monate später ein Sandberger Handwerker aufgesucht und mit einer Anzeige bei den Behörden zu erpressen versucht: Das Ehepaar Scalander habe widerrechtlich Herrengutsland beschlagnahmt, ein Haus darauf gebaut, in Saus und Braus gelebt und das Dorf und die umliegende Gegend Hand in Hand mit der Roten Armee terrorisiert. Außerdem sei das Verschwinden der roten Sophia immer noch nicht aufgeklärt, für einen Mord gäbe es genug Indizien, vermutlich säße der Täter hier in Westberlin.

Eine Westberliner Zeitung hatte darüber einen Artikel veröffentlicht, als statt dessen ein Prozeß gegen den Erpresser zustande kam, der von Harry Scalander der Westberliner Polizei übergeben worden war: »Seltsam undurchsichtig und auf jeden Fall bedenklich sind die Hintergründe eines Verfahrens vor der 10. Strafkammer in Moabit: Angeklagt war ein 51jähriger Handwerker aus Sandberg, einem kleinen Dorf der Ostzone, der einen in Westberlin lebenden Harry Scalander, Flüchtling aus demselben Dorf, zu erpressen versucht hat. Der Angeklagte, ein willensschwacher, haltloser Psychopath, war vielmals vorbestraft, während des Krieges als Gewohnheitsverbrecher in Sicherheitsverwahrung, danach als Märtyrer gefeiert, Betriebsführer einer Großschneiderei, nach Veruntreuung wieder in Gefängnishaft, nach der Entlassung Gelegenheitsarbeiter in Sandberg. Dieser Mann hat angeblich aus eigenem Antrieb Nachforschungen über Ostzonenflüchtlinge betrieben und ihnen mit Strafanzeige gedroht, falls ihm nicht eine bestimmte Summe in Westmark gezahlt wird. Da sich die versuchte Erpressung jedoch als ein dilettantisches, nicht übermäßig schweres Gelegenheitsdelikt darstellte, und da der Angeklagte nach seiner Angabe die Möglichkeit hat, in Sandberg als selbständiger Handwerker Fuß zu fassen, beließ es das Gericht bei einer Strafe von acht Monaten Gefängnis. Wer aber war die im Prozeß immer wieder erwähnte ‚rote Sophia', diese geheimnisvolle, spurlos verschwundene Frau im Hintergrund? Sie ist die Ehefrau des Flüchtlings Scalander, war ursprünglich als Zeugin vorgeladen, doch nicht erschienen, weil sich ihr gegenwärtiger Aufenthaltsort nicht ermitteln ließ. Nach glaubwürdigen Zeugenaussagen erschien die ‚rote Sophia' gegen Ende des Krieges in deutscher Wehrmachtsuniform in Sandberg und stand vermutlich im Dienst einer ausländischen Macht. Nach der Kapitulation fand sie, die in der Westukraine geborene Deutsche, sofort als Dolmetscherin Anschluß bei dem Kommandanten der Roten Armee, von dem sie als kommissarischer Bürgermeister in Sandberg eingesetzt wurde. Nicht lange, und sie war im ganzen Kreis gefürchtet und verhaßt, weil sie rigoros die Befehle der Roten Armee ausführte und dabei noch kräftig in die eigene Tasche wirtschaftete. Von den verschiedenen Seiten wird sie beschuldigt, zahlreiche Männer und Frauen enteignet oder in ein Straflager gebracht zu haben, teilweise mit falschen Papieren oder verkleidet als Rotarmistin. Nach allem, was man dem Plädoyer entnehmen konnte, ist die ‚rote Sophia' eine Abenteuerin von gefährlicher Unbedenklichkeit, ein hemmungsloser Triebmensch und eine Gestalt aus dem Zwielicht der Politik. Wo hält sie sich jetzt auf, wer schützt sie, und wem verdankt sie Flucht und Leben, wenn ihr wirklich der Schritt über die Grenze gelungen ist?«

53 Diesen Zeitungsbericht gab mir die Fee. Sie kam mit Anja, vielen Bildern und Andeutungen aus der Vergangenheit. »Wie war's genau?« fragte ich, doch sie war schon bei andern Einzelheiten, Vermutungen, Selbstvorwürfen und reichte mir das ausgeschnittene Pressefoto vom Waldbrand, das Roland Glöckner zum Verhängnis geworden war. »Die Lederjacke«, erklärte sie aufgeregt, als wär's gestern gewesen, »ich wußte nichts davon, hab' mich überhaupt meist blind und taub gestellt. Er wollte sie dem alten Lewke zurückgeben, doch er hat's vergessen.« Auf dem Bild sah ich die Fee am Arm des roten Roland; sie glücklich lächelnd, er müde und verdrossen, in Gedanken wohl schon auf der Flucht. »Einmal war er noch bei mir, nach Sophias Hochzeit«, sagte sie. »Er wußte nun, daß er von ihr keine Gnade zu erwarten hatte.« Wieder brach die alte Rivalität aus ihr hervor: Eifersucht, Bewunderung, Furcht. »Mich hat sie belauert, ständig nach dem Kinderporträt gefragt. Mein Haus ist mehrmals durchsucht worden, er war längst weg.« Im Wald hatte er sich

verborgen gehalten, in Heuschobern übernachtet, auch noch einmal einen Brief geschrieben: »Ich weiß keinen Ausweg, mein Leben ist verpfuscht.« Ein paar Kinder hatten ihn gesehen und Lärm geschlagen, als er in seiner abgerissenen, verdreckten Kleidung am Dorfrand aus einer Milchkanne trank. »Da hat er sich selbst der Polizei gestellt«, sagte sie und reichte mir noch ein Zeitungsblatt, den Bericht von der Verurteilung des G. und seiner einstigen Freunde, die bis zuletzt in Uniform geraubt und geplündert hatten.

»Der Prozeß vor dem Militärtribunal der sowjetischen Besatzungstruppen in E.«, hieß es in der damaligen Provinzzeitung, »enthüllte ein düsteres Bild der deutschen Nachkriegszeit. Mit Schrecken erfahren wir täglich von Diebstählen und Plündcrungen, Überfällen und Vergewaltigungen, Mord und Totschlag. Trotz aller Anstrengungen der Polizei und der Besatzungsmacht, die besonders auf dem Lande eine schwierige, verantwortungsvolle Aufgabe haben, ist dieses Unwesen zu einer Gefahr unseres gesamten öffentlichen Lebens geworden. Die in E. nach zweitägiger Verhandlung vor einer breiten Öffentlichkeit abgeurteilten Verbrecher sind Deutsche, die eine durch Kriegswirren eingeschüchterte, kopflose Bevölkerung auf brutalste Weise terrorisiert haben. Als russische Soldaten getarnt, klopften sie in der Nacht die Bewohner heraus, trieben sie mit vorgehaltener Pistole in einem Zimmer zusammen und raubten alles, was ihnen in die Hände fiel: Lebensmittel, Brot, Butter, Schmalz, Fleisch, Konserven, Betten, Kleider, Teppiche. Sie schlachteten Kälber, Enten, Gänse, trieben Pferde und Kühe von den Höfen. Sie vergewaltigten die Frauen. Anführer und Organisator war der fünfzigjährige P. aus Z., ein Schwächling, der sich vor dem Gericht als harmloser Mitläufer ausgab und andere belastete. Die Pistole, mit der er drohte, hatte er angeblich deutschen Soldaten beim Einmarsch der Roten Armee abgenommen. Bei den Überfällen ließ er sich ‚Nikolai' nennen, mit russischen Brocken forderte er von den Bauern Butter, Speck, Brot und anderes. Sein Hauptkomplize A., 1926 geboren, war offenbar der wirkliche Kopf der Bande: ein schmales Fuchsgesicht mit Lockenhaar und unruhig stechenden Augen, der kaltblütig die begangenen Untaten schilderte. Er schüchterte mit russischen Tiraden die Leute ein, während sich P. im Hintergrund hielt und fürchtete, erkannt zu werden, nach den Überfällen jedoch gierig darauf drang, seinen Anteil abzubekommen. Und so zieht Aussage nach Aussage vorüber: vier Überfälle bei dem Bauern E., vier bei Bauer L., vier bei Bauer B. ... Die Dörfer L., S. und K.-E. standen von Mai bis August unter dem Terror der Bande. Immer wieder wurden Frauen und Mädchen vergewaltigt, eine Frau vor den Augen ihrer Kinder, selbst eine Vierundsechzigjährige wurde zum Opfer ihrer Gier. P., A. und sein Komplize M., der noch immer flüchtig ist, sind die Haupttäter. M. ist von ihnen zweimal mitgenommen worden, um Kälber zu schlachten. W. und E. sind zum Schmierestehen und Transport des Beuteguts herangezogen worden, sie haben nur einen geringen Teil davon erhalten. Nach dem letzten Überfall, als die Banditen schon glaubten, den mit Beute hoch beladenen Wagen in Sicherheit gebracht zu haben, wurden sie gefaßt. Kurz danach stellte sich auch der fünfundzwanzigjährige G. der Polizei, der sich von der Bande abgesondert, aber eine Zeitlang ebenfalls zahlreiche kleinere Dörfer bei S. terrorisiert hatte. G. gibt vor, längst die Gefährlichkeit seines Treibens erkannt und die anderen von weiteren Untaten abzuhalten versucht zu haben, doch es ist erwiesen, daß er mit dem Haupttäter befreundet war, die Uniformen beschafft, Dutzende Überfälle durchgeführt und sich als russischer Offizier ausgegeben hat. – Nun stehen die sechs Angeklagten vor dem Richter, einige legen ein lückenloses Geständnis ab, andere versuchen zu leugnen, doch durch die Zeugen – die überfallenen Männer und Frauen aus vielen Dörfern – werden die Verbrechen restlos aufgeklärt. Ihre Aussagen bestätigen das Bild, das man durch die Anklageschrift gewonnen hat: die Banditen sind gefährliche, asoziale Elemente, haltlose, anmaßende Gewalttäter, die skrupellos die Uniform der Roten Armee mißbraucht haben, um sich zu bereichern und Macht und Terror auszuüben. Das Urteil lautet: Die Anführer der Bande, P. und A., werden zur höchsten Strafe, zum Tode durch Erschießen verurteilt. Die übrigen Angeklagten werden zu vieljährigen Haftstrafen verurteilt: G. zu 20 Jahren, M. zu 8 Jahren, W. und E. zu je 6 Jahren Zwangsarbeitslager.«

54 Auch er kam zu mir, Roland Glöckner, dreiundfünfzig Jahre alt. Ein blaues, silbergestreiftes Motorrad lehnte am Gartentor; er klopfte, überzeugte sich, daß ich allein war, und fragte: »Weiß es Ihre Frau?« Er blickte auf das Bild der kleinen Sonja, daneben lag ein Kinderfoto von Ruth, das ich damit verglichen hatte. Er starrte darauf und sagte: »Sie darf es nie erfahren.«

Das war sein Anliegen, mehr wollte er nicht, doch er blieb und behielt das Foto lange in der Hand. Natürlich kannte er Ruth von Angesicht, er gab es zu, begann ohne Aufforderung zu sprechen, zögernd erst, dann hastig, aufgeregt. Er hatte der Versuchung nicht widerstehen können und sie hin und wieder beobachtet: sonntags, wenn wir mit unserer Tochter spazierengingen oder am Berghang bei zufälligen Begegnungen. Mehrmals hatte er sich auch diesem Haus genähert, war am Zaun stehengeblieben oder aufs Tor zugegangen, doch im letzten Moment davor zurückgeschreckt, sie anzusprechen oder nur zu grüßen. »Als ich sie das erste Mal sah, nach zwanzig Jahren«, sagte er, »da glaubte ich, es sei Sophia.«

Scheu blickte er um sich, der Wind, ein leises Rütteln der Tür erschreckte ihn. Wäre Ruth jetzt gekommen, hätte er kein Wort mehr über die Lippen gebracht und das Weite gesucht.

Er erkundigte sich, wann sie wieder hier sei: »Heute noch?« Ich zuckte mit den Schultern, sie hatte nicht auf Anjas Bilderbrief geantwortet, vielleicht gab ihr die heutige Sophia zu viele Fragen auf. »Sie liebt ihren Beruf«, sagte ich, »wenn sie schreibt, vergißt sie Ort und Zeit.«

Er fragte weiter und wollte Näheres über ihre Arbeit wissen. Ich zeigte ihm ihre letzten Artikel, und er starrte auf die Zeitungsseiten, griff danach, las laut ihren Namen und die Überschriften, als müsse er sich vergewissern und bestätigen, daß sie es wirklich war, die das geschrieben hatte. Besonders erregte ihn ein Bericht über Leningrad, von dem er sich nicht losreißen konnte. »Gut«, sagte er anerkennend, »sehr gut!« Er bat darum und hätte am liebsten alles von ihr mitgenommen, um es gründlich zu lesen. Nach Leningrad oder Moskau wäre er gern selbst gefahren, erklärte er, doch er wußte, daß es unmöglich war. »Ich könnte dort keinem Menschen in die Augen sehen«, gestand er, »aber sie kann's. Darüber bin ich froh.«

Er rauchte eine Zigarette, seine Hand zitterte, die Augen hinter den Brillengläsern irrten hin und her. Dieses Haus hatte er früher nie betreten; dennoch war es erklärlich, daß ihn gerade hier und jetzt die Erinnerungen packten. »Ich hab' alles gehabt, gewollt«, sagte er, »verspielt.« Er sprach von Ruth und Sophia in einem Atem, nahm die Brille ab, putzte sie, wischte sich die Augen. Jahrelang hatte er im Schweigen und Vergessen sein Heil gesucht, sich in Arbeit und Motorradtüftelcien vergraben, nun starrte er mit geneigtem Kopf Ruths Foto an, das Kinderbild der Fee, die Zeitungsseiten, entdeckte das eingebrannte S mit Hammer und Sichel auf der Schwelle, wandte sich ab und sagte: »Ich hab' kein Recht darauf, auf nichts.«

Doch er kehrte zum Tisch zurück, griff nach Ruths Artikeln, setzte sich und las sich fest. Sein Gesicht entspannte sich, er rückte an der Brille und ließ die Zigarette im Aschenbecher verglimmen. Ich brachte es nicht fertig, ihn zu stören. Endlich blickte er auf und sagte: »Ich danke Ihnen.« Und er erzählte, daß die Fee die einzige gewesen sei, die während der zwanzigjährigen Haft zu ihm gehalten habe. Sie tat stets so, als sei nichts geschehen und Schuld und Trennung bedeutungslos. Ganz selbstverständlich nahm sie ihn bei seiner Rückkehr auf, umgab ihn mit gleichbleibender Freundlichkeit und sprach nie über das Vergangene. Doch das Kinderbild hatte sie ihm eines Tages gezeigt und gefragt: »Und wenn sie lebt?«

Unvermittelt stand er auf und behauptete, er habe Schritte gehört. Wieder irrte sein Blick unstet hin und her, die neugewonnene Besonnenheit war jäh dahin. »Sie haben doch selbst eine Tochter«, sagte er fast flehentlich, ging zur Tür und war nicht aufzuhalten. Und sein Gesicht bekam denselben Zug von Härte und Verschlossenheit wie bei unserer Begegnung im Schuppen, als er am Motorrad hantierte und ich an der Tür den Neruda-Spruch entdeckte. Er nickte mir noch einmal zu, rief: »Danke!« und fuhr schnell davon.

55 Das Haus am Waldrand, wo die rote Sophia ein Jahr gelebt hatte, wurde wieder aufgebaut. Eine Umsiedlerfamilie zog ein und bestellte die Äcker, auch einen Teil des Klein-Eichholzer Gutslands, das lange brachgelegen hatte. Der Hund der geflohenen Wirtsleute, um den sich der rote Roland gekümmert hatte, streunte eine Weile herrenlos umher, dann hielt er sich an die Kinder der Umsiedler, ließ sich füttern, streicheln und gehorchte ihnen bald aufs Wort. Sie nannten ihn »Strolch«.

Der Schlosser Triebel übernahm in Sandberg das Bürgermeisteramt. Einige Briefe, Anträge, Ernteberichte, die von der roten Sophia noch geschrieben worden waren, unterzeichnete er. Er benutzte ihren Federhalter, ihre Tinte, ihre Bleistifte und überlegte, wie sie gehandelt hätte, wenn er vor einer kniffligen Entscheidung stand. Auch den alten Lewke zog er zu Rate, weil er wußte, daß ihn die rote Sophia oft herbeigeholt, sich mit ihm gestritten, aber am Ende auf ihn gehört hatte. Lange Zeit glaubte er, die rote Sophia käme zurück und er übe nur vorübergehend ihr schwieriges Amt aus, das er ihr gern wieder abgetreten hätte. Er führte deshalb alles korrekt weiter, was sie begonnen hatte: den Straßenbau nach Klein-Eichholz, die Renovierung der Schule und des Dorfkruges, die gemeinsame Viehaufzucht und die Gründung einer Fischerei-Genossenschaft. Stieß er dabei auf Schwierigkeiten, sagte er: »Die rote Sophia hat's angeordnet, und ich hab's vor ihr zu verantworten.«

Doch nach einem Jahr glaubte niemand mehr in Sandberg an die Rückkehr der Bürgermeisterin. Immer wildere Gerüchte und Schauermärchen kursierten, weil es keine glaubhafte Erklärung für ihr Verschwinden gab. Man erzählte ungeheuerliche Geschichten von Mord, Totschlag, Brandstiftung, Plünderung, Terror und dichtete der roten Sophia und den Scalanders, die allesamt verschwunden waren, jede Tat und Untat an, die man sonst keiner Menschenseele zuzutrauen wagte. Immer wieder fand sich jemand, der darauf schwor, die dahinjagende Kutsche mit der roten Sophia gesehen zu haben, und selbst als die Kutsche bei einem Berliner Schwarzhändler beschlagnahmt und nach Sandberg zurückgebracht wurde, verstummten diese Legenden nicht. Auch die Untaten des roten Roland schanzte man ihr zu; ihn hatte kaum jemand gekannt, er war als Rotarmist verkleidet gewesen. Aber sie hatte in ihrer Mitte gelebt und offenherzig gesagt: »Die Rote Armee will es so! Ich will es so!« Es gab genug, die ihr nicht verziehen, daß sie ihr Eigentum, Felder, Wälder, Herrenhäuser und Gutshöfe, enteignet oder beschlagnahmt hatte, ja, daß sie eine andere, neue Ordnung wollte, als sie vielen bisher heilig war.

Die Polizeiberichte, Unfallmeldungen und Obduktionsbefunde, gesammelt in einem Aktenstück, das den Namen Sophia Scalander trug, änderten nichts an der nebelhaften, phantastischen Legende, die seitdem ihr Schicksal verklärte. Obwohl Roland Glöckner im Prozeß ausgesagt hatte, seine einstigen Freunde hätten darauf gedrungen, die rote Sophia mundtot zu machen, weil sie allzuviel wußte, leugneten alle Angeklagten hartnäckig ihre Schuld, und Beweise konnten nicht erbracht werden. Außerdem war eine Unfalltote, vierundzwanzig Jahre, rothaarig, am Straßenrand, zwanzig Kilometer westlich von Sandberg, aufgefunden worden und nicht mit Sicherheit identifizierbar, wenn auch einige Ärzte, darunter der Ukrainer, der sie nach der Geburt des Kindes behandelt hatte, es nicht ausschlossen, daß es die rote Sophia war. Da Fahrerflucht vorlag und die Tote verstümmelt und vergraben worden war, führten auch hier die Ermittlungen nicht weiter, und die Ungewißheit blieb.

Allmählich verblaßten die Erinnerungen, und jeder, der sie gekannt hatte, modelte sich sein eigenes Bild von der roten Sophia. Je nachdem, wie er die damalige Zeit erlebt hatte, sah er sie im günstigen oder ungünstigen Licht. Was geschehen war, hatte sie getan: Freude, Leid, Unbequemlichkeit oder Hoffnung – alles hatte sie gebracht oder genommen. Den roten Roland sah man in phantastischer Übertreibung Hand in Hand mit ihr, beide in Rotarmistenuniform, mit Sowjetstern, in Stiefeln und mit erhobener Waffe, allgegenwärtig und unzertrennlich, obwohl niemand wußte, was die beiden wirklich verbunden hatte. Sie hatten diese kleine Welt herausgefordert, alte Gesetze gebrochen und neue geschaffen; sie waren für die meisten die Richtschnur gewesen, für einige der Galgenstrick, aber für alle die Unruhe, der Umsturz, das gute oder schlechte Gewissen.

Und als die Tochter der roten Sophia viele Jahre später nach Sandberg zurückkehrte, erkannte sie niemand, obwohl sie der Mutter vollkommen ähnlich war. Die Phantasiegestalt, die man der Verschollenen verliehen hatte, war übermächtig geworden, entstellt und verwandelt, ein Denkmal oder ein Alptraum, dagegen kam die natürliche, menschliche Wiederauferstehung nicht an.

56 Ich nahm Abschied von Frau Scalander, saß mit Anja an Frau Triebels Kaffeetisch, wir ließen uns den Streuselkuchen schmecken. Das Bild der kleinen Sonja Scalander hatte ich ihr geschenkt. Sie verstand, wie ich's meinte; sie war eine kluge alte Frau. Die Urlaubswochen in Sandberg hatten ihr genug Aufregung gebracht, alles mußte einmal ein Ende haben. So etwa drückte sie sich aus. Die Lippen hatte sie leicht geschminkt, die Augenbrauen nachgezogen; das Haar glänzte, es war voll und lockig, eine Perücke. Als Ruth sie im Fernsehgeflimmer gesehen hatte, war ihr Spott nicht zu zügeln gewesen: »Siehst du das nicht? Sie trägt eine Perücke, alles ist falsch an ihr.«

Es war gut, daß sich die beiden nicht noch einmal begegneten. Den Traum, die Enkeltochter in die Arme zu schließen, hatte Frau Scalander nach ihrer vergeblichen Berlinfahrt ohnehin begraben: Die Schwester des alten Lewke war seit vielen Jahren tot, damit die letzte Hoffnung, irgend etwas zu erfahren. Ich hätte ihr sagen müssen: »Sie haben keine Enkeltochter, es ist eine Fremde.« Sie waren sich fremd, genauso fremd wie die rote Sophia immer Frau Scalander gewesen war. Auch wenn Harry Scalander Ruths Vater wäre, hätte ich ihr sagen müssen: »Sie ist eine Fremde, die Verwandtschaft zählt nicht, uns trennt eine Welt.«

Vom Haus auf dem Berg war längst nicht mehr die Rede. Sie verstand immerhin, daß sie darauf kein Recht mehr besaß. Der Taxator war dagewesen, sie hatte ihr eingewechseltes Geld für die Schätzurkunde hergegeben und mir das sinnlose Papier zugesteckt. Vielleicht glaubte sie, damit hätte sie sich für das Kinderbild revanchiert, das gleich in ihrem Koffer verschwunden war. Am nächsten Morgen, in aller Frühe, wollte sie losfahren, sie sagte: »Im ganzen hat sich die Reise doch gelohnt.«

Dann plauderten wir, wie's uns in den Kopf kam. Wir hatten nichts voreinander zu verstecken, uns trennte nichts als die Wahrheit. Aber ich traute ihr zu, daß sie viel mehr begriff und durchschaute, als sie hier preisgab. Ihr Gesicht veränderte sich jäh, die Mundwinkel rutschten herab; denn ich sagte: »Vielleicht ist meine Frau schon zu Hause, ich möchte jetzt gehen.« – Sie nickte. »Ja, eine schöne Frau, ich hab' sie flüchtig gesehen.«

Das war das letzte Wort, was ich von ihr hörte, ehe ich ging, kein »Auf Wiedersehen!«, keine Floskeln mehr. Ein zweites Mal würde sie nicht wiederkommen, wir waren vor ihr sicher. Und wenn ich's genau bedachte, hatte sie keine Unsicherheit gebracht, sondern nur Fragen, die es lohnten, ein paar Gedanken daran zu verschwenden.

57 Ende August, der Sommer hielt noch einmal den Atem an. Die Tochter war außer Rand und Band; ich hatte nichts zu melden, Ruth war endlich gekommen. Nun saß sie im Garten und schrieb. Manchmal las sie mir vor, Gegenwart, nur dünne, undeutliche Spuren der Vergangenheit. Am Nachmittag gingen wir zum See, schwammen hinaus. Die Sonne, immer noch warm, stand schräg überm Berg und schien das Haus zu berühren, wo wir wohnten. Die Tochter sagte: »Seht, unser Häuschen brennt.«

Wir lachten. Wir hatten uns alles gesagt, nichts jedoch, was besser unausgesprochen blieb. Kein Feuer, kein Zweifel, keine Frau Scalander kam dagegen an. Die hochkant gemauerten Treppensteine waren gar nicht so verräterisch. Wir hatten unsere Tochter herauf- und hinabgetragen, später war sie zur

Tür gekrochen und gerutscht, jetzt sprang sie hoch, herunter und machte sich einen Spaß daraus.

Am vergänglichen Berghang, im Sand, wird noch eine Weile das Haus stehen, auf ziemlich festem Fundament aus Stein und Zement. Daran wollen wir nicht rütteln, nichts abschütteln, was gewesen ist. Die Tür steht offen, wir treten ein, spüren noch das letzte Atemholen des Sommers im Gesicht. Der alte Lewke, säße er hier, würde wohl sagen: »So sehr es auch brennt, mehr als eine neue Haut gewinnt man nicht. Oder doch?«

Die Personen und Orte der Handlung sind frei erfunden, die Übereinstimmung mit der Wirklichkeit ist beabsichtigt.